DAGMAR FOHL

Das Mädchen und sein Henker

GEWISSENSFRAGEN Hamburg im 18. Jahrhundert: Jan Anton Kock, Sohn des Scharfrichters Anton Kock, muss nach dem plötzlichen Tod seines Vaters dessen Amt übernehmen und schon im Alter von 16 seine erste Hinrichtung vollziehen. Viele Jahre erfüllt er seine Arbeit pflichtbewusst, obwohl er dem Scharfrichterberuf zwiespältig gegenübersteht.

Doch als er sich in das Lachen eines Mädchens verliebt, gerät seine Welt ins Wanken. Denn die junge Hanna Kranz, Dienstmädchen einer reichen Familie, ist des Kindsmordes angeklagt und bis zu ihrer Hinrichtung bleiben nur noch wenige Tage. Eine qualvolle Zeit für Jan Kock, aber auch für Dr. Friedrich König. Der Anwalt ist als Defensor der Hanna Kranz berufen. Als aufgeklärter Geist und Gegner der Todesstrafe versucht er ihr Leben um jeden Preis zu retten …

Dagmar Fohl, geboren 1958, absolvierte ein Studium der Romanistik und Geschichte in Hamburg und arbeitete mehrere Jahre als Kulturmanagerin. Nach Abschluss einer privaten Gesangsausbildung war sie als Sängerin, Gesangslehrerin und Chorleiterin im In- und Ausland tätig. Seit dem Jahr 2000 betätigt sie sich schriftstellerisch und führt Lesungen durch. »Das Mädchen und sein Henker« ist ihr erster historischer Kriminalroman.

DAGMAR FOHL

Das Mädchen und sein Henker

Historischer Roman

Original

GMEINER

Besuchen Sie uns im Internet:
www.gmeiner-verlag.de

Im Ehnried 5, 88605 Meßkirch
Telefon 07575/2095-0
info@gmeiner-verlag.de

2. Auflage 2009

Lektorat: Claudia Senghaas, Kirchardt
Herstellung: Katja Ernst
Umschlaggestaltung: U.O.R.G. Lutz Eberle, Stuttgart
unter Verwendung des Bildes »Hinrichtung einer Vestalin«
von Heinrich Friedrich Füger, http://de.wikipedia.org
Druck: Fuldaer Verlagsanstalt, Fulda
Printed in Germany
ISBN 978-3-8392-1003-1

Toren ihr! Zu ewiger Blindheit verdammt! Meinet ihr wohl gar, eine Todsünde werde das Äquivalent gegen Todsünden sein, meinet ihr, die Harmonie der Welt werde durch diesen gottlosen Misslaut gewinnen?

(Friedrich Schiller, Die Räuber)

Erster Teil

1

Am Tag, an dem Jan Kock begann, für seine Meisterprüfung zu üben, geschah nichts Außergewöhnliches im Zentrum der Stadt. Rund um die Petri-Kirche, wo er zu Hause war, bahnten sich die Menschen und Fuhrwerke ihren Weg durch das Labyrinth der schmalen und krummen Gassen. Unbeirrt von der Enge, von dem Lärm und dem Gestank, wateten sie durch Unrat, Kot und Dreck. Beständig atmeten sie die fauligen Dünste ein, die aus jeder Ecke der dicht an dicht ineinandergeschobenen Häuserhaufen und aus den Kanälen und Fleeten der Stadt aufdampften. Hier und da lagen Tierkadaver herum. Auch in den Fleeten und Hasenmooren, den stehenden Wasserzügen, dümpelte Aas.

Wie gewohnt gingen die Menschen in Hamburg ihrem Tagwerk nach. Karrenschieber und Lastträger stoben voran. Kranzieher waren vor ihre Wagen gespannt und schleppten schwere Lasten, Pferdekutschen polterten über die Wege. Dazwischen das Fußvolk. Boten teilten Post aus, Dienstmädchen machten Besorgungen, Marketenderinnen liefen mit ihren Körben umher und verhökerten Fische, Korinthenklöven und Schnaps. An den Straßenecken sangen und spielten Drehorgelspieler und Bänkelsänger. Hier und da hockte jemand am Gassenrand und verrichtete seine Notdurft. Überall liefen und krochen Bettler umher. Sie zupften an Rockzipfeln, jammerten lauthals um eine milde Gabe. Die Gassenjungen ließen ihre Peitschen knallen, schlugen den Fußgängern zwischen die Beine, dass sie zu Boden fielen. Einige Jungen warfen Erd- und Kotklumpen durch die Fenster der Karossen.

Nichts Bemerkenswertes geschah an diesem Tag. Beharrlich stolperten die Menschen, rumpelten die Karren und Kutschen über das schadhafte Pflaster. Füße knickten um, Räder fuhren sich fest, versanken im Morast von Abfällen. Menschen schrien und schimpften, Pferde wieherten, Straßenköter kläfften. All der Lärm, das Geschrei, das Rattern der eisenbeschlagenen Wagenräder, das Peitschenknallen der Kutscher und Gassenjungen, all der Schmutz, der Jauchegestank, die Masse an Dämpfen, die sich zusammenbrauten und sommers wie winters als Wolke über der Stadt lagen, gehörten zum täglichen Einerlei. Abgesehen davon, dass es sich um einen besonders heißen Sommertag handelte, nahm alles seinen gewohnten Lauf.

Für Jan Kock war an jenem Tag, es war der dreißigste August des Jahres 1767, nichts alltäglich. Er stand in seinem Garten hinter dem Haus, abseits des Gassenlärms, und übte. Mit einem langen Nagel durchbohrte er einige Rüben, zog eine nach der anderen auf einen Faden, legte die Rübenkette auf den Holzstamm, der als Begrenzung des Kräutergartens diente. Danach begann er, das Schwert zu schärfen. Mit äußerster Sorgfalt zog er den Wetzstahl über die Klinge. Mehrmals prüfte er ihre Schärfe mit dem Daumen. Dann führte er das Schwert mit beiden Händen nach oben. Er musste genau zielen, um den Faden zwischen den Rüben zu durchtrennen. Acht Mal schlug er zu. Immer wieder fehlte er. Acht Mal hieb er in das Rübenfleisch.

Er übte so lange, bis das Schwert den Faden zertrennte, ohne die Rüben zu verletzen. Danach versuchte er es mit toten Ziegen. Ziegen hatten besonders starke Nackenwirbel. Es war nötig, stark genug zuzuschlagen und das

Schwert so präzise zu führen, dass es den Dornfortsatz und die beiden Querfortsätze des Halswirbels zerschnitt. Ein einziger waagerecht mit beiden Händen geführter Hieb musste das Haupt vom Rumpf trennen. Er holte kräftig aus. Klack. Ein sauberer Schnitt.

Jan Kock übte ohne Unterlass, denn er hatte Angst. Unbändige Angst. Er wollte nicht wie viele andere Scharfrichter von der aufgebrachten Volksmenge gesteinigt oder erschlagen werden, wenn er fehlte. Sein Vetter Hans in Lüneburg wäre beinahe umgekommen. Noch ganz beherzt und ohne Zögern hatte Hans dem Verurteilten die Haare abgeschnitten. Als er ihn dann aber hinrichten sollte, da torkelte und taumelte er, und erst mit vier Streichen schnitt er dem Delinquenten den Kopf ab. Hans war dem wutentbrannten Pöbel nur entkommen, indem er sich ins Gefängnis flüchtete.

»Übe, mein Junge, übe«, sagte der Vater auf dem Totenbett. »Ein Scharfrichter kann sich keine Fehler leisten. Gefährde nie deine Familie und dein eigenes Leben. Werde ein guter und gewissenhafter Scharfrichter.«

Schon einige Male hatte Jan Kock dem Vater bei Hinrichtungen assistiert, hatte den Verurteilten Wein reichen und sie festbinden müssen. Er kannte das Geräusch, wenn das Schwert durch den Hals fuhr. Auch das Rauschen und Spritzen des Blutes, das wie eine Fontäne aus dem Halse schoss, und die Totenblässe, die sich auf dem verblutenden Gesichte zeigte. Einmal, bei einer Kindsmörderin, die der Vater gerichtet hatte, war noch Leben im abgeschlagenen Kopfe, die Wangen waren rosig geblieben und die Lippen bewegten sich, als würden sie lautlose Worte sprechen, als sagte sie, man solle doch ihren Kopf wieder auf den Rumpf setzen.

Wie ist es, einen Menschen zu köpfen, mit eigenen Händen? Wie ist es, eine Frau zu köpfen? Was fühlt man dabei? Wäre er imstande, das zu tun, was man fortan von ihm verlangte?

»Du musst geschickt und tüchtig sein«, sagte der Vater, »du musst treu, gehorsam und verschwiegen sein, die Anweisungen der Obrigkeit genau befolgen und darauf vertrauen, dass die Herren Richter ein gerechtes Urteil gesprochen haben. Du darfst die Strafen, zu denen die Angeklagten verurteilt sind, niemals infrage stellen. Und denke immer daran: Rasch abgesetzt zu werden, ist eine schmerzfreie Art zu sterben, sofern du dein Handwerk verstehst.«

Der Vater sprach nie vom Köpfen. *Er setzte rasch ab.* Und wenn er stäupte, sprach er von *fegen*. Und wenn er folterte, *setzte er vernünftig die Glieder*. Und statt zu henken, *schlug er einen feinen Knoten*, und wenn er räderte, spielte er *artlich mit dem Rade*.

Am Tag der Meisterprüfung zogen Tausende von Menschen durch die Straßen zum Steintor hin, wo die Hinrichtung vollzogen werden sollte. Die Menschen drängten und schubsten, um voranzukommen. Sie lärmten und lachten, schrien und pöbelten. Jan Kock saß auf seinem Wagen, neben ihm die Mörderin, in eine härene Decke gewickelt. Das Messer, mit dem die Mutter die Tat begangen hatte, hing um ihren Hals. Der Wagen war umringt von Kavalleristen, die den Pöbel im Zaum hielten. Einige Reiter ritten mitten in die Volksmenge hinein und sprengten sie mit Gewalt auseinander. Menschen stürzten und drohten von der Masse zertreten zu werden.

Das Militär hatte um den Köppelberg einen großen

Kreis geschlossen. Hinter der Absperrung hielten viele Wagen. Manche brachen unter der Last der Zuschauer zusammen, worauf die umstehende Menge mit Hohngelächter antwortete. Zwischen den Volksmassen drängten sich zahllose Marketender, die Likör und Branntwein feilboten und ihre Waren reißend verkauften.

Der Tag versprach heiß und stickig zu werden. Die Sonne stach bereits in den Morgenstunden. Jan Kock wischte sich die schweißnassen Hände an seinem Mantel ab. Er blickte weder nach rechts noch nach links, bis die Garde ihn mit der Verurteilten vor die Richtertribüne geleitet hatte. Der Oberstrichter schnaufte und schlug mit seinem Amtsstab auf.

»Stille, Stille!«, riefen die Gerichtsdiener.

Der Richter ergriff das Wort. »Du, Maria Voßen, tritt hervor und vernimm hier unter Gottes freiem Himmel das Strafurteil, welches die höchsten Richter dieser Stadt, zwar mit blutendem Herzen, aber auch mit höchster Gerechtigkeit gegen dich ausgesprochen haben, weil gegen dich Recht ergehen muss vor Gnade.

Mit dem Schwert sollst du hingerichtet werden vom Leben zum Tode. Gerecht, im höchsten Grade gerecht ist dieses Urteil, denn du hast dein eigenes Kind mit dem Messer getötet. Dein Leben ist verwirkt, auf dieser Erde ist für dich kein Platz mehr. Ich trenne das Band zwischen der Menschheit und dir. Nur bei Gott kannst du noch Gnade finden.«

Er klopfte erneut mit dem Stab.

»Scharfrichter Kock, ich übergebe Euch die hier vor mir stehende arme Sünderin, sie mit dem Schwert zu richten. Tut nun Eure Schuldigkeit, wir haben die unsrige getan.«

In der Mitte des Platzes befand sich das siebzehn Fuß hohe, teils gemauerte, teils hölzerne Gerüst. Jan Kock stieg mit der Delinquentin, den Scharfrichterknechten, dem Prediger und einigen Amtsvertretern die Treppe zum Schafott hinauf.

»Stille!«, riefen die Gerichtsdiener. »Stille!«

»Im Namen des Hoch- und Wohledlen Rates«, sprach der Richter, »gebiete ich von Obrigkeit wegen, bei Leib und Gut, dem Scharfrichter keine Hinderung zu tun, auch wenn ihm, Gott bewahre ihn davor, etwas misslingen sollte. Niemand darf Hand an ihn legen, denn auch er steht unter dem Schutz der Gesetze, und sollte er fehlen, so wird auch ihn sein Richter finden. Darum haltet Frieden! Haltet Frieden!«

Jan Kock trat an die linke Seite der Delinquentin. Der Prediger gebot der Mörderin, auf die Knie zu fallen und ein kurzes Gebet für die Vergebung ihrer Sünden zu sprechen. Die Verurteilte brach in krampfhaftes Weinen aus. Der Fronknecht führte sie auf den Richtstuhl, band ihr Arme und Beine und befestigte das Kinn mit einer Lederschlinge.

»Richtet sie«, schrie das Volk, »richtet die Teufelin.«

Jan Kock zog das Schwert unter seinem Mantel hervor. Es war des Vaters Schwert, in dessen Klinge der Spruch *Die Herren judizieren, ich tue exequieren* eingraviert war. Eine unheimliche Stille legte sich über den Richtplatz. Männer, Frauen und Kinder verstummten, selbst die Hunde hörten auf zu bellen. Es war kurz nach zwölf. Die Sonne stand im Zenit und brannte unerbittlich. Jan Kock richtete seine Augen starr auf den Nacken der Verurteilten. Er atmete tief ein, führte das Schwert nach oben. Längst hätte der

Kopf fallen müssen, aber er vermochte nicht zuzuschlagen. Er stand mit erhobenem Schwert, wie eine Statue, neben der Verurteilten.

Tosender Lärm verdrängte die Stille. Die Menge schrie und pöbelte. Flaschen flogen durch die Luft und zerschlugen auf dem Pflaster.

»Richtet sie, richtet sie«, tönte es von überall.

Jan Kock liefen Schweißtropfen über Gesicht und Hals. Er begann, vor Anspannung zu zittern. Er setzte das Schwert ab.

»Kopf ab, Kopf ab«, schrie der Pöbel. Die Pferde der Garde scheuten.

Er holte aus, hörte, wie der Kopf über die Klinge sprang und dumpf zu Boden fiel. Zwei Blutsäulen schossen aus dem Rumpf hervor, fast zwei Ellen hoch, wie aus einem Springbrunnen. Jan Kock spürte Blutspritzer auf seinem Gesicht. Er blickte auf den abgeschlagenen Kopf, der zu seinen Füßen lag. Der Mund der Geköpften stand offen, die Zunge zuckte noch, als wolle sie reden. Er spürte, wie er erblich, aber er konnte seinen Blick nicht von ihr lösen. Für einen kurzen Moment schien ihm, er würde in die Knie sinken, ohnmächtig werden. Doch plötzlich fuhr ein heftiger Ruck durch seinen Leib. Er riss sein Schwert in die Höhe und salutierte dem Gericht:

»Richter, habe ich recht gerichtet?«

»Ihr habt recht gerichtet, wie Recht und Ordnung spricht, darum habt Ihr recht gerichtet«, verkündete der Richter.

Und er antwortete: »Davor danke ich Gott und meinem Meister, der mich solche Kunst gelehrt.«

Am Fuße des Gerüstes sammelten sich die Fallsüchtigen. Die Knechte reichten den Kranken das aufgefangene Blut der Geköpften. In der Hoffnung zu gesunden, ergriffen die Menschen die Becher und stürzten das noch warme Blut hinunter. Der Gesang der Geistlichen und Schulkinder drang an Jan Kocks Ohr.

»Ist denn das Herze und Genicke
Zusamt dem andern Leibesrest
Zerteilt in zwei getrennte Stücke,
dass Seel und Geist den Leib verlässt,
So höre, was mein Blut noch spricht:
Verstoße die Zertrennte nicht.«

Als der Gesang ausklang, begann der Musikzug zu spielen. Jan Kock stieg taumelnd die Treppen des Schafottes hinab. Mit Pauken und Trompeten und geschützt von einer Garde Reiter wurde er nach Hause geleitet.

2

JAN KOCK SASS auf dem Baumstamm, der als Begrenzung des Kräutergartens diente. Benommen blickte er auf die blühenden Kräuter. Wieso kam ihm seine Meisterprüfung ins Gedächtnis? Er hatte jahrelang keinen Gedanken daran verschwendet. Sechs Jahre war es her, dass er seine Probe abgelegt hatte. Sechs Jahre. Wieso dachte er gerade heute daran? Vielleicht, weil an diesem Tag die gleiche lastende Schwüle in der Luft lag, vielleicht, weil er sich alt und erschöpft fühlte. Menschen lebten immer in der Vergangenheit, wenn sie für sich keine Zukunft mehr sahen.

Der intensive Duft der Kräuter stieg ihm in die Nase. Heute war ihm dieser Duft lästig. Er war schwer, betäubend. Er wünschte sich nichts sehnlicher als eine frische Brise. Sechs Jahre lang war er jeden Mittwoch auf die Amtsstube gegangen, seine Aufträge entgegenzunehmen. Sechs Jahre lang hatte er den Knechten für die Torturen, das Stäupen und Brandmarken am Pranger und für alle Galgenurteile Anweisungen gegeben. Er selbst hatte eigenhändig acht Hinrichtungen mit dem Schwert vollstreckt, ›glücklich vollzogen‹, wie in den Schriftstücken vermerkt war. Freitags wurden die Urteile gesprochen, montags hingerichtet, immer um zwölf Uhr mittags.

Sechs Jahre lang hatte er angenommen, dass das Leben, das er führte, erträglich wäre, solange er seinen Garten und den Fluss hatte, solange er seine Spaziergänge an der Elbe machen konnte, aufs Wasser blickte und die Schiffe zählte, die mit der Flut einwärts oder mit der Ebbe auswärts fuhren, oder sich an den Möwen erfreute, die in weiten Bögen über das Wasser flogen.

Jan Kock schüttelte sich. Es war sicher die drückende Luft, die ihn melancholisch stimmte. Er ging zur Regentonne und schüttete sich eine Kelle Wasser über den Kopf. Aber die Gedanken rasten weiter.

Warum war er damals nicht mehr in die Schule gegangen, warum hatte er nicht den Mut gehabt, den Lehrern und Mitschülern die Stirn zu bieten, seinen Weg zu gehen, dafür zu kämpfen, Arzt werden zu können? Gewiss, nur wenige Scharfrichter hatten es zum Chirurgen oder Arzt gebracht. Aber einige hatten den schweren Weg auf sich genommen und waren erfolgreich gewesen. Auch er, Jan Kock, hätte es schaffen können. Warum hatte er mit seinem Hund auch den Wunsch, Arzt zu werden, begraben?

»Jan, du bist zum Arzt geboren«, hatte der Vater gesagt, »du sollst Arzt werden, nicht Scharfrichter!«

Seit seinem zehnten Lebensjahr hatte Vater ihn die Wunden der Verbrecher behandeln und verbinden lassen. Vater hatte ihn so vieles gelehrt. Stundenlang hatten sie zusammen Pflanzen gesammelt, getrocknet und gepresst, sie beschriftet, ihre heilenden Kräfte notiert und Salben und Tinkturen gemischt. Er hatte sogar die Erlaubnis erhalten, das Gymnasium zu besuchen. Nicht, weil er als Sohn des Scharfrichters gern gesehen war. Kein ehrbarer Bürger wollte sich mit jemandem abgeben, der Menschen tötete, ihre Leichname beseitigte, herrenlose Hunde schlug, das Aas wegschaffte und Abortgruben ausräumte. Niemand wollte sich mit einem Scharfrichter- und Abdeckersohn beflecken. Nur weil der Vater den Sohn des Senators geheilt hatte, als kein Arzt mehr helfen konnte, erhielt er die Erlaubnis, am Unterricht teilzunehmen.

Das Lernen fiel ihm immer schon leicht. Er wurde schnell der Klassenbeste. Doch dann, eines Tages, hatte er sich geschworen, das Schulgebäude nie wieder zu betreten! Er hätte alles ertragen, das Gehänsel und Gelächter seiner Mitschüler, die Ungerechtigkeiten und Schläge der Lehrer. Er wurde verhöhnt, beschimpft, gequält, misshandelt, das alles hätte er ertragen, wenn nicht das mit seinem Hund passiert wäre.

Sultan hatte er ihn gerufen. Er war der treueste und bravste Hund der Welt. Er hatte ihn an den Hundstagen, an denen die Abdecker herumstreunende Hunde in den Straßen einfingen und erschlugen, vor dem sicheren Tod und dem Abledern gerettet. Das Hündchen lag in einer Hausecke hinter einem Bierfass. Er hatte das braun-weiße Wollknäuel in seine Manteltasche gesteckt und mit nach Hause genommen.

»Jan hat keine Freunde, lassen wir ihm das Hündchen«, hatte die Mutter gesagt.

Dann, eines Nachmittags, an der Elbe, er stromerte gerade mit Sultan am Ufer entlang, traf er auf eine Gruppe von Mitschülern, die auf dem Wasser Kiesel springen ließen. Sultan war fröhlich auf sie zugelaufen. »Sultan, zurück!«, hatte er gerufen, aber Sultan zottelte unbeirrt den Jungen entgegen. Sofort liefen einige Jungen auf Jan zu und hielten ihn fest. Die anderen droschen mit Stöcken und Steinen auf den Hund ein. Sie schlugen ihn wund und blutig, danach ertränkten sie Sultan im Fluss. Sie lachten und krakeelten dabei.

Seit jenem Nachmittag ging er nicht mehr in die Schule. Vater und Mutter beknieten ihn, zum Unterricht zu gehen.

Er blieb stur. Er ging nicht mehr. Sie versuchten schließlich, ihn in einem ehrlichen Handwerk, einerlei in welchem, unterzubringen, aber kein Gewerk wollte einen Scharfrichtersohn als Lehrling aufnehmen. Seitdem war er für die Pflege des Gartens zuständig und assistierte dem Vater.

Was war von seinem Traum, Arzt zu werden, geblieben? Er verkaufte den Menschen Arzneien, heilte ihre gebrochenen Knochen. Auch die Reichen schlichen im Schutz der Nacht durch die Straßen zur Fronerei. Winselnd standen sie vor seiner Tür, Menschen, die ihn verachteten und einen großen Bogen um ihn machten, wenn sie keine Hilfe brauchten. Seit sechs Jahren beschwerten sich die Ärzte, Barbiere und Chirurgen in der Stadt über seine Praxis und bemühten sich, ihm das Handwerk zu legen. Dabei hatte er, der Scharfrichter, mehr Kenntnis vom Menschen als diese Kurpfuscher. Er, Jan Kock, hatte viele Leichen gesehen. Er kannte jeden Winkel des menschlichen Körpers. Und das schätzte man in Hamburg. Seit der Vater den Sohn des Senators gerettet hatte, hatte er Fürsprache im Rat, und man gestattete ihm, zu praktizieren. Und nun suchten die Quacksalberbrotneider durchzusetzen, dass man ihm, Jan Kock, das Heilen verbot.

Es war sicher die drückende Luft, die ihn melancholisch stimmte. Er goss sich eine weitere Kelle Wasser über den Kopf. Das Wasser war von der Sonne aufgeheizt. Es war zu warm, erfrischte nicht.

Er warf einen Blick in den Garten. Blumen, Kräuter, Gemüse und Beerensträucher bildeten ein scheinbar wirres Durcheinander. Aber jede Pflanze befand sich am richtigen Ort. Borretsch neben dem Spinat, Pfefferminze neben Kohlpflanzen, Schwertlilien neben Sellerie, Knoblauch neben Fenchel. Überall blühten Ringelblumen in leuchtendem Gelb. Sie durften sich wegen ihrer entzündungshemmenden und wundheilenden Wirkung ungehindert ausbreiten. Am Fuße des Staketenzaunes hatten sich allerlei Wildkräuter und Kapuzinerkresse ausgebreitet. An der hinteren Hauswand blühten Stockrosen und Löwenmäulchen in allen Farben. Heute, dachte Jan Kock, konnte er sich dieses bunten Farbenspiels nicht erfreuen.

Seit sechs Jahren war er Meister, lebte in der Scharfrichterei, im Zentrum der Stadt, am Berg, südwestlich der Hauptkirche Sankt Petri. Manchmal saßen in den neun Kojen bis zu neunzehn verurteilte Männer und Frauen. Sie wurden Tag und Nacht von einem seiner Knechte und vom Nachtwächter bewacht. Im Keller wurden die peinlichen Fragen gestellt, immer in Gegenwart zweier Gerichtsherren, eines Schreibers und eines städtischen Arztes. Selbst die aus der Bürgerschaft zum Gericht deputierten Bürger verlangten vielfach, den Befragungen beizuwohnen, was der Rat gestattete. Es waren schmerzhafte Fragen, um Angeklagte zum Geständnis zu bewegen, inquiriert und protokolliert vom Actuarius in criminalibus. Warum waren es die Scharfrichter, die dafür verachtet wurden? Warum verachtete man nicht die Untersuchungsrichter, die diese Quälereien anordneten, die ihnen oft mit unbewegter Miene beiwohnten und die Dauer der Tortur und ihren Grad bestimmten?

»Merke dir«, hatte der Vater gesagt, »du kannst die Tortur nicht verhindern, aber die Art und Weise, wie du die Strafen ausführst, liegt allein in deiner Hand. Du kannst dafür sorgen, dass die Angeklagten nicht zu sehr leiden.

Du hast gesehen, ich füge den Menschen nur Verletzungen zu, die sich wieder heilen lassen. Und ich benutze Drogen, mit denen ich die Schmerzen betäube. Mische stets etwas Maulbeersaft, Schierling und Mandragorawein ins Wasser und gib davon den Angeklagten zu trinken.«

Erneut kam ihm seine Meisterprüfung ins Gedächtnis. Alle Scharfrichter der Umgebung waren mit ihren Familien in die Fronerei gekommen, um die bestandene Prüfung zu feiern. Die Glückstädter Linie, die Itzehoer Scharfrichter und der Lüneburger Zweig. Auch Vetter Christian Jassen, Scharfrichter in Schleswig, war angereist.

»Jan muss sparsam sein, um euch durchzubringen«, sagte Vetter Christian zur Mutter. »Das Geschäft geht immer schlechter, die Hinrichtungen nehmen ab, und die Tortur wird auch nur noch selten angewandt. An vielen Orten ist sie bereits abgeschafft. Stattdessen baut man immer mehr Zuchthäuser. Die Reformen nehmen uns unsere Existenz.«

»Das ängstigt mich nicht«, antwortete die Mutter. »Auch wenn Tortur und Hinrichtungen zurückgehen, in Hamburg wird hart bestraft.«

Mutter war lange gestorben, aber die Strafen in Hamburg waren hart geblieben. Jan Kock blickte auf den Kaak, der sich vor seinem Haus befand. Jeden Samstag um Viertel vor zwölf fand am Pranger das Auspeitschen und Brandmarken statt. Was war verachtenswerter, die Huren, Klatschweiber und Kupplerinnen, die kleinen Betrüger und Verleumder oder die Menschen, die sich auf der Straße drängten, die aus den Fenstern der umstehenden Häuser gafften und jeden Schlag mitzählten? Sie zählten bis vierundfünfzig. Vierundfünfzig Streiche! In Hamburg hielt man sich nicht an die Bibel. Moses spricht: ›Wenn man ihm vierzig Schläge gegeben hat, soll man ihn nicht mehr schlagen: auf dass nicht, so man mehr Schläge gibt, er zu viel geschlagen werde.‹

»Sei stolz auf Jan«, hatte Vetter Christian zur Mutter gesagt. »Er wird unser Geschlecht weitertragen und für Ordnung sorgen in der Welt.«

»Aber er wird zeitlebens ein Unehrlicher bleiben«, hatte die Mutter geantwortet. »Wo er auftaucht, werden die Menschen ihn meiden. Das ist kein Leben, Christian. Du weißt es.«

»Wir haben uns, Frieda, wir sind stark, und wir halten zusammen. Und eines Tages werden auch die Scharfrichter zu den ehrlichen Bürgern zählen und Bürgerrechte haben, davon bin ich überzeugt.«

Ehrlicher Bürger, Bürgerrechte. Er, Jan Kock, hatte keine Bürgerrechte. Er durfte inzwischen ein bisschen Land erwerben, darüber hinaus hatte sich nichts geändert. Bis heute war er kein ehrlicher Bürger, und die Menschen mieden oder verhöhnten ihn. Dabei hieß es, die Hamburger seien dem Scharfrichter wohlgesinnt.

Bitterkeit stieg in ihm auf. Ein Nachrichter vollstreckte ein nach göttlichen und menschlichen Rechten ergangenes Urteil. Dennoch entehrte ihn jede Strafe, die er vollzog. Jede Berührung seiner Hand war verboten. Selbst beim Einkaufen durfte er nichts antasten, sondern nur auf die Ware zeigen, die er kaufen wollte. Begegnete er einem der Bürgermeister, musste er den Hut abnehmen, grüßen und danach bis über den äußersten Rinnstein ausweichen. Selbst in der Kirche, selbst vor Gott war er ein Aussätziger. Sein Platz lag weitab von allen anderen, in der hintersten Ecke der Kirche. Er hörte viel über Liebe und Nächstenliebe, von der er als Einziger ausgeschlossen war. Auch das Abendmahl erhielt er abgesondert von den anderen, allein und als Letzter.

Jan Kock dachte an die Beerdigung seines Vaters. Die Mutter hatte darum gebeten, den Sarg wenigstens einmal durch eine Kirche tragen lassen zu dürfen. Es wurde abgelehnt. Sie fand nicht einmal Sargträger. Kein Bürger, kein Handwerker hätte den Sarg eines Scharfrichters angefasst. Es war die Pflicht der Kranzieher, ihn zu Grabe zu tragen. Aber selbst diese schmutzigen Kerle, meist übles Gesindel, hatten sich geweigert. Die Mutter hatte einige Matrosen gegen hohen Lohn gefunden, um Vater unter die Erde zu bringen. Um kein Aufsehen zu erregen, kamen sie des Nachts, mit vermummten Gesichtern. Sie trugen Vater zum Sankt-Petri-Friedhof, zu den abseits gelegenen Gräbern der Scharfrichter, draußen am Beinhof, auf der Südseite der Kirchhofsmauer. Als sie vor dem Grab standen, schossen Männer aus dem Gebüsch hervor und rissen den Bootsleuten die Kopftücher und Mäntel herunter. Einige Kranzieher wollten sich vergewissern, ob sich einer von ihren Genossen zum Leichentragen hergegeben hätte. Die Matrosen wehrten sich, schlugen drauflos. Es kam zu einer wilden Prügelei. Als die Kranzieher sicher waren, dass niemand der ihrigen unter den Leichenträgern war, machten sie sich wieder aus dem Staube. Endlich fand Vater seine Ruhe. Es war wenigstens kein Eselsbegräbnis, bei dem er wie ein Hund verscharrt worden wäre.

Jan Kock blickte zu Boden, scharrte mit dem rechten Fuß im Sand, bis sich eine tiefe Mulde bildete. In den Akten nannte man ihn den *seligen Fron*. Und jedes Jahr zu Weihnachten erhielt er vom Rat als Dank für seine Treue ein Paar Handschuhe aus Hundsleder. Und jedes

Jahr grämte er sich und warf sie ins Kaminfeuer, wegen Sultan, und weil die hohen Herren seine Treue mit der eines Hundes verglichen. Die hoch geachteten Männer glaubten tatsächlich, ihm seine harte Arbeit, sein Leben als Einsiedler dadurch zu erleichtern. O ja, sie waren gütig, die Herren. Er durfte sogar den Hut aufbehalten, wenn er den Ratskeller betrat, sich an jeden freien Tisch setzen und sich bringen lassen, was er wollte. Er trank nur den einfachen Rheinwein zu vierzehn Schilling. Er war nicht so reich wie die hohen Herren, die in den Nischen und Separees die edleren Tropfen tranken und ihre Mahlzeiten einnahmen.

Es war noch nicht lange her, als er von einem seiner Knechte erfahren hatte, dass einer seiner Abdeckerhalbmeister Geschäfte mit dem Koch machte und ihm Hunde und Katzen lieferte. Der Koch hatte sie als Lamm- und Hasenbraten auf den Tisch gebracht, sogar die Köpfe der Tiere hatte er verarbeitet. Er, Jan Kock, hatte den Wirt zur Rede gestellt. Der Wirt hatte ihm einige Taler Schweigegeld zugesteckt und versprochen, den Koch sofort zu entlassen. Dennoch kam die ganze Sache heraus. Der Koch hatte sich längst aus dem Staub gemacht. Der Wirt wusch seine Hände in Unschuld. Die Herren schienen diesen Skandal bereits vergessen zu haben. Sie speisten genüsslich und reichlich. Jan Kock war der Appetit seitdem vergangen.

Dennoch besuchte er keine andere Schankstube als den Ratskeller. In jeder anderen Wirtschaft hatte er damit zu rechnen, sofort hinausgeworfen zu werden. Wollte er eine Schenke betreten, musste er in der Tür stehen bleiben, den Hut abnehmen und sich als Nachrichter ausweisen. Er durfte nur eintreten, wenn niemand von den Gästen protestierte. Ihm war nicht danach zumute, all dies zu erdulden.

Warum hatte er nicht geheiratet, wie Mutter es wünschte? »Jan«, hatte sie gesagt, »heirate, dann ist alles leichter zu ertragen.« Noch auf dem Sterbebett drängte sie ihn, endlich zu heiraten. Wenigstens diese Frage konnte er sich beantworten. Er, Jan Kock, wollte der letzte Scharfrichter der Familie sein.

Um den Gehässigkeiten der Menschen zu entfliehen, um das Gefühl zu haben, nur für kurze Zeit ein normales Leben zu führen, hatte er es sich zur Gewohnheit gemacht, sich zu verkleiden. Sein Doppelleben begann mit einem Schnauzer, den er auf dem Trödelmarkt erstanden hatte. Dann folgten Gehrock, Hose, gute Schuhe und ein Dreispitz. Über das rechte Auge zog er sich stets eine Augenklappe, wie sie viele Kapitäne und Bootsmänner trugen, die zu lange in die Sonne gepeilt hatten. So schlenderte er unerkannt durch die Stadt, besuchte die Kaffeehäuser der Bürger. Es gab viele Kaffeehäuser. Je nach Vorliebe wechselte er von diesem zu jenem. Er setzte sich mit einer Zeitung an einen Tisch, las ausgiebig oder hörte den Kaufleuten, Politikern, Advokaten oder Literaten bei ihren Gesprächen zu. Sie unterhielten sich über Krieg und Frieden, über Handelsgeschäfte, Opern- und Konzertaufführungen. Wer nicht Zeitung las oder diskutierte, spielte. Manchmal ging er in den Spielsaal, beobachtete das Wechselspiel von Furcht und Hoffnung, Wonne und Verzweiflung, das sich auf den Gesichtern der Spieler widerspiegelte, Gesichter, die, wenn sie sich vom Spieltisch abwandten, nur noch von Niedergeschlagenheit gezeichnet waren. Er hatte so manchen Mann beobachtet, der sich reich gekleidet und mit gefüllter Geldbörse an den Tisch setzte, um am nächsten Tag ohne einen Schilling in der Tasche in Lumpen zu laufen. Es war ihm unbegreiflich, wie erwachsene Männer Stunde um Stunde wie kleine Kinder spielten und dabei ihr Vermögen gefährdeten.

Doch er besuchte nicht nur die Kaffeehäuser mit ihren Spielzimmern, sondern schlenderte auch über die Märkte, wo er unbehelligt das bunte Treiben der Menschen beobachten konnte. Natürlich nicht, wenn er auf die Amtsstube ging. Jan Kock hielt inne. Er spürte, wie ihm das Blut aus dem Kopf wich.

Auf einem dieser Märkte, es war auf dem Neuen Markt, hatte er sie das erste Mal gesehen. Es war vor der Kasperbude. Sie lachte. Perlend. Frei. Wie das offene Meer. Auch er musste lachen, nicht wegen des Puppenspiels, er lachte, weil sie lachte. Ihr Lachen nahm ihn gefangen. Zuerst entwichen seiner Kehle nur rostige, abgehackte Klänge. Dann öffnete sich sein ganzer Leib. Sein Lachen quoll aus den Tiefen seines Körpers hervor. Dieses Lachen, das er nicht als das seinige erkannte, hatte seine Brust gesprengt und seine Augen mit Tränen gefüllt. Dieses Mädchen hatte sein Innerstes aufgewühlt, hatte seine Fröhlichkeit, die tief in ihm verborgen schlummerte, entfacht. Eine Ausgelassenheit, von der er nicht wusste, dass sie existierte. Er hatte nicht mehr gelacht, seit das mit seinem Hund passiert war, seit er nicht mehr aufs Gymnasium gegangen war. Er hatte sein Lachen verloren. Er hatte es nicht einmal bemerkt. Er fühlte, wie sich sein Brustkorb zusammenzog.

In der Hoffnung, sie wieder zu treffen, war er in der folgenden Woche zur gleichen Zeit zur Kasperbude gegangen. Sie erschien, in ihrer Dienstmädchenkleidung, in schlichtem Kleid und Haube, und mit ihrem Einkaufskörbchen in der rechten Hand. Und wieder lachte sie, dass ihm das Herz schmerzte. Ihr ganzer Körper schüttelte sich übermütig. Ihre Wangen glühten, und ihre Augen sprühten vor Lebendigkeit. Wie Sternschnuppen. Sie lachte frei wie der Ozean. Und auch er lachte und fühlte sich dabei, als müsse er gleichzeitig weinen. Sie hatte es nicht bemerkt, was sie in ihm auslöste. Er hatte sie nicht ein einziges Mal angesprochen. Er hatte stets in einiger Entfernung zu ihr gestanden, sie in der ersten Reihe, er seitlich hinter ihr.

Vier Wochen lang hatte er mit ihr gelacht. Vier Wochen hintereinander hatte er ihr Lachen gehört und sein Herz gespürt. Dann war sie nicht mehr wiedergekommen. Und sein Lachen war so plötzlich erstorben, wie es aus ihm herausgebrochen war. Nur die Erinnerung und eine schmerzliche Sehnsucht blieben in Leib und Seele haften. Warum hatte er sie niemals angesprochen? Was hätte das geändert? In dem Moment, wo er ihr gestanden hätte, dass er der Scharfrichter sei, wäre sie davongelaufen. Und er hätte sie nie wiedergesehen.

Hätte er sie doch nie wiedergesehen.

3

Es war halb sechs Uhr morgens. Hanna zog die Bettdecke über den Kopf. Sie fror. Sie fror immer, wenn sie erwachte. Auch im Sommer. Ihre Knochen schmerzten vor Kälte, und wenn sie atmete, stieg jener modrig beißende Geruch in ihre Nase, der die Lunge reizte. Ihre Kammer lag im Souterrain, gleich neben der Küche. Es war feucht, die Wände von Schimmel überzogen.

Schwerfällig rollte sie sich von ihrem Bett, stellte sich auf die Füße, strich über ihren Bauch. Tränen schossen ihr in die Augen. Sie wurde von Tag zu Tag dicker. Sie griff zum Mieder, hielt den Atem an, schnürte es so fest wie möglich. Darüber stülpte sie ihr graues Dienstkleid. Nachdem sie die Schürze gebunden hatte, schlüpfte sie in ihre Pantinen. Ihre Strümpfe trug sie bereits. Sie zog sie nur noch zum Waschen aus, wegen der Kälte und weil sie immer mehr Schwierigkeiten hatte, sie über die Füße zu streifen.

Hanna benetzte ihr Gesicht, wusch sich die Hände. Das Wasser war eiskalt. Schnell trocknete sie sich ab. Sie war spät dran. Sie eilte in den Salon, begann sofort, die Fensterrahmen zu wischen. Dann entstaubte sie Möbel und Fauteuils, schüttelte Troddeln, Quasten und Deckchen aus. Sie staubte die Vorhänge ab und fegte den Teppich. Danach machte sie den Speisesaal rein und deckte den Frühstückstisch für die Herrschaften. Hanna stöhnte auf. Ein Stoß. Die Tasse in ihrer Hand fiel zu Boden. Sie stützte ihre Hände in den Rücken, bis der Schmerz nachließ, sammelte die Scherben zusammen. Wie sollte sie den Tag überstehen? Achtzehn Stunden. Es war erst früh am Morgen. Und die zerbrochene Tasse würde ihr vom Lohn abgezogen. Sie weinte. Was hätte sie darum gegeben, Hilfe zu haben. Ein anderes Dienstmädchen. Eine Freundin. Aber außer der Waschfrau, die alle vier Wochen zum Helfen ins Haus kam, hatte sie den ganzen Haushalt allein zu besorgen. Saubermachen, Kochen, Waschen. Das ständige Treppauf, Treppab über mehrere Stockwerke. Im Keller die Küche, im Parterre die Diele und Lagerräume, dann das Kontor, oben die Empfangs- und Wohnräume. Wenn das Essen nicht heiß auf den Tisch kam, beschwerte sich die Herrin. Dabei war der Weg von der Küche zum Speisezimmer viel zu weit, um heiße Speisen servieren zu können, und einen Aufzug gab es nicht.

Hanna rieb sich die Oberschenkel. Sie durfte nicht klagen, sich nichts anmerken lassen, auch wenn ihr die Arbeit von Tag zu Tag schwerer fiel. Wo sollte sie hingehen, wenn sie hinausgeworfen würde? Sie hatte doch niemanden. Sie kannte keinen anderen Ort, an dem sie hätte leben können. Zum Herrn Pastor könnte sie unmöglich zurückkehren. Undenkbar. Sie würde vor Scham im Boden versinken. Nichts anmerken lassen. Sonst gäbe es für sie nur die Gosse. Ein Leben unter den Obdachlosen und Bettlern. Sie hatte noch nie so viele Bettler wie in Hamburg gesehen. Darunter so viele Frauen und Kinder. Ganze Schwärme liefen in den Straßen umher, zerlumpt, verstümmelt, voller Ungeziefer.

Schweigen. Weiterarbeiten. Als wäre nichts.

Hanna lief in die Küche. Sie bereitete das Frühstück, ließ heimlich ein wenig Brot unter ihrer Schürze verschwinden. Die Herrin verschloss alle Lebensmittel, selbst Brot, bevor sie das Haus verließ, aber Hanna fand immer einen Augenblick, einen kleinen Brocken für sich abzuzweigen. Manchmal gelang es ihr, ein Stück von Boubous Fleisch abzuschneiden, ohne dass die Herrin es bemerkte. Hanna konnte Boubou nicht leiden. Er war ein dicker, überfressener Mops mit glasigen Augen, die aus seinem aufgedunsenen Hundegesicht herausglotzten. Immerzu kläffte er. Sein ganzes Aussehen und Wesen unterschied sich kaum von der Erscheinung seines Frauchens, die ihn sogar mit ins Bett nahm. Dass der Hund ständig krank war, musste an den Törtchen liegen, die die Herrin ihm zu fressen gab. An ihr lag es jedenfalls nicht. Sie war strengstens angehalten, Boubou niemals mit fettem Fleisch, vor allem nicht mit Knochen zu füttern, sondern nur feinstes Filet zu verwenden. Sie hielt sich daran, auch wenn es für sie selbst bereits ein Fest war, ausnahmsweise eine Frucht- oder Milchsuppe statt einer Sauerampfersuppe zu erhalten. Sie hatte geglaubt, dass sie nicht mehr hungern müsse, wenn sie bei so hohen Herrschaften in Dienst käme. Beim Herrn Pastor musste sie manches Mal im Dorf für die Familie betteln gehen, und wenn die Bauern ein paar Kartoffeln abgaben, bekamen zuerst seine Kinder zu essen. Für sie blieb nur selten etwas übrig. Auch beim Herrn Pastor hatte sie immer etwas beiseitegeschafft, sonst wäre sie wahrscheinlich verhungert. Aber Pastor Tadsen hatte sechs Kinder und kein Geld. Die Herrin hingegen war sehr reich. Dennoch gab sie ihr nichts. Wenn der Herr ihr nicht ab und zu etwas zu essen zustecken würde, müsste sie auch in diesem Hamburger Kaufmannshaus hungern. Sie wollte nie mehr hungern, nie mehr.

Hanna knabberte am Brotkanten. Vierzehn Jahre hatte

sie bei den Tadsens gelebt. Sie musste etwa drei Jahre alt gewesen sein, als der Pastor sie eines Morgens schlafend auf einer Kirchenbank gefunden hatte. »Du musst auf eigenen Beinen stehen, Hanna«, hatte Pastor Tadsen gesagt, als sie siebzehn war. »Du bist jetzt erwachsen. Ich habe dich der Senatorenfamilie Broderjahn als Dienstmädchen empfohlen. Mehr kann ich nicht für dich tun.«

Ein Jahr war es jetzt her, dass sie ihr Bündel geschnürt hatte. Hanna wischte sich mit der Schürze die Augen trocken. Wenn doch nur Putschenelle bald käme, dachte sie.

Die Tür zum Speisezimmer öffnete sich. Hermine Broderjahn trat ein. Sie trug eines ihrer schlichten Hauskleider aus bräunlichem, einfachem Baumwollstoff. An der rechten Hand hielt sie Boubou am Halsband. Sie setzte sich, ohne Hanna eines Blickes zu würdigen, an den gedeckten Tisch. Der Mops legte sich auf den Teppich.

»Guten Morgen, Frau Senator.«

»Es fehlt eine Tasse, hast du schon wieder eine zerbrochen?«

»Es tut mir leid, sie ist mir aus der Hand gefallen.«

»Es ist schon die zweite in dieser Woche, und letzte Woche der Teller. Du wirst alles bezahlen. Es wird dir diesen Monat nicht viel Lohn bleiben. Und nun beeil dich, ich will frühstücken.«

Hanna brachte eine neue Tasse. Sie schenkte Tee ein. Ihre Hände zitterten.

»Reiß dich zusammen, sonst zerbrichst du auch noch die Kanne.«

Hermine Broderjahn nippte an ihrer Tasse. Sie musterte Hanna über den Tassenrand hinweg. Wie sie dieses gesunde, fleischig-rosige Mädchen verabscheute. Ihre junge Erscheinung, jede Geste, jede ihrer Bewegungen führten ihr täglich vor Augen, wie sie gealtert war. Das Mädchen war schön, hatte strahlend blaue Augen, goldglänzendes Haar, weiße, gesunde Zähne und eine Haut wie Marzipan. Ihre eigene Haut dagegen war faltig, das Haar stumpf und strähnig, ihre Zähne gelb. Vier hatte sie bereits eingebüßt. Ihr einst jugendlich straffer Körper hatte sich in ein von Schmerzen geplagtes, schlaffes Etwas verwandelt. Sie war Ende vierzig, verwelkt und des Lebens müde. Hermine Broderjahn stellte die Tasse ab, rieb sich die Augen. Sie fühlten sich geschwollen an.

Wie viele Dienstmädchen hatte sie schon hinausgeworfen. Bei dieser hatte Karl gesagt: »Ich verbiete dir, sie zu entlassen. Ich verbiete es dir.«

Dreiundzwanzig Jahre war sie mit ihm verheiratet. Dreiundzwanzig Jahre wohnte sie mit ihm in diesem düsteren Haus in der Fuhlentwiete. Sie hatte Haltung bewahrt, hatte gehorcht, hatte all seine Demütigungen und Kränkungen heruntergeschluckt und ihre Wut beherrscht, obwohl in ihrem Innern ein Gift wirkte, das sie zunehmend auffraß. Nach außen hin erschien sie stark. Jeder glaubte, sie sei die Herrin im Hause, führe die Zügel in der Hand. Nur sie selbst erkannte, dass sie schwach war, dass ihr Leben als Frau des Ratsherrn und Kattunfabrikanten Broderjahn einem Gefangenenleben glich. Weil sie nicht die Kraft hatte, sich von ihm zu trennen, weil sie alle Unbilligkeiten ihrer Ehe ertrug. Die Ehebrüche, das Glücksspiel und die Trinkerei. Sie ertrug es. Auch wenn sie sich wie ein brodelnder Kessel kurz vor dem Explodieren fühlte. Sie fügte sich in ihr Schicksal. Sie hatte keine Wahl. Ihr Vermögen, das sie in die Ehe mitgebracht hatte, verwaltete Karl. Sie wusste nicht einmal, ob es noch existierte. Wenn die Kattunmanufakturen im Gegensatz zu vielen anderen Fabriken in der Stadt nicht so gute Umsätze machen würden, wären sie vielleicht schon bankrott.

Die Dielen knarrten. Hermine beobachtete, wie sich die Türklinke senkte. Karl Broderjahn betrat das Speisezimmer.

»Guten Morgen.«

»Guten Morgen. Hast du gut geschlafen?«

»Danke. Gut.« Er blickte zu Hanna.

»Schenk mir Tee ein, Hanna.«

»Du kannst gehen, Hanna, ich werde meinem Mann einschenken.«

Hermine Broderjahn blickte in seine geröteten Augen, betrachtete die feisten, schlaff herunterhängenden Wangen, seine einst feine Nase, die nun einer Tulpenzwiebel glich.

Er warf ihr einen abfälligen Blick zu. Schlug das Wochenblatt auf. Ruckartig. Das laute Rascheln des Papiers erfüllte den Raum. Hermine schenkte ein.

»Ich werde übermorgen eine Tischgesellschaft abhalten, Lieber.«

Er schwieg, blätterte eine Seite um.

»Willst du nicht wissen, wen ich eingeladen habe?«

»Hm«, murmelte er, ohne aufzublicken.

»Ich möchte das Menü mit dir absprechen, und es wäre sehr nett von dir, beim Frühstück nur ein einziges Mal die Zeitung beiseitezulegen.«

Er riss die Zeitung herunter.

»Ich habe andere Dinge im Kopf als deine Tischgesellschaften. Ich muss die Wirtschaftsseite studieren.«

Er widmete sich wieder seiner Lektüre.

Hermine Broderjahn nahm ein Törtchen und fütterte den Hund, der zu ihren Füßen lag. Der Mops quiekte nach mehr.

Er schleuderte die Zeitung auf den Tisch.

»Herrgott, muss das sein? Du weißt genau, dass der Hund jetzt nicht mehr aufhört zu kläffen und zu betteln.«

Sie fütterte den Hund. Sah ihn mit leicht geschlossenen Lidern, nur durch einen Spalt, an.

»Ich habe dich gesehen, Karl, unten, vor der Kammer.«

»Nicht schon wieder. Komm mir nicht wieder mit deinen Hirngespinsten. Hermine, du solltest endlich einen Nervenarzt konsultieren, so kann das nicht weitergehen.«

Er sprang auf.

Die Tür knallte. Der Mops kläffte.

Hermine hob Boubou auf den Schoß, streichelte ihn. Der Hund beruhigte sich, legte seinen Kopf auf ihren linken Unterarm. Er ließ sich genüsslich liebkosen. Hermine kraulte gedankenverloren die Ohrenansätze des Mopses. Irgendwann würde Karl sie ins Spital zu den Verrückten sperren, dachte sie. Was war aus ihrem Leben geworden? Sie war ein hübsches, junges Mädchen voller Träume gewesen, hatte sich nichts sehnlicher gewünscht, als aus ihrem Elternhaus herauszukommen. Sie wollte die Welt kennenlernen, hinaus aus dem düsteren Kaufmannshaus, weg von den dunklen, ewig knarrenden Treppen und Dielenböden, den modrig riechenden Zimmern, in denen sie eingesperrt lebte. Nur zum Kirchgang und für ihre Einkäufe auf dem Markt hatte sie das Haus verlassen dürfen. Ihr Mädchenleben hatte sich zwischen stundenlangem Herbeten des Katechismus, Musizieren, dem Lesen erbaulicher Schriften und Handarbeit bewegt. Das

Sticktuch. Wenn sie nur daran dachte, erschauerte sie. Es war ein einfaches Leinentuch. Die Mutter hatte drei quadratische Löcher hineingeschnitten, die sie so sorgfältig schließen musste, dass man sie nur entdeckte, wenn man das Tuch gegen das Licht hielt. Die übrige Fläche musste sie mit einem guten Dutzend Stickmustern in verschiedenen Farben besticken. Sie hatte so sauber zu arbeiten, dass die Rückseite sich fast ebenso wie die Schauseite darbot. Stunde um Stunde saß sie und stickte, stickte, stickte. Danach kam das zweite, ein an den Rändern gezacktes Leinentuch, dessen Kerben sie nicht nur sorgfältig umsticken, sondern auch noch mit einem Filigranmuster überspinnen musste. Es folgten Schäferszenen, Liebespaare mit Lämmern, Kühen und Bäumen. Das war noch schwieriger, denn sie stickte nun auf einem gewöhnlichen Stück Papier, und die Rückansicht hatte der Vorderseite wie ein Spiegelbild zu gleichen. Wie oft war ihr das Papier eingerissen. Niemals hatte sie Sinn und Talent gehabt für diese Handarbeiten. Ihre Hände schmerzten ständig, und die Augen brannten und tränten. Es war eine Tortur. Mutter aber ließ sie nicht aufhören, wenn sie müde wurde. »Lass in der Hand die Nadel gleißen, so kannst du Tugendtochter heißen.« Wie oft hatte sie diesen Satz gehört.

Die Eltern waren streng mit ihr gewesen, hatten ihr Ordnung und Fleiß, Fleiß und Ordnung gepredigt, um sie auf ihr zukünftiges Leben als gute Ehefrau und Mutter vorzubereiten. Hermine Broderjahn seufzte. Jeden Festtag, selbst Beerdigungen hatte sie herbeigesehnt, um Abwechslung zu haben. Nachts, wenn alle schliefen, hatte sie die Kerzen angezündet, ihre Liebes- und Abenteuerromane aus dem Versteck in der Bodendiele geholt, sich lesend an einen anderen Ort begeben, in eine Welt voller Leben und Gefühle.

Hermine spürte die jugendliche Hitze von damals in sich aufsteigen. Sie lächelte versonnen. Der erste Ball. Mutter hatte ihr das volle, hellblonde Haar zu einem eine Elle hohen Haarturm geformt, es mit Drahtgestellen und Rosshaar unterfüttert und mit den schönsten Federn, Blumen und Bändern geschmückt. Der Turm hatte ihr Kopfschmerzen verursacht, und die Nadeln stachen in die Kopfhaut. Aber das war unwichtig. Auch dass sie den ganzen Abend kaum atmen konnte, spielte keine Rolle. Ihr Korsett war so fest und steif gewesen, dass die Fischbeinstäbchen einer Gewehrkugel widerstanden hätten. Es hatte ihr Arme und Schultern gewaltsam zurückgetrieben, die Brust herausgestellt und ihr zu einer Wespentaille verholfen. Die Männer liebten es, wenn sie die Taille einer Frau mit ihren Händen ganz umfassen konnten. Und sie wünschte sich nichts sehnlicher, als zu gefallen. Hermine sah vor ihren Augen den smaragdgrünen, seidenen Reifrock, den sie getragen hatte, über und über mit Falbeln versehen, darüber das Seidenkleid gleicher Farbe, mit einer langen Schleppe, vorne weit auseinanderfallend, mit Ärmeln, die bis an die Ellenbogen reichten und bis zu den Schultern hinauf mit Bordüren versehen waren. Dazu der weite Ausschnitt, der ihren alabasterfarbenen Hals und ihr makelloses Dekolleté so vorteilhaft betonte. Sie war eine Schönheit gewesen.

Es war Liebe auf den ersten Blick. Er hatte ihr versprochen, den ersten Tanz mit ihr zu tanzen. Danach blieb er den ganzen Abend in ihrer Nähe, führte sie zu Tisch, zeigte ihr durch höfliches und freundliches Verhalten, dass sie ihm nicht gleichgültig war. Sie hatte etwas für ihn gefühlt, konnte sich nicht erklären, was es war, hatte versucht, dieses eigentümliche, beängstigende und zugleich beglückende Gefühl zu unterdrücken. Seit jenem Ball war alle Ruhe aus ihrem jugendlichen Herzen gewichen. Sie wusste nicht, wie ihr geschah. Sie hatte Karl ständig vor Augen, seine vornehme Erscheinung, das schmale Gesicht, die Augen, die sich ihr mit Interesse zuwandten, klar und selbstverständlich, das Lächeln seiner schmalen Lippen, die feine, leicht gebogene Nase. Die Haut, die für einen Mann sehr zart erschien, die Perücke, deren weiße Locken sein anmutiges Gesicht umschmeichelten. Er hatte Ähnlichkeit mit einem jener adligen Galane in ihren Romanen.

Sie musste List anwenden, um ihm wiederzubegegnen. Von der Dienstmagd hatte sie erfahren, dass Karl mittags bei seinen Eltern speiste. In der Hoffnung, ihn zu treffen, hatte sie der Mutter vorgelogen, auf den Markt zu gehen und Einkäufe zu erledigen. Unstet war sie durch die Gassen gelaufen. Sonst hatte sie großes Vergnügen daran, die Auslagen in den Schaufenstern der Geschäfte zu bewundern. Hinter den Bleichen gab es ein entzückendes Hutgeschäft. Das liebte sie am meisten. Aber an jenem Tag hatte sie keinerlei Interesse an den Läden. Mit unruhigen Augen suchte sie die Straßen nach ihm ab. Sie gelangte auf den Gänsemarkt. Aus einer Bäckerei strömte der Geruch von frisch gebackenem Brot. Sie nahm ihn nur flüchtig wahr, blickte über den Platz. Nichts. Sie glaubte bereits, ihn zu verfehlen. Dann war sie ihm endlich begegnet. Am Valentinskamp, vor einem Schusterladen. Karl hatte sie zunächst nicht erkannt, ihr dann aber angeboten, mit ihm auf den Jungfernstieg zu gehen. Sie hatte vor Aufregung kaum sprechen können, hatte ein hilfloses Nein danke gestammelt und gestottert, dass sie zu Hause erwartet würde. Die Angst ließ sie ablehnen. Wie hatte sie gelitten, nachdem sie ihm diesen Wunsch ausgeschlagen hatte, sich mit Selbstvorwürfen gequält und geglaubt, ihr eigenes Glück zerstört zu haben. Hermine Broderjahn schüttelte den Kopf. Wie alle Liebenden war sie mit Blindheit geschlagen.

Das nächste Mal traf sie Karl im Konzert. Zinck spielte. Die Musik interessierte sie nicht mehr, denn Karl blieb den ganzen Abend an ihrer Seite. Sie glühte vor Glück. Ein weiterer Ball folgte. Schließlich bat Karl darum, mit ihr im Hause Umgang zu haben. Zu Weihnachten luden die Eltern ihn ein. Sie hatte sich so sehr gefreut, doch er verhielt sich wie ein Fremder. Er war höflich und kalt. Diese Starrheit, diese Frostigkeit, war es nicht die Atmosphäre, vor der sie zu fliehen gedachte? Stattdessen hatte sie auf dem Klavier gespielt und gesungen, um ihm zu gefallen, und vermutet, dass irgendetwas an ihrem Verhalten ihn verstimmt hätte. Es blieb ein kühler, gezwungener Abend. Und beim nächsten Tanzvergnügen führte er ein anderes Mädchen an den Tisch, scherzte und unterhielt sich mit ihr, lebhaft und ohne Distanziertheit. Er trank nicht wenig. Schon damals.

Die Väter hatten sich geeinigt. Der alte Herr Broderjahn teilte dem Vater mit, dass sein Sohn fest entschlossen sei, seine Tochter Hermine zu heiraten. Vater willigte ein. Was hätte er auch dagegen haben sollen? Die Broderjahn'sche Kattunmanufaktur florierte.

Hermines Augen verfinsterten sich. Wie dumm kann man sein? Sie hatte alle aufkommenden Zweifel beiseitegeschoben, hatte Karls Verhalten als Angst des Junggesellen vor dem Ehestand interpretiert. Freudig und ohne zu zögern, hatte sie ihm das Jawort gegeben. Ihr Korsett hatte ihr nicht nur die Taille, sondern auch den Verstand eingezwängt. Obgleich, auch bei klarem Verstand hätte sie die Hochzeit, die die Väter bereits beschlossen hatten, nicht verhindern können. Geschäft war Geschäft.

Vor der Hochzeitsnacht hatte sie noch an den Klapperstorch geglaubt, bis sie von den Begierden ihres Mannes eines Besseren belehrt wurde. Sie war dazu erzogen worden, zu schweigen, in ihren Bedürfnissen bescheiden zu sein, ihre Wünsche zurückzustellen, hatte gelernt, wenig an sich selbst zu denken und Opfer zu bringen. Hermine schmiegte Boubou an ihre Brust. Sie ließ die Wärme des Tieres in ihren Körper fließen, dachte an Hinrich, ihren Sohn. Sie hatte alles getan, ihn gesund aufwachsen zu lassen. Hatte sich geschworen, die neuen Erziehungsmethoden von frischer Luft und freier Bewegung der Kinder nicht anzuwenden, nicht bei Hinrich. Sie hatte strengstens darauf geachtet, dass er fest gewickelt wurde, sich nicht verletzen oder verrenken konnte. Der Amme hatte sie verboten, Lilien im Kinderzimmer zu verteilen oder Theriak zu benutzen, um den Säugling ruhigzustellen. Selbst heftiges Wiegen und Singen hatte sie ihr untersagt, weil es bei Kindern gefährlichste Anfälle verursachte. Sie hatte Hinrich von allen schädlichen Krankheitskeimen ferngehalten, alle Fenster verklebt und die Türen zum Kinderzimmer mit dicken Tüchern verhängt, ihn mit Wärmekörben erhitzt, mit den Dünsten kochenden Teewassers befeuchtet, damit er keine andere Luft schöpfte als die mit seinen eigenen Dünsten angefüllte. Sie wollte nicht, dass sie ihn wie ihre ersten beiden Kinder verlor. Es waren Zwillinge, Mädchen. Sie hatten das erste Jahr nicht überlebt. Gedankenverloren zog sie an Boubous Ohren. Hinrich. Sie hatte alles zu seinem Wohle getan. Hatte ihm, als er keine Windeln mehr trug, Schnürbrust und Fallhut angelegt, damit er sich bei Stürzen den Kopf nicht verletzte und einen aufrechten Gang erhielt. Welche Freude war es gewesen, dem Kleinen die Haare zu toupieren, Puder und Pomade aufzutragen und den Zopf zu flechten. Und erst das Einkleiden. Wenn ihr kleiner Mann in gefälligen Kniebundhosen und Justaucorps vor ihr stand, traten ihr stets Tränen in die Augen.

Aus dem Kind wurde ein Junge. Karl schickte ihn aufs Kontor, zu Brinkmann, Seidenhändler. Dort sollte er die Lehrjahre verbringen. Karl versprach sich viel davon. »Er soll bei uns lernen«, hatte sie gebettelt. »Zeige ihm alles, was er wissen muss.« Karl antwortete: »Es wird Zeit, dass der Junge Abstand von dir gewinnt, Hermine, du verzärtelst ihn. Er soll die Gelegenheit bekommen, sich umzuschauen. Er muss endlich ein Mann werden.«

Hinrich wurde ein Mann. Er verliebte sich in das Kindermädchen der Brinkmanns. Hinrich wollte das Mädchen, sie hieß Bente, heiraten. Karl schickte ihn weit weg von Hamburg, nach London. »Finde etwas über die englischen Kattunfabriken und ihre Produktion heraus«, sagte er zu ihm. »Die Engländer haben die besseren Maschinen. Sie erobern zunehmend den Markt. Und finde neue Kunden, die bei uns drucken lassen. Hamburg ist bekannt für dauerhafte, schöne Farben. Die Engländer verfügen zwar über gute Maschinen, der Druck ihrer Stoffe ist jedoch von schlechter Qualität.«

Hermine dachte an Hinrichs letzten Brief. »Ich bitte

Euch, liebe Mutter, lieber Vater, lasst mich nach Hause kommen, mir ist nicht wohl in London. Die schlechte Luft und der dichte, feuchte Nebel nagen an meiner Gesundheit. Ich fühle mich von Tag zu Tag schwächer.«

Wie oft hatte sie Karl gebeten, Hinrich zurückkommen zu lassen.

»Er ist verweichlicht, soll sich erst einmal die Hörner abstoßen, soll lernen, pflichtbewusst zu handeln, sich nicht wie ein Jammerlappen aufführen, hat eine Aufgabe zu erfüllen. Ich werde ihn nicht zurückholen«, sagte er.

Sie hatte sich ihr eigenes Schlafgemach eingerichtet. Nie vergaß sie, es nachts abzusperren. Nie. Karl erwähnte es niemals. Und Hinrich blieb in London.

Dann kam die Depesche.

Zu unserem Bedauern müssen wir Ihnen mitteilen, dass Ihr Sohn Hinrich am 25. März den Folgen des kalten Fiebers erlag.

Hinrich war tot. Ihre einzige Liebe, ihr einziger Sohn, ihr letztes Kind.

»Hanna«, gellte es durch das ganze Haus. »Wo bleibst du? Deck sofort den Tisch ab. Muss man dir alles dreimal sagen?«

4

Jan Kock hatte das Mädchen überall gesucht. Auf allen Märkten. An jeder Puppenbude, in jeder Schaubude, auch an den Ständen der Händler. Nach einigen Wochen kannte er alle Polichinellen der Stadt, unzählige Variationen des ›Doktor Faustus‹ und die verschiedensten Darbietungen der Schausteller. Wilde Tiere, Taschenspielereien, Wachsfiguren, Seiltänze, Luftsprünge, Kunstreiten, Missgeburten, Marionetten, Harlekins, Komödianten auf ihren Thespiskarren, Steinfresser und Bänkelsänger. Das, was sie zeigten und spielten, interessierte ihn nicht. Er durchsuchte die Zuschauermenge, suchte nach ihr. Wenn es zu dunkel war, um etwas zu erkennen, lauschte er, aufmerksam und angespannt, lauschte und hoffte, im Getöse der kreischenden und johlenden Menschen ihr einzigartiges Lachen zu vernehmen.

Je länger er suchte, je aussichtsloser er seine Gänge über die Märkte empfand, desto unerträglicher erschien ihm das schrille Leben und Treiben um ihn herum. Die scharfen Trompetenstöße, das heisere Geschrei der Ausrufer, das Gezeter der Marktfrauen, die überspannten, krächzenden Stimmen der Bänkelsänger, das Quietschen und Ratschen ihrer Geigen und Leierkästen. Seine Ohren begannen zu schmerzen, und sein Kopf schien nicht mehr in der Lage, eins und eins zusammenzuzählen.

An einem Nachmittag, es war ein Donnerstag, geriet er in die Bude eines Schaustellers, in der ein breitschultriger, wilder Bursche mit einem eisernen Gebiss Kiesel zerknackte. Danach zerriss er lebendige Hühner und Tauben, verschlang die noch zappelnden und kreischenden Vögel mit Federn und Knochen. Blutbeschmiert nahm er ein kleines Hündchen in seine Pranken, brüllte dabei wie ein hungriger Löwe.

Jan Kock zwängte sich durch die Menge, im Hintergrund das Quieken des Hündchens. Am Ausgang würgte er, rang nach Luft, lief durch das Marktgewirr von Menschen und Waren, benutzte die Ellenbogen, rempelte und drängte sich an den Lastträgern vorbei, unempfindlich gegenüber den Schiebkarren, die ihm ans Schienbein stießen.

Seit jenem Nachmittag hatte er aufgehört zu suchen. Aus. Aus und vorbei. Sie war und blieb verschwunden. Fortan mied er die Märkte, setzte sich lieber ins Kaffeehaus. Wollte keine Frauen um sich haben, kein helles Lachen, das nicht das ihre war. Immer häufiger hielt er sich im Kaffeehaus auf, unbehelligt, saß am Tisch, lauschte den Gesprächen der Männer oder las die Tageszeitungen. Jan Kock atmete tief ein. Die Luft staute sich in seiner Lunge. Es war im Dresser'schen Kaffeehaus gewesen, als die Comtoir-Nachrichten vor ihm ausgebreitet lagen, aber er hatte nicht gleich zu lesen begonnen, sondern wie gewohnt zunächst das Treiben um sich herum beobachtet.

Es war früher Nachmittag. Das Kaffeehaus war überfüllt. Wie Ratten auf einem Käsespeicher liefen die Herren umher. Die Börse hatte gerade geschlossen. Die Kaufleute trafen sich, um weitere Geschäfte abzuschließen, Spekulationen zu tätigen, sich zu erholen und zu plaudern. An jenem Tag, dem Donnerstag, hatte er zwei Herren beobachtet, die neben der Theke standen und die goldumrahmten Verkaufsregale mit Wunderpillen, Zahnputzmitteln, Pastillen, Arzneifläschchen und Döschen aller Art inspizierten. Er nannte es das Quacksalberregal. Jedes Mal, wenn er die Schankstube betrat, warf er einen Blick darauf, ob neue Mittel angeboten wurden. Der kleinere Mann nahm eine braune Flasche aus dem Regal. Jan Kock kannte die Aufschrift: »Gut in allen Lebenslagen, heilt alle Krankheiten. Ein herrliches Mittel gegen das männliche Unvermögen, hilft sicher, die sinkenden Manneskräfte wiederaufzurichten.«

Es käme günstiger für den Herrn, ein Glas Bier zu trinken, dachte er.

Der Name »Struensee« fiel am Nebentisch. Jan Kock lauschte. Er hatte viel von ihm gehört. Er arbeitete als Armenarzt in Altona.

»Während Struensee in Altona die Waisenkinder erfolgreich gegen die Pocken impft«, sagte ein Mann mit Hakennase und Adleraugen, »sterben in Hamburg die Menschen wie die Fliegen. Kein Arzt in Hamburg beherrscht das Impfen gegen die Blattern. Auch ich nicht. Und wenn es einer versucht, dann sterben die Patienten. Die Ärzte schneiden zu tief, sagt Struensee. Sie beschwören aus der erwarteten leichten Erkrankung einen tödlichen Pockenbefall herauf.« Der Mann zog an seiner Pfeife.

»Struensee ist der Einzige, der diese Impfung beherrscht. Er sollte andere Ärzte ausbilden. Stattdessen fordert er, dass zunächst Impfanstalten errichtet werden müssen. Er glaubt, dass jede nicht abgesonderte Impfung eine Infektionsgefahr für die Nichtgeblatterten bedeutet. So wie die Eigenschaft des Magneten durch Berührung auf viele Eisenstücke übergehen kann, könne auch das Blattergift von einem Kranken auf noch ungeblatterte Personen übertragen werden. Das Blatterngift sei eine ansteckende Materie, welche sich kraft ihrer unendlichen Teilbarkeit aus sich selbst vermehre. In der Krankenstube dürfe nicht einmal eine Fliege sein, da sie von dem Eiter der geplatzten Pusteln angelockt würde und das Blatterngift verschleppen könnte. Ich halte das für Unsinn. Die Ärzte sollen lernen, zu impfen, und die Patienten in ihren Häusern behandeln.«

»Übrigens«, sagte ein dicker Mann mit Knollennase, »Struensee ist nicht mehr in Altona. Er lebt jetzt in Kopenhagen, als Leibarzt des dänischen Königs.«

Jan Kock dachte über das Gehörte nach. Wenn Struensee recht hatte, könnte dies bedeuten, dass das Blatterngift vielleicht eine Art von feinen, lebendigen und sich vermehrenden Wesen ist, die die Krankheit von einem zum anderen tragen. Er hatte davon gehört, dass Briefe, die von pockenkranken Personen geschrieben und über fünfzig Meilen verschickt worden waren, diejenigen infizierten, die sie gelesen hatten. Das sprach für die Theorie von Struensee.

Lange noch dachte Jan Kock über Seuchen nach. Die Zeitung lag auf dem Tisch. Und die Nachricht, deren Lektüre den Anfang oder die Fortsetzung seines Unglücks bedeutete, blieb vorerst ungelesen.

5

Karl Broderjahn war auf dem Weg zur Fabrik. Hastig schritt er die Fuhlentwiete entlang, hetzte Große Bleichen hinab. Er war zutiefst verärgert. Hermine, Hermine, auf Schritt und Tritt verfolgte sie ihn. Es wurde immer unerträglicher. Er fühlte sich wie ein Gefangener in seinem eigenen Haus. Er passierte das Fabriktor, begab sich in die dunklen, stickigen Produktionssäle. Überall roch es nach beißenden Farbsubstanzen. Die Schildermädchen saßen bereits an den langen Tischen und brachten das Indigo mit Pinseln auf den Baumwollstoff auf. Hinter jedem Mädchen blieb er stehen und begutachtete ihre Arbeiten.

»Was ist das für eine Schlamperei, siehst du nicht, dass auf dem Bogen ein anderes Farbmuster eingezeichnet ist? Und du, du sollst nur die Umrisse ausmalen, hörst du, nur die Umrisse.« Broderjahn hustete. Die giftigen Farbdämpfe reizten seine Lunge.

»Martens, stell eine neue Vorarbeiterin ein, diese hier taugt nichts«, sagte er zum Prokuristen. »Wenn du mir noch einmal so eine vorsetzt, kannst auch du deinen Hut nehmen.«

Die Vorarbeiterin weinte. »Herr Direktor, die beiden Mädchen sind noch neu, sie lernen doch noch, und sie sind jünger als die anderen, erst zehn Jahre alt. Ich bitte Sie, lassen Sie mich weiter arbeiten, ich bin Witwe, ich muss für fünf Kinder sorgen. Nicht einmal mein Lohn reicht zum Leben.«

Broderjahn drehte sich um und verließ den Produktionssaal. Er bedauerte, dass er sich mit diesen Weibern abgeben musste, dass das Indigo nicht mit Druckplatten aufgetragen werden konnte. Im Winter, wenn die Schiffe mit der Baumwolle aus Übersee nicht mehr so häufig einliefen, würde er die Mädchen wieder entlassen. Er eilte zu den Formstechern. Einige Männer schnitten ihre Muster in das Holz, andere versahen fertige Druckformen mit Farbe und applizierten sie auf den Kattun. Dann schlugen sie mit Hämmern auf die Rückseite des Blockes, um die Farbe auf den Stoff zu treiben. Karl Broderjahn hielt sich die Ohren zu, stürzte aus der Musterhalle. Hermine, Hermine, dachte er, sie hatte es ja so gewollt. Sie hatte sich ihm verweigert. Karl Broderjahn schnaufte. Inzwischen war es ihm egal. Er hatte schon lange kein Verlangen mehr nach Hermine. Er erreichte den Bleichplatz. Auf dem Gelände hingen zahlreiche Tücher zwischen Pflöcken aufgespannt. Die Arbeiterinnen begossen sie gerade mit Wasser. Er begab sich in die Bleichhalle, wühlte in den bereits gebleichten Stoffstapeln.

»Zum Teufel, nennt ihr das gebleicht? Ist das weiß? Ich werde allen den Lohn kürzen.«

Er lief geradewegs zum Alsterufer. Einige Arbeiter spülten den Rohkattun, andere bearbeiteten ihn auf dem Klopfsteg. Karl Broderjahn hörte das gleichmäßige Klopfen der Hölzer. Die Hanna, die ließ er sich nicht nehmen, die Hanna, die war etwas Besonderes. In ihrem Gang war ein Wiegen, eine Bewegung, die sein Blut zum Kochen brachte. Wenn sie neben ihm stand und servierte, konnte er nichts anderes mehr denken, als ihren Leib in seinen Händen zu spüren.

Unruhe ergriff ihn. Jäh machte er kehrt, eilte in sein Kontor, schloss die Tür hinter sich, nestelte mit den Fingern in seiner Westentasche, konnte den Schlüssel nicht sofort fassen. Mit zittrigen Händen zog er den Schlüssel hervor, öffnete das Schränkchen hinter dem Schreibpult, griff zur Rumflasche, entkorkte sie, setzte an, nahm drei kräftige Züge, verkorkte die Flasche wieder, stellte sie zurück, schloss die Schranktür ab, steckte den Schlüssel wieder ein. Karl Broderjahn schaute auf die Uhr. Halb eins. Es war Zeit, zur Börse zu gehen.

Er verließ das Fabrikgebäude, überquerte die Kleine Alster. An der Ecke Große Johannisstraße bog er in die Große Bäckerstraße ab. Zwei Bettler versperrten ihm den Weg. Sie schleppten einen stöhnenden Kranken auf einer notdürftig mit Lumpenfetzen zusammengeflickten Trage die Gasse hinauf. »Einen Pfennig, der Herr, nur einen Pfennig.« Karl Broderjahn wollte ausweichen. Sie ließen ihn nicht gehen. Die Trage stieß an seine Beine. »Himmelherrgott, macht, dass ihr verschwindet, elendes Lumpenpack!« Er drängte sich an den Männern vorbei, erreichte das Rathaus, steuerte über den belebten Platz auf das gegenüberliegende Börsengebäude zu. Arbeitsleute und Dienstboten, Perückenmacher und Wasserträger schleppten Fässer, sperrige Kisten und Schachteln über den Platz. Einige Judenjungen drängten die Passanten, Knöpfe, Schnürsenkel und anderen Kleinkram aus ihren Bauchläden zu kaufen. Auch Bettlern war es gelungen, auf den Börsenplatz zu gelangen. Karl Broderjahn drängte sich durch die lästige Händler- und Bettlerschar, wehrte ihre Zudringlichkeiten energisch ab. Obwohl Kleinhändlern und Bettlern Verhaftung und Halseisen drohten, durchstießen sie immer wieder die Absperrungen. Er warf einen kurzen Blick auf Waage und Kran. Dann betrat er die Börse. Es war kurz vor eins, die Hallen waren bereits überfüllt. Kaufleute und Bankiers, Schiffsreeder und Makler handelten und diskutierten, fuchtelten mit den Armen, reckten sie in die Höhe. Ihre weißen Perückenköpfe wackelten und nickten. Satz- und Wortfetzen drangen an Karl Broderjahns Ohren. »Tabak aus Baltimore«, »Kaffee Surinam«, »Hundert Schiffspfund«, »Zucker«, »in Courant-Mark«, »hat Konkurs gemacht«, »Hansens Schiff gekapert«, »keine Assekuranz«, »bei Juden Geld geliehen«, »Wie teuer sind Korinthen?«, »Hoffe, dass das Schiff untergeht, habe es überversichert«.

Er ging zu den Säulen hinüber, studierte die Anschläge, notierte aktuelle Geld- und Wechselkurse sowie Warenpreise und Auktionsankündigungen für Kattun. Ein Hausierer schrie ihm ins Ohr. Karl Broderjahn schüttelte die Finger, die an seinem Ärmel zupften, ab. »Scher dich zum Teufel«, rief er. Er wandte sich wieder den Anzeigen zu, hoffte, dass der Börsenknecht nicht eigenmächtig Zettel abgerissen hatte, um sein Gehalt aufzubessern. Danach begab er sich zum Treffpunkt der Kaufleute und Fabrikanten, die mit europäischen Ländern, vor allem England, Frankreich und Spanien Handel trieben.

»Wie soll es weitergehen«, hörte er Gutmann schimpfen. Er besaß eine Seidenmanufaktur, war gleichzeitig Schiffsreeder. »Zuerst der Siebenjährige Krieg, dann Preußens Handelsbeschränkungen, die dazu führen, dass unsere Waren mit hohen Abgaben belegt oder ganz verboten werden. Immer mehr Manufakturen in der Stadt machen bankrott. Jetzt entzieht uns auch noch England den Boden unter den Füßen. Nicht nur, dass England die besseren Maschinen hat, die Briten sind auch in der Schifffahrt weit überlegen. Die Hamburger Schifffahrt Richtung Großbritannien ist, außer nach London, verloren, wenn die Engländer ihre Beschränkungen für Garn und Holz nicht aufheben. Kein Hamburger Schiff hat die Erlaubnis, diese Waren nach England einzuführen. Sie machen aber für Hamburg den größten Umsatz aus. Die Kommerzdeputation muss sich an den Senat wenden, um im englischen Parlament eine Eingabe zu bewirken. Wenn nicht bald etwas unternommen wird, wird in absehbarer Zeit kein Hamburger Schiff mehr nach England fahren.«

England, England, gellte es in seinen Ohren. Karl Broderjahn vernahm nur noch Stimmengewirr. Bilder tanzten vor seinen Augen. Er sah Hinrich das Schiff nach England besteigen. Hinrich hatte sich nicht von ihm verabschiedet. Ohne sich umzudrehen, war er die Gangway hinaufgegangen und im Schiffsrumpf verschwunden.

Herrgott! Er hatte es doch nur gut gemeint. Er hatte doch nicht zusehen können, wie sein Sohn sich die Zukunft verbaute. Weichmütigkeit ist der ärgste Feind eines Kaufmanns! Der Junge war verzärtelt. Deshalb hatte er ihn nicht nach Hause kommen lassen.

Karl Broderjahn verspürte ein Ziehen im Brustkorb. Nur einmal in seinem Leben, nur ein einziges Mal hatte er Glück empfunden. Das war, als Hinrich geboren war. Er hatte nicht gewagt zu atmen, als er sich über seine Wiege beugte, fühlte sich fiebrig vor Glück. Das erste Mal hatte sein Leben für ihn einen Sinn bekommen.

»England, London. Wir müssen etwas unternehmen«, schimpfte Gutmann. »Senator Broderjahn, können Sie sich dieses Problems nicht im Rat annehmen?«

»Wie bitte? Ja, nun, ich werde sehen, was sich machen lässt«, sagte er.

Wieder erfasste ihn eine starke Unruhe. Er verließ die Börse, um ins Dresser'sche Kaffeehaus hinüberzugehen.

Rauchschwaden zogen durch den Raum. Ohne sich umzusehen, durchquerte er den großen Gastraum, steuerte direkt auf die Theke zu. »Das Übliche«, sagte er und eilte ins Spielzimmer. Petersen, Bruns und Köhler warteten bereits.

»Lasst uns sofort beginnen«, sagte Syndikus Petersen. »Ich habe nicht viel Zeit. Heute Nachmittag tagt die Patriotische Gesellschaft.«

Der Kellner kam mit Kaffee und Köpken-Martiniquer.

Karl Broderjahn trank den Rum, dann ein wenig Kaffee. Vom Nebenzimmer her erklang das Klacken der Billardkugeln.

»Also dann. Lasst uns in den Pot einzahlen. Erich, du gibst.«

Köhler legte seine Pfeife ab, mischte, teilte jedem Spieler drei Karten aus. Dann drehte er die Retourne um.

»Kreuz Bube.«

Petersen setzte.

»Ich gehe mit«, sagte Bruns.

»Ich erhöhe«, sagte Karl Broderjahn.

Köhler stöhnte. »Ich steige aus.«

»Gehe mit.« Petersen.

»Ohne mich.«

»Ich erhöhe«, sagte Karl Broderjahn.

»Ich gehe mit«, rief Petersen.

»Ich erhöhe.«

»Gehe mit.«

»Erhöhe.«

»Gehe mit.«

»Erhöhe«, sagte Karl Broderjahn, ohne zu zögern.

Petersens Augen fixierten das Blatt. Immer wieder schob er seine drei Karten mit dem linken Daumen, dem Mittel- und Zeigefinger zusammen und wieder auseinander. Sein schwitziger Hals schabte am Kragen. Er lächelte.

»Gehe mit.«

»Erhöhe.«

Petersens Augen glänzten fiebrig.

»Erhöhe ebenfalls.«

»Ich geb noch was drauf.« Karl Broderjahn grinste.

Petersen schrieb einen Wechsel aus.

»Gehe mit«, krächzte Petersens Stimme. Sein Mund grinste.

Drei weitere Runden folgten.

»Lass sehen«, sagte Karl Broderjahn.

Petersen zögerte. Dann legte er die Karten auf den Tisch.

»Brelan simple mit drei Assen!«

Stille.

Karl Broderjahn verzog keine Miene. Auf Petersens Gesicht zeigte sich hoffnungsvolle Entspannung. Karl Broderjahn wartete, ließ ihn zappeln. Erst nach einer Weile blätterte er sein Blatt auf den Tisch. Jede einzelne Karte klackte.

»Brelan carré, mein Guter.« Vier Buben mit der Retourne. Sein Lachen durchdrang den ganzen Raum. Ein unüberhörbares, einsames, hämisches Lachen.

Aus Petersens Gesicht war alle Farbe gewichen. Zusammengesunken saß er am Spieltisch, hob die Hände vors Gesicht, streifte sie über das Kinn nach unten und ließ sie auf die Tischplatte fallen.

»Karl«, flüsterte er, sein Mund hatte sich zu einem

scheuen, flehenden Lächeln geformt, »lass mir etwas Zeit.«

»Ich warte nicht gern, Peter.«

Peter Petersen verließ das Kaffeehaus. Aus. Bankrott. Broderjahn hatte seinen Ruin besiegelt. Er war erledigt. Unwiderruflich. Die Banken würden ihm kein Geld mehr geben. Wieder hatte er sich nicht beherrschen können. Dabei hatte er sich geschworen, sich nicht mehr provozieren zu lassen, keine riskanten Spiele zu wagen. Er hatte nur noch den Wunsch, sich zu verkriechen, kämpfte mit Übelkeit. Nach Hause, nur schnell nach Hause. Dann rief eine Stimme in ihm: »Nicht aufgeben, Peter Petersen. Nicht aufgeben. Lass dir nichts anmerken. Bei der Sitzung zu fehlen, erzeugt nur eine Reihe von unbequemen Fragen bei den Mitgliedern.« Scharf zog er den Atem ein und eilte zum Eimbeck'schen Haus, wo die Gesellschaft tagte.

Er bog in die Kleine Johannisstraße ein, lief bis zur Ecke Dornbusch, warf einen flüchtigen Blick auf das Gebäude und das von zwei Löwen getragene Wappen der Stadt über dem Eingangsportal. Er nahm den rechten Aufgang der zweiläufigen Treppe, öffnete die Tür, eilte vorbei am Anatomiesaal zum Herrensaal, wo die Versammlung stattfand. Stimmengewirr schlug ihm entgegen. Peter Petersen zögerte. Lieber hätte er im Ratsweinkeller des Hauses in einer stillen Ecke ein Bier getrunken. Er schob die Hände ineinander, knackte mit den Fingern und betrat den Versammlungssaal. Über den ganzen Raum verteilt standen Gruppen von Männern herum, die sich mit gewichtigem

Tonfall und raumgreifenden Gebärden unterhielten. Ihre Stimmen hallten in dem kahl möblierten, hohen Saal. Petersen sah einige bekannte Gesichter, grüßte nickend, vermied es aber, Gespräche zu führen. Er ging zur Wandtafel hinüber, tat so, als überflöge er die neuesten Beschlüsse der Gesellschaft und die Namen der neuen Mitglieder. Dann blätterte er flüchtig in einer der ausliegenden Zeitschriften.

Der Protokollführer erhob sich von seinem Tisch auf der rechten Seite des Podiums und läutete die Glocke. Alle Herren nahmen ihre Plätze ein. Auch Petersen setzte sich. Die Glocke tönte ein weiteres Mal. Das Geraune versiegte. Georg Strauch, von Haus aus Theologe und Mathematiker, wartete bereits auf dem Podium. Pah, Strauch, dachte Petersen. Er sollte sich nicht zu weit aus dem Fenster lehnen. Bei ihm zu Hause ging es hoch her mit Gelagen aller Art.

Nachdem das Rücken der Stühle und letztes Gemurmel verstummten, ergriff Strauch das Wort.

»Ehrbare Hamburger Bürger aller Stände und Berufe. Es ist mir eine große Freude, Sie begrüßen zu dürfen. Wir haben uns heute wieder zusammengefunden, um uns tatkräftig für unser geliebtes Hamburg einzusetzen, mit all unseren Kräften dahin zu streben, das Gemeinwohl, die Manufakturen, die Kunst und nützlichen Gewerbe innerhalb der Stadt zu fördern, dem Arbeitsamen aufzuhelfen, Geschicklichkeit zu verbreiten, Witz und Kunst anzuspornen und alle Hindernisse des Flors unserer Gewerbe zu entdecken und zu beseitigen.

All unser Trachten geht dahin, Patrioten hervorzubringen, Menschen zu Pflichten zu erziehen, die sie Gott und dem Vaterlande schuldig sind. Unsere Stadt braucht fleißige, rechtschaffene Bürger. Durch regelmäßigen Gedankenaustausch wollen wir alles tun, unsere Mitmenschen und uns selbst zu bessern, humanere Lebensverhältnisse in der Stadt zu schaffen, Vorurteile zu bekämpfen, Missbräuche zu verhindern und Not und Elend zu lindern.

Eine der zurzeit dringlichsten Aufgaben unserer Gesellschaft ist es meines Erachtens, der ständig steigenden Bettelei in der Stadt Herr zu werden. Zu Tausenden belagern Bettler unsere Wälle, Märkte und Plätze. Sie versuchen, auf alle erdenkliche Art unser Mitleid zu erregen. Die Bettelei, meine Herren, ist ein krebsartiges Übel, das wie ein langsam wirkendes Gift die Gesundheit des Staates zerstört, die Kräfte seiner arbeitenden Glieder lähmt, dem Aufblühen unserer Industrie schadet und sich mit einem Heer von Lastern, Mutlosigkeit und Elend über die zahlreiche untere Klasse der Einwohner verbreitet. Der Unterhalt von Bettlern ist vergeudetes Kapital. Wir dürfen die Bettler nicht mehr mit Almosen versorgen, sondern wir müssen ihre Kräfte produktiv im Wirtschaftsleben einsetzen. Solange wir ein arbeitsloses Leben auf Kosten der privaten Wohltätigkeit unterstützen, ist dies nicht möglich. Solange wir diese Berufsbettler heranzüchten, die die Almosen als Lohn für Faulheit, Müßiggang, Unverschämtheit und Unredlichkeit ansehen, ist es unmöglich, in den unteren Volksklassen den Sinn für Arbeitsamkeit zu wecken. Das arbeitslose Leben der Bettler ist unvereinbar mit unseren philanthropischen Ideen, das wahllos ausgeübte Almosengeben ist der Hauptgrund für den moralischen Tiefstand der Armenbevölkerung.

Wie lange schon, meine Herren, sind wir bemüht, der Bettelei in der Stadt Einhalt zu gebieten. Wie viele Mandate haben wir erlassen. Wir haben nicht nur die Bettelei, sondern auch das Almosengeben verboten, dazu die Beherbergung von Bettlern unter Strafe gestellt. Doch wie sieht die Realität aus? Die Bettelvögte, die die Bettler aufgreifen sollen, lassen sich bestechen. Die Bürger geben Almosen, und die geldgierigen Wirte quartieren das Gesindel bei sich ein.

Unsere Gesellschaft muss dazu beitragen, alle Bettler aufzugreifen und zu erziehen. Wir müssen sie ins Zuchthaus sperren, sie zu unangenehmer und schwerer Arbeit anhalten, ihnen bei Arbeitsverweigerung die Nahrung entziehen, sie körperlich züchtigen, damit sie sich wieder an Arbeit gewöhnen.

Bei dieser Zielsetzung dürfen wir jedoch nicht außer Acht lassen, dass Armut nicht immer eine Folge von Faulheit ist. Wir müssen unterscheiden lernen zwischen wirklicher, unverschuldeter Armut und dem unwahren Klagen gewerbsmäßiger Bettler. Wir sollten die Kranken vor Armut und Verfall bewahren und Arbeitsanstalten errichten, worin die Armen und Hilfsbedürftigen für einen geringen Unterhalt arbeiten müssen.

Ich möchte an dieser Stelle betonen, dass niemand von uns gewillt sein kann, die Armut in der Stadt gänzlich abzuschaffen. In einem blühenden Staat müssen viele Arme, wenig Hilfsbedürftige und keine Bettler sein. Wir brauchen Arme. Sie sind die Arbeitskräfte, die unsere Fabriken zum Erblühen bringen. Sehr übel würde es der Stadt gehen, wenn es keine Arbeiter in den Fabriken gäbe, wenn ihr zum Bau Handlanger, Gesellen und Knechte fehlten, wenn das Kommerzwesen nicht genügend Träger, Packer, Auflader, Karrenschieber, Prahmführer und Fuhrleute hätte. Und was sollen wir begüterten Bürger und Einwohner anfangen, wenn Kutscher, Stallknechte, Lakaien, Köche, Köchinnen, Wäscherinnen, Ammen und Wartsweiber zu unserer Aufwartung fehlen, und was soll aus dem Polizeiwesen werden, wenn keine Stadt- und Polizeidiener, keine Markt- und Gassenknechte, keine Strandvögte, Brückenaufseher, keine Nachtwächter und Stundenrufer, keine Laternenanstecker, keine Häscher, Schließer und Gefängniswärter für Geld und Lohn zu erhalten wären? Wir brauchen viele Arme in unserer Stadt. Erst wenn der Arme zur Hilfsbedürftigkeit absinkt, wird er zur Quelle aller Laster und Staatsunruhen, die das Eigentum bedrohen. Daher gilt es, nicht die Armut, sondern die Hilfsbedürftigkeit und Bettelei einzudämmen.

Um viele neue Ideen dieser Art und fruchtbare Diskussionen anzuregen, wird die Patriotische Gesellschaft einige Hundert Mark für Abhandlungen zu diesem Thema als Preisgeld aussetzen. In diesem Sinne wünsche ich uns fruchtbare, die Wirtschaft und die Aufklärung befördernde Ergebnisse.«

Stürmischer Applaus setzte ein. Einige Herren erhoben sich von ihren Sitzen. Bravorufe ertönten. Auch Peter Petersen klatschte frenetisch in die Hände. »Bravo, bravo, lieber Strauch«, rief er, während er dachte: Wenn nicht ein Wunder geschieht, werde auch ich zum Almosenempfänger.

Strauch wartete, bis der Applaus abebbte.

»Ich danke Ihnen, meine Herren. Danke vielmals. Bevor wir bei einem bescheidenen Mahl die Möglichkeit zu regem Gedankenaustausch haben, möchte ich meinen Vortrag mit einigen Zeilen unseres ehrenwerten Dichters Johann Joachim Eschenburg schließen.

O Hamburg, Stadt des Glücks!,
was kann dein Lob noch heben?
Der Ruhm, dass auch in dir noch Patrioten leben.
Sie sind erwacht, und wohl, wohl jedem Menschenfreund,
der sich mit ihrem Mut zum Heil des Volks vereint,
Für bess'rer Weisheit Ruhm,
für Fleiß und Handlung wachet,
des Landmanns Hütte schmückt,
den Künstler glücklich machet!

O Gott!, durch den der Trieb in ihrem Busen wohnt,
der durch Empörer straft, durch Patrioten lohnt,
verscheuche du den trägen Schwarm der Weichlichkeiten,
und lass den Edelmut sich überall verbreiten!
Du senktest ihn ins Herz der Väter Hamburgs ein;
durch ihn lass sie beglückt, durch ihn gesegnet sein!
Wenn unsre Lehrer ihn durch Red und Beispiel lehren,
kein Bürger müsse dann den Ruf vergebens hören:
›Willst du des Lebens Glück und einen edlen Tod,
so sei ein Menschenfreund, sei Christ und Patriot!‹«

6

Hanna bereitete das Essen vor. Sie bestreute das Rindfleisch mit Mehl, legte es in die Pfanne, in der die Butter schäumte. Bratendunst schlug ihr entgegen. Sie briet das Fleisch von allen Seiten an, bis es überall einen halben Fingerbreit durchgebraten war. Mit einer großen Fleischgabel hob sie den Braten aus der Pfanne, legte ihn in eine große Schüssel, schnitt rundum alles Braungebratene ab, naschte ein paar Stückchen Fleisch. Hanna liebte es, den englischen Braten zuzubereiten, weil bei diesem Gericht niemandem auffiel, wenn Fleischstücke fehlten. Sie legte den Braten wieder in die Pfanne und briet die nächste Schicht. Sie brauchte noch etwa fünfzehn Minuten, bis er ganz durchgebraten und aufgeschnitten war. Zuletzt goss sie die restliche Bratenbutter über das Fleisch, stellte die Pfanne beiseite. Sie wischte sich die Hände an der Schürze ab, setzte sich auf den Küchenschemel. Sie legte die Arme auf den Tisch, vergrub den Kopf darin. Sie war so müde, so entsetzlich müde.

Sie hört es schellen. Schreckt zusammen. Jeder Muskel zieht sich zusammen, beginnt zu schmerzen. Bewegt sich nicht von der Stelle. Glocke tönt. Wieder. Und wieder.

Tränen. Steht auf. Verlässt die Küche. Ihr Atem stockt. Steht vor der Tür. Steht. Steht. Klopft. Fast lautlos.

»Nun komm schon«, ruft der Herr.

Zwei Schritte. Stehenbleiben.

»Sperr die Tür ab.«

Stehenbleiben.

»Tu, was ich sage.«

Tür zu. Fuß folgt Fuß. Zögernd. Schwer. Wie Bleiklötze. Bleiben stehen, die Klötze. In der Mitte des Raumes. Bleiben stehen. Teppichmuster.

»Näher, näher.«

Schritte, ihre Schritte.

Er grinst. Winkt. Zu mir, zu mir.

Sein Gesicht ist gerötet. Schweißperlen. Atmet schwer. Mund steht offen. Die Zunge. Sie kreist. Hin und her. Hin und her. Zu mir. Zu mir.

»Putscheneeelleeeee!« Nichts.

7

Jean-Pierre Ragalle, den das Hamburger Volk nur *Putschenelle* oder *Kasperfranzoos* nannte, war auf dem Weg zum Fluss. Als er das Elbufer erreichte, hielt er Ausschau nach einem bequemen Stein, setzte sich und blickte auf das Wasser. Es war mit Schiffen und Booten übersät. Weiße, braune, dunkelrote Segel zogen vorüber. Die Schuten und Ewer waren voll beladen, lagen tief im Wasser. Milcheimer, Frucht- und Gemüsekörbe stapelten sich auf den Decks.

Der Wind stand gegen die Fahrtrichtung. Die Schiffe mussten kreuzen. Immer wenn ihre Segel nach Steuerbord oder Backbord schlugen, knatterte der Wind in das Tuch. Ragalle erkannte die Flotte der See- und Elbfischer aus Helgoland und Blankenese. Dahinter schwamm ein großes dreimastiges Schiff mit braunroten Segeln. Nirgends war eine Durchfahrt. Der Kapitän gab Flaggensignal. Segelkommandos ertönten. Die kleineren Schiffe wichen aus, drängten sich seitwärts des großen Seglers zusammen. Er konnte passieren. »Isabella«, las Ragalle auf dem vorbeigleitenden Schiffsrumpf. Er sah dem Dreimaster noch eine Weile nach.

Fünf Jahre war es her, dass Ragalle den Fuß auf Hamburger Boden gesetzt hatte, ausgerüstet mit äußerst sorgfältig geschnitzten und gut gekleideten Puppen. Er hatte großes Geschick in ihrer Handhabung. Das war auch nötig, denn er konnte anfangs nicht ein Wort Deutsch, geschweige denn den Dialekt des Volkes. Trotzdem fing er mit seinen Vorstellungen an, und er gewann bald ein kleines Publikum. Als er gelernt hatte, Deutsch zu radebrechen, wurde er schnell zum Liebling des Volkes. Die Aussprache fließend zu beherrschen, gelang ihm freilich nicht. Er tröstete sich damit, dass Franzosen grundsätzlich nicht sehr begabt schienen, fremde Sprachen zu erlernen. Außerdem liebte das Volk seinen französischen Akzent und die Fehler, die er machte. Er erntete viele Lacher, und die Zuschauer hatten großes Vergnügen daran, seinen Tonfall nachzuahmen. Wie sollte er diese Sprache erlernen? Jedes Kirchspiel hatte seinen eigenen Dialekt.

Ragalle war ein guter Puppenspieler. Er gab seinen Figuren eigene Bewegungen und Stimmen. Und er arbeitete seine Stücke aus. Während andere innerhalb von vier Minuten drei Szenen geistlos und monoton herunterspielten, brauchte er mehr als das Zehnfache der Zeit, um all seine Ideen unterzubringen.

Dennoch führte er ein Leben in Armut. Er wohnte in den Gängen der Stadt. Die Häuser, die hier standen, waren die kläglichsten der ganzen Stadt. Dunkle, niedrige Eingänge führten zu den Höfen. In einem dieser Höfe wohnte er. Ragalle war froh, eine Bude im Erdgeschoss zu bewohnen. Die Diele diente zugleich als Küche. Der Fußboden war mit Pflastersteinen ausgelegt. Das war sehr kalt. Aber gegenüber der Haustür, in der linken Ecke, stand ein gemauerter Herd. Ragalle war glücklich darüber, Feuer machen zu können. Viele im Viertel hatten nur Feuerkiken. Sie schoben sich die kleinen Heizkästen unter den Rock oder stellten ihre Füße darauf.

Der Ofen machte ihr Leben erträglich. Besonders, wenn sie durchgefroren von der Vorstellung zurückkamen. Madeleine achtete jedoch darauf, ihn nur sparsam zu beheizen. Sie konnten sich Holz nur selten leisten.

Oft schickte er die Kinder zum Hafen, um herumliegendes Holz zu sammeln. Auch für Wasser blieb nur manchmal etwas übrig. Meistens schöpften sie das Wasser direkt aus dem Fleet, obwohl im Hof ein Verkäufer mit gefüllter Tonne stand. Sie konnten es sich nicht leisten. Die öffentlichen Brunnen benutzten sie nicht. Sie waren zu weit entfernt. Nur wenn die Kinder krank waren, holten sie sauberes Wasser. Aber sollte er sich beklagen? Um ihn herum war das Elend viel größer. Im Obergeschoss, in den Sälen wohnten mehrere Familien zugleich. Die Säle waren niedriger als das Parterre, und es zog durch alle Ritzen. Am schlimmsten sah es in den Kellerwohnungen aus. Sie waren so feucht, dass Tropfen von der Wand rannen und die hölzernen Gerätschaften moderten. Mehrmals im Jahr gab es Überschwemmungen. Dann mussten die Nachbarn ihre Habseligkeiten retten und auf Treppen flüchten. Nach dem Hochwasser schöpften sie das Wasser aus dem Keller und schliefen auf nassem Stroh. Kam die Flut bei Nacht, ertranken viele Alte und Kranke. Sie kamen nicht mehr rechtzeitig nach oben. Undenkbar, mit Frau und Kindern einen solchen Keller zu bewohnen. Auch die Holzpuppen würden vermodern. Eine Bude im Erdgeschoss war ärmlich, aber man konnte es dort aushalten. Immerhin hatte die Familie ein Dach über dem Kopf. Ein Dach mit einem Ofen. Madeleine achtete immer darauf, dass sie an den Zahltagen, an Sankt Martini und an Himmelfahrt genügend Geld hatten, um die Miete zu bezahlen. Nie wieder wollte sie ohne ein Zuhause leben. Wenn Madeleine an diesen Tagen all die Menschen, die ihre Miete nicht bezahlen konnten, mit ihren Karren durch die Straßen ziehen sah, füllten sich ihre Augen mit Tränen.

Früher waren sie über Land gezogen, hatten in Scheunen und Ställen übernachtet oder sogar am Wegesrand kampiert. Madeleine hatte beide Kinder in Ställen geboren. Das war kein Leben. Aber niemals hätte er sein Puppenspiel aufgegeben. Er war und blieb Puppenspieler. Er würde seine Handpuppen nicht einmal gegen Marionetten eintauschen. Drahtpuppen bewegten sich steif und eckig, auch wenn sie noch so geschickt geleitet wurden, die Augen rollen und den Mund öffnen und schließen konnten. Drahtpuppen wirkten arrogant und unterkühlt. Sie bildeten sich etwas ein auf ihre Beweglichkeit. Die Handpuppe aber, in deren Kopf der Zeigefinger saß, während der Daumen und Mittelfinger ihre Arme bewegten, hatte Herz und war lebendig. Mit wenigen Bewegungen konnte man ihr alle Gefühle einhauchen. Sie verschmähte etwas, wenn man ihren Kopf nach links drehte und sie die Hände von sich stoßen ließ. Sie flehte, wenn man ihre Handflächen zusammenführte, sie bewunderte, litt, bereute, fürchtete sich, je nachdem, wie die Stellung ihrer Hände und des Kopfes war. Nein, ohne seine Handpuppen, ohne sein kleines Theater konnte er nicht leben. Er würde sich lebendig begraben fühlen.

Ein Gaukler hatte ihm von den vielen Märkten und Spielbuden in Hamburg erzählt und dass man dort gebührenfrei spielen durfte. Also beschloss er damals, in die große Stadt, nach Hamburg zu gehen. Er hatte genug Scherereien gehabt. Warum sollte er nicht sein Glück in Hamburg versuchen? Nun, Glück konnte man es nicht nennen, in einer Bude zu wohnen. Zudem sorgte er sich um die Mietpreise, die stiegen wie die Schmutzberge auf dem Hof. Dazu die vielen Krankheiten, die im Viertel grassierten. Kinder, die nur von Tee und trockenen Kringeln lebten, die mit Ungeziefer bedeckt, lungenkrank oder verkrüppelt auf Strohlagern dahinvegetierten. Möge Gott sein Töchterchen Jeanne und seinen Sohn Maurice beschützen, dachte Ragalle.

Ragalle zog eine neue Puppe und einen Holzfisch aus der Tasche seines abgewetzten Mantels. Madeleine hatte sie gefertigt. Sie fertigte und reparierte alle Figuren. Madeleine hatte geschickte Hände. Alle Puppen, die sie sich ausdachte, hatten Charakter. Es war ein Leichtes, ihnen Leben einzuhauchen. Dieses Mal hatte sie den Kopf einer alten Fischfrau geschnitzt. Das Gesicht wirkte frech, hatte einen großen Plappermund mit schwulstigen Lippen und eine Knollennase. Die Augen waren klein. Das gab der Figur einen verschmitzten Ausdruck. Das Kleid hatte Madeleine aus groben Sackleinen genäht. Der Holzfisch war schmal und lang, sodass er ihn beim Spiel als Knüppel benutzen konnte.

Er steckte die Puppe auf seine Hand, stellte ihr viele Fragen. Sie antwortete so lange, bis er wusste, wie sie sprach und fühlte, bis sie ihm alle Geheimnisse offenbart hatte. So machte er es mit jeder neuen Puppe.

»Wie heißt du?«, fragte er.

»Miele«, antwortete die Puppe.

»Magst du Fisch?«

»Ihhhh, ich hasse Fisch. Er stinkt und stinkt und stiiiiinkt. Ich benutze ihn nur zum Ohrfeigen.«

»Hast du einen Mann?«

»Leider. Er ist ein Suffkopp. Er säuft, und meine Kinder müssen hungern.«

»Wie viele Kinder hast du?«

»Ich hatte einmal neune. Jetzt sind es noch vier. Dazu kommen fünf Enkel von den zwei Ältesten.«

»Woran sind sie gestorben?«

»Och, das Übliche. Krank, verhungert, verunglückt. Eins ist in einen Eimer mit Fischen gefallen und erstickt. Man kann nicht alle durchbringen.«

Ragalle stellte noch viele Fragen. Nach etwa zwei Stunden küsste er die Puppe und steckte sie samt Fisch in die Manteltasche zurück. Er rieb sich die Hände, spreizte die leicht gekrümmten Finger. Dann erhob er sich. Wie gewohnt zog er seinen Hut über die linke Gesichtshälfte und machte sich auf den Heimweg.

Als er nach Hause kam, schnitzten Madeleine und Jeanne gerade an einem weiteren Puppenkopf. Ragalle setzte sich auf den Schemel.

»Schau her«, sagte Madeleine zu Jeanne, »ich schnitze die Köpfe derb. Sie müssen beinahe roh behauen erscheinen. Zu fein ausgeführt, wirken sie nicht. Ich nehme Linden- oder Nussbaumholz und benutze echtes Haar für Haar und Bärte. Und ich verzichte auf Farben. Das Wichtigste sind die Augen. Als Augapfel musst du stets einen schwarz gefirnissten Nagel verwenden. Er gibt den Puppen besonders viel Leben, da er bei jeder Bewegung das Licht reflektiert. Dadurch erwecken die Puppen den Anschein, den Ausdruck wechseln zu können.«

Madeleine befestigte den Anzug am Hals der Figur mit Segelgarn. Dann nagelte sie ihn zur Sicherheit mit Stiften fest. Zum Schluss arretierte sie den Hut.

Ragalle betrachtete Madeleine. Sie sah erschöpft aus. Ihre Augen waren geschwollen, die Stirn mit Sorgenfalten durchzogen, der Mund zusammengepresst. Ragalle blickte auf ihren gekrümmten Körper, der sich leidlich auf dem Schemel hielt, nur von einem alten Stofffetzen umhüllt war. Er errötete. Sie war in Lumpen gehüllt und nähte

Kleider für seine Puppen. Und er, er trieb sich mit jungen Weibern herum. Madeleine, als ob sie seine Gedanken erraten hätte, blickte von ihrer Arbeit auf und reichte ihm die neue Puppe.

»Wenn wir nicht mehr verdienen«, sagte sie, »wird es vorerst die letzte Puppe sein. Ich habe kein Holz mehr, nur noch ein paar Stücke, um Holzlöffel zu schnitzen. Jeanne soll sie nächste Woche mit auf den Markt nehmen und verkaufen. Pierre, ich habe nicht einmal mehr genügend Garn und Stoff, um die Puppen zu flicken.«

Sie sprach ohne Bitterkeit.

Ragalle schwieg. Wie sollte es weitergehen? Seine Finger schmerzten und versteiften zunehmend. Die Puppen hatten nicht mehr die Beweglichkeit, die sie benötigten, besonders bei den Prügelszenen, die schnelles und geschicktes Schlagen und Ausweichen erforderten. Die schlechten Unterkünfte, die vielen Vorstellungen im Freien, bei Wind und Wetter, besonders die harten Winter hatten seine Hände ruiniert, seine Hände, die für sein Auskommen unerlässlich waren. Ihm gelang es nur noch mit Mühe, mit ständig hoch gestreckten Armen zu stehen, die Figuren zu wechseln und zu bewegen, dabei gleichzeitig in verschiedenen Stimmen zu sprechen. Auch die stickige Luft in dem engen Kasten machte ihm zu schaffen. Noch wusste er sich zu helfen. Wenn seine Finger müde wurden und sehr schmerzten, das kam besonders nach Prügelszenen vor, ließ er eine Szene folgen, in der besonders viel gesprochen wurde, und wenn seine Stimme heiser war und er sie schonen musste, spielte er Szenen, die viel Bewegung enthielten. Wie lange würde er noch spielen können? Maurice war erst neun Jahre alt. Er war noch zu jung. Er musste noch viel lernen und frecher werden, um das Publikum zu unterhalten und ihm genügend Taler aus der Tasche zu locken, um nur leidlich davon leben zu können. Er selbst hatte trotz seines Talentes, dass der Junge nicht zu besitzen schien, seit Jahren keine neue Kleidung kaufen können. Es reichte gerade, um die Miete zu bezahlen und nicht zu hungern. Alles ging in die Herstellung und Reparatur der Puppen. Er lief nie anders als in seinem abgetragenen, groben Überzieher und mit seinem Wachstuchhut herum, von dem er sich allerdings für nichts auf der Welt getrennt hätte. So zog er umher, den Kasten mit den Puppen auf dem Rücken. Maurice und Jeanne zogen die Bude. Sie hatte Räder. Er war sehr stolz darauf. Viele Puppenspieler mussten auch die Bude auf dem Rücken tragen oder einen Träger anstellen. Maurice spielte die Trompete. Sie war verbeult und voller Kratzer. Ihr Klang beschränkte sich auf einen quäkenden Trötton. Das war nicht weiter störend. Gerade durch diesen kreischenden Ton wusste jedermann, dass die Kasperbude von Ragalle-Putschenelle nahte. Jeanne lief mit dem Teller herum und sammelte das Geld ein. Sie war schon zwölf und machte ihre Sache gut. Zudem war sie ein schönes Mädchen und lockte so manchem ein paar Münzen mehr aus der Tasche.

Sie traten überall auf. Auf dem Pferdemarkt, am Rathausmarkt, meistens nach der Knochenhauergasse zu, auf dem Gänsemarkt und Großneumarkt. Natürlich auch vor der Stadt, auf dem Spielbudenplatz. Er zog auch durch Gassen und Höfe, wo Menschen wie er, wo die Ärmsten der Armen wohnten. Wie er sich freute, wenn er einem apathischen Kind, auf dessen Gesicht sich Totenblässe zeigte, ein Lächeln abringen konnte. Geld ließ sich freilich nicht damit verdienen.

Ragalle saß auf dem Schemel und betrachtete Madeleine. Er liebte sie, auch wenn er sich das eine oder andere Abenteuer gönnte. Er würde immer für sie da sein, für Madeleine und seine beiden Kinder, solange es ihm möglich war, solange seine Finger ihm gehorchten. Er ging auf Madeleine zu und küsste sie auf die Stirn.

»Kinder«, rief er, »kommt, wir müssen gehen.«

Auf dem Marktplatz drängten sich die Menschen. Hunderte von Verkäufern boten ihre Waren feil. Es roch nach Buttermilch, Pfefferkuchen, gebratenen Würsten, Aalen und Käse. Ragalle ermahnte seine Kinder, nichts zu stehlen. Sie bauten die Bude auf, ordneten die Handpuppen in der Reihenfolge ihrer Auftritte. Maurice setzte die Trompete an. Ihr schriller Ton übertönte das Marktgeschrei.

»Putschenelle, Putschenelle fängt an to spelen«, rief ein Kind und zog der Mutter am Rockzipfel.

Pierre Ragalle legte seine Puppen zurecht. Er war unkonzentriert, der Kasper fiel auf den Boden. Ragalle hob die Puppe auf. Sie fiel ihm ein zweites Mal aus der Hand. »Herr Gott noch mal«, fluchte er. Er stülpte den Kasper über seine rechte Hand. »Wenn du nach Hause kommst, musst du mit Madeleine sprechen«, sagte die Puppe. »Du kannst es nicht mehr aufschieben. Es ist höchste Zeit.«

Putschenelle guckt über den Bühnenrand.

»Hallohallohallo!«

Er verschwindet wieder.

»Kasper, kumm, Kasper, kumm«, ruft ein Mädchen. Ihre Wangen glühen.

Putschenelle taucht wieder auf. Er kratzt sich von Kopf bis Fuß.

»Ah, diese Läuse haben mich so gern, dass sie mich in Stücke beißen. Sie sind so ungeniert auf mein Fleisch aus, als ob sie für Essen und Trinken bezahlt hätten.«

Putschenelles Frau erscheint.

»Mann, ich brauche Haushaltsgeld.«

Putschenelle: »Was, sind die Schillinge schon aus, die ich dir vor vier Wochen gegeben habe? Ich habe nur Läuse.«

Frau: »Rede nicht, gib mir Geld und nimm das Kind, damit ich Einkäufe machen kann.«

Das Kind schreit. Putschenelle wiegt es.

»Warum schläfst du nicht, Kind? Schlaf endlich.«

Es schreit immer lauter. Putschenelle schüttelt das Kind.

»Willst du wohl aufhören, dummes Gör, gib Ruh. Schluss mit dem Geschrei.«

Das Kind kreischt. Putschenelle wirft es ins Publikum. Seine Frau kommt zurück.

»Mann, wo ist mein Kind?«

Putschenelle: »Ich weiß nicht.«

Frau: »Ich werd dir Beine machen. Wo ist es? Sag es mir, sofort.«

Putschenelle: »Es ist aus dem Fenster gefallen.«

Putschenelles Frau holt einen Stock hervor und prügelt auf ihren Mann ein.

Putschenelle: »Gnade, Gnade, ich will es auch nie wieder tun.«

Die Frau prügelt weiter. Putschenelle entreißt ihr den Stock und schlägt auf sie ein.

»Hier, da hast du's, dumme Pute. Und noch eins. Und noch eins.«

Putschenelle erschlägt seine Frau.

»Pass up, Putschenelle, pass up«, schreit das Mädchen.

Putschenelle dreht sich um.

»Oh weh, der Büttel. Ich muss mich verstecken.«

Büttel: »Halt, her den Kopf, leg ihn hierhin.«

Putschenelle gehorcht.

»Ist es so richtig?«

Büttel: »Nein, du Döskopp. Ich zeig's dir. So musst du es machen.«

Puschenelle ergreift das Schwert des Büttels und köpft ihn.

»Ha, ha, da hast du's. Meinst wohl, man kann mich einfach köpfen. Wer hier wohl der Döskopp is.«

»Kasper, Kasper, de Düvel, de Düvel!«

Putschenelle dreht sich wieder um.

»Himmelherrgott, jetzt kommt auch noch der Teufel. Teufel, wieso bist du nicht in der Hölle, wo du hingehörst?«

Teufel: »Hier ist die Hölle.«

Putschenelle: »Wat? Dass ich nicht lache. Die Hölle. Hier? Sagt, liebe Leute, ist hier die Hölle?«

»Ne, ne, ne«, rufen einige.

Teufel: »Doch, doch, doch. Überall, wo nicht Himmel ist, ist die Hölle. Sie ist, wo wir sind.«

Putschenelle: »Ach, dummer Kerl, erschreck das schöne Mädchen dort nicht und sieh dir die Kinder an, sie fürchten sich. Mach, dass du wegkommst. Fahr zur Hölle!«

Der Teufel regt sich nicht.

Putschenelle: »Nun geh, in Teufels Namen, verschwinde!«

Der Teufel bleibt. Putschenelle zieht den Stock und schlägt auf ihn ein. Auch der Teufel holt einen Stock hervor. Ein erbitterter Kampf entbrennt. Putschenelle versetzt dem Teufel einen solchen Schlag, dass er umfällt und in der Kasperbude verschwindet.

»Jungens, ik heff em drapen. Hurra, hurra, de Düvel is dood.«

Plötzlich erscheint der Teufel wieder. Er blickt schweigend ins Publikum und setzt sich an den Rand der Bühne. Dort bleibt er sitzen.

Der Vorhang fällt.

8

Es war bereits später Nachmittag. Jan Kock saß immer noch an seinem Tisch, eingehüllt vom Gemurmel der Kaffeehausgäste und Tassengeklapper. Beharrlich ging er seinen Gedanken über Krankheiten und ihre Entstehung nach. Was war mit der Krätze, dem Kopfgrind, der Schwindsucht und lauter solchen Krankheiten, die früher oder später tödlich verliefen? Bisher ging man davon aus, dass sie von einer Verpestung der Luft herrührten, sich durch Entstehung eines Miasmas, durch Ausdünstungen sumpfiger Stoffe ausbreiteten. Auch das war glaubhaft, wenn man all die ungesunde, faulige Luft, die Menschen besonders in den großen Städten einatmeten, in Betracht zog. Wie gerne hätte er mit Struensee gesprochen, hatte er gedacht, an jenem Nachmittag, an dem die Zeitung vor ihm ausgebreitet lag.

Er hatte gerade mit dem Lesen beginnen wollen, als das laute Grölen eines Betrunkenen durch den Schankraum schallte und ihn ablenkte. Er hatte den Mann schon öfter gesehen. Er war nicht das erste Mal betrunken, eine erbärmliche Erscheinung, gezeichnet von Trunksucht und Verlassenheit. Seine Perücke war verrutscht, die Augen blutunterlaufen. Aus dem Mund lief ihm der Speichel. Der Mann pöbelte noch eine Weile. Dann wurde er von einem Kellner hinausgeführt. Erst jetzt hatte Jan Kock zur Zeitung gegriffen, ein wenig geblättert, diesen und jenen Artikel überflogen, bis ihm folgende Notiz vor die Augen gesprungen war.

Bürger der Stadt Hamburg! Die Kindstötung ist ein Gift, das die Eingeweide der Menschheit auffrisst. Sie breitet sich immer mehr aus. Wieder hat sich in der Stadt ein Kindsmord ereignet. Und wieder ist ein Dienstmädchen verdächtig. Am Mittwochmorgen erschien die Ehefrau des Herrn B. beim zweiten Bürgermeister der Stadt und teilte ihm mit, sie habe in der Dienstmädchenkammer eine Kindsleiche entdeckt. Sie beteuerte, ihr Dienstmädchen erscheine einer verheimlichten Geburt und des Kindsmords verdächtig. Noch am selben Morgen entsandte Bürgermeister Hansen einen Polizeioffizier an den mutmaßlichen Tatort. Er fand das neugeborene tote Kind im Bett der Mutter. Der Fall wurde der Justiz übergeben, die Verdächtige verhaftet und das Peinliche Verhöramt eingeschaltet.

Lieber fünf Männer als eine Frau bestrafen, hatte er gedacht, lieber zehn Männer als eine Frau bestrafen. Warum war es sein Schicksal, immer nur Frauen zu richten? Seit sechs Jahren köpfte er eine Frau nach der anderen. Viele Scharfrichter fehlten, wenn sie Frauen richten mussten, besonders junge Frauen. Er, Jan Kock, verstand sein Handwerk, er hatte alle Frauen gerichtet, ohne ihnen zusätzliches Leid zuzufügen, alle mit einem Streich. Er war nervenstark und zuverlässig. Er fehlte nicht. Nur beim ersten Mal, da hatte er gezögert. Aber letztendlich war doch alles gut gegangen. Gleichwohl, es fiel ihm nicht leicht. Bei Gott. Nicht leicht, diese armen, jungen Mädchen zu richten. Eine von ihnen hatte solche Todesangst, dass er sie zur Ruhe bringen musste, um nicht Gefahr zu laufen, zu fehlen. Er hatte ihr kräftig zugeredet, ihr Gebet zu sprechen. Noch während des Gebetes hatte er ihr den

Kopf heruntergeschlagen. Dies alles war ihm im Kaffeehaus durch den Kopf gegangen. Aber niemals wäre ihm in den Sinn gekommen, dass sie gemeint war, sie, das lachende Mädchen, das Mädchen vor der Kasperbude. Es war irrwitzig, so etwas zu denken. Es gab Tausende von Dienstmädchen in der Stadt.

An einem Mittwoch jedoch, als er seine Aufträge in der Amtsstube abholte, hatte er gesehen, wie sie aus dem Verhörzimmer getragen wurde. Bewusstlos. Ohne Lachen. Wie tot.

Jan Kock schüttelte sich. Heute war wieder Mittwoch. Schwerfällig erhob er sich, betrat das Haus, um seinen Hut zu holen. Er schloss die Tür, zog den Schlüssel ab, machte sich auf den Weg zum Niedergericht. Vor der Fronerei kroch ihm der Geruch der kranken und eingegangenen Pferde, die sich im Stall direkt unter den Fenstern des Gefangenenraumes befanden, in die Nase. Immer wieder wischte er sich mit dem Tuch über die Stirn, versuchte, tief durchzuatmen, aber die feuchtschwüle Hitze und der Gestank ließen seinen Atem stocken. In der großen Bäckerstraße überquerte er die Brücke, die über die schmalste Stelle des Nikolaifleets zum Neß führte. Dort verweilte er einen Moment, stierte auf einen fauligen, von Wagenrädern und Pferdetritten zermalmten Katzenkadaver, dessen Verwesung schon weit fortgeschritten war. Ein Gassenjunge kam herbeigelaufen und schleuderte das Tier durch die Luft. Jan Kock ging weiter zur Trostbrücke, stützte seine Ellenbogen auf das Geländer. Das Kinn von den Händen umschlossen, blickte er auf das trübe Wasser. Er verfolgte ein Holzstück, das über kleine Kräuselwellen tänzelte. Das Holz drehte sich, verfing sich in einem Nest von öligem Unrat, in dessen Mitte eine Bisamratte dümpelte. Er wendete sich ab, setzte mühsam seinen Weg zum Gericht fort. Sein Gang wurde immer schleppender. Vor dem Niedergericht blieb er stehen, betrachtete den ehrlosen Block vor dem Eingangsportal, wo Schmähschriften verbrannt und ihre Verfasser zur Schau gestellt wurden. Er blickte zum Türmchen hinauf, wo die Schandglocke hing. Sie wurde nicht nur angeschlagen, wenn jemand auf dem Block stand, sie läutete auch Jahrmärkte ein. Eine aufwallende Hitze durchfuhr ihn. Er schloss die Augen. Er sah sie vor der Puppenbude stehen, hörte ihr betörendes Lachen, sah, wie ihre Brust vor Vergnügen auf und ab wippte. Er behielt die Augen fest geschlossen, er mochte sich nicht von diesem Bild trennen, er sog das Bild in sich auf, als könne er es wieder lebendig machen, als könne er morgen wieder zur Bude gehen und mit ihr lachen. Plötzlich polterte es neben ihm. Dann helles Geklirre. Eine Kiste war von einem Karren gefallen. Auf dem Boden lagen Tausende von Nägeln verstreut. Jan Kock wich zur Seite. Zögernd bewegte er sich auf die große Eichentür des Niedergerichts zu, blieb vor der Tür stehen, öffnete sie schließlich, trat ein. In der Vorhalle blickte er, um Zeit zu gewinnen, auf die Handelsmaße, die über der Tür, die zum Obergeschoss führte, hingen. Verloren schweiften seine Augen von der Hamburger Elle zur Brabanter Elle, dann zur Hamburger Viertel-Elle, zum Fadenmaß des Holzes und wieder zurück. Der Rathausschließer kam die Treppe hinab. Seine Schlüssel rasselten an seinem Gürtel. Jan Kock erwachte aus seinem sinnlosen Stieren, ging mit pochendem Herzen auf das Amtszimmer zu. Jetzt müsste er seine Frage stellen. »Hilf ihr, Herr im Himmel«, betete er.

Er klopfte. Trat ein. Advokat Friedrichsen blickte auf.

»Meister Kock, Sie kommen heute spät. Ich muss gleich fort. Hier sind die Urteile für den Pranger am Samstag.«

Jan Kock nahm die Aufträge entgegen. Friedrichsen eilte zum Garderobenständer. Jan Kock räusperte sich.

»Herr Friedrichsen, gibt es schon etwas Neues über das Dienstmädchen?« Seine Stimme klang leise und gebrochen.

»Die Kindsmörderin? Die Akten gehen noch an Doktor König, den Defensor. Aber das Mädchen hat gestanden. Die Syndizi haben sie in ihrem Gutachten schuldig gesprochen. Sie werden den Termin für die öffentliche Urteilsverkündung rechtzeitig erfahren, damit Sie alles vorbereiten können, um die Delinquentin in die Scharfrichterei zu überführen.«

Jan Kock verließ das Gerichtsgebäude. Ein schmerzvoller Laut entwich ihm. Schuldig? Die Geräusche der Stadt dröhnten ihm in den Ohren. Das Grölen der Fuhrleute, das Kettenklirren der Frachtwagen, das Rattern der Karren, Gejohle der Gassenjungen. Nach Hause, schnell nach Hause, weg von der Straße. Jan Kock kletterte auf das Seitengemäuer einer Treppe, sprang über eine Kellerflucht, um an zwei ineinander verhakten Fuhrwerken vorbeizukommen. Begann zu laufen, lief. Sein Atem brannte in seiner Brust. Er keuchte. Sein Herz schlug bis zum Halse. Kindsmord. Warum hatte sie ihr Kind getötet? Hatte sie ihr Kind getötet? Dieses Lachen, so frei, unschuldig. Warum war er Scharfrichter? Warum musste er sie aufs Blutgerüst führen? Warum musste er sie töten? Warum war er nicht Arzt geworden? Warum konnte er nicht mit ihr lachen? Warum, warum? Warum verlief ein Leben anders, als man es sich wünschte?

Er erreichte die Scharfrichterei, lief zum Hintereingang, eilte in den Garten, pflückte in wilder Hast einige Kräuter, lief hinauf in sein Zimmer, breitete die Kräuter auf dem Tisch aus, holte das Schreibbuch aus der Schublade, das grüne, mit linnenem Einband, schwerem Papier und einem fein geflochtenen Leseband. Rastlos griff er zur Feder, tunkte sie in das Tintenfass und begann zu schreiben, ohne Pause, ohne Unterlass:

Zur erfolgreichen Behandlung allerlei Leiden und Krankheiten, insbesondere der Heilung vielerlei Wunden, Brüche, Verrenkungen und Verbrennungen und deren Schmerzlinderung.
Wundheilende und schmerzlindernde Kräuter.

1. Brandige Wunden: Johanniskraut, Lein, Ringelblumen, Wurmfarn
2. Eitrige Wunden: Salbei, Zinnkraut
3. Entzündete Wunden: Hauswurz, Kamille, Enzian
4. Gegen faules Fleisch: Aloe, Knöterich, Beinwurz, Schafgarbe, Bockshornklee

Am besten hilft:

1. Zinnkraut kochen und mit Arnikablüten übergießen. Damit Umschläge machen. Dazu erhält der Patient einen Tee aus Kamille und Ringelblumenblüten, den er tagsüber schluckweise trinken muss.

2. Wundöl! Man muss noch nicht ganz aufgeblühte Johanniskrautblüten sammeln, sie, noch ehe der Tau gefallen ist, zerquetschen, damit sie bluten. Sie werden mit Olivenöl vermischt und zehn Tage in der Sonne stehen gelassen. Dann muss man sie abgießen und wiederum eine paar Handvoll zerquetschte Blüten dazugeben, bis das Öl tiefrot ist. Zuletzt seiht man alles durch ein Tuch und bewahrt das Öl in gut verschlossenen Flaschen auf. Das Öl ist auch gut gegen Verbrennungen …

Jan Kock strich die Feder aus. Er war ruhiger geworden. Betrachtete die Pflanzen auf seinem Tisch, zeichnete eine Pflanze nach der anderen, bildete Blätter und Blüten ab, ihre feinen Äderchen, Rispen. Zeichnete. Vergaß die Zeit, die Welt um sich herum.

9

Es war früher Nachmittag. Hermine Broderjahn saß zusammengesunken auf der Kante ihres Bettes. Die schweren grünen Vorhänge waren zugezogen. Sie saß in der Düsternis, mit gebeugtem Rücken, den Kopf gesenkt, während ihre rechte, zur Faust geballte Hand ein umhäkeltes Taschentuch umschloss. Hermine presste die Faust noch fester zusammen. Das Ende. Dies war das Ende aller Träume, die sie jemals geträumt hatte, der Abgrund, aus dem sie nie wieder emporklettern würde. Sie hätte sie hinauswerfen müssen. Trotz seines Verbotes. Hätte sie hinauswerfen müssen. Stattdessen hatte sie sich gefügt. In Gottes Namen. War sie von Sinnen gewesen? Hermine erhob sich, zog die Vorhänge auf, öffnete das Fenster, das zum Fleet hinausging. Arbeitslärm drang zu ihr hinauf. Sie blickte hinunter. Schuten und Kähne drängelten sich auf dem Wasser. Einige Boote wurden gerade gelöscht. Die Arbeiter schrien sich Kommandos zu. Die Winden der Kräne an den Häusern knarrten und quietschten. Ballen und Kisten hingen an ihren Seilen, wurden hochgehievt und verschwanden in den Lagerräumen. Die leeren Boote stießen ab, machten den noch beladenen, tief und schwerfällig im Wasser liegenden Kähnen Platz. Hermine atmete tief ein. Die Luft roch frisch. Es war ein klarer Tag. Was geschehen war, war geschehen, dachte sie. Das Leben musste weitergehen. Sie ging zum Spiegel, betrachtete ihr fahles Gesicht, rieb sich die Wangen, presste die Lippen aufeinander, um etwas frischer auszusehen. Dann setzte sie sich an ihr

Schreibpult und verfasste eine Anzeige für die Comtoir-Nachrichten.

Suche umgehend für alle anfallenden Dienste im Hause eine Frau von feiner Aufführung, nicht unter vierzig Jahre alt, die bereits bei Herrschaften gedient und serviert hat, mit den besten Zeugnissen versehen.

Bitte lassen Sie die Anzeige am Freitag …

Es läutete an der Tür. Hermine schreckte auf. Sie ließ es ein weiteres Mal läuten, dann noch einmal. Sie wollte nicht öffnen, wollte niemanden sehen, geschweige denn sprechen. Wenn es nun die Gendarmerie war, um weitere Untersuchungen vorzunehmen? Hermine Broderjahn rückte Frisur und Kleid zurecht, begab sich zur Eingangstür.

Sie bereute, die Tür geöffnet zu haben. Luise Petersen, die Frau des Syndikus Petersen, stand vor ihr. Sofort begann Luise auf sie einzureden.

»Hermine, es ist entsetzlich. Wie geht es Ihnen?«

»Ich fühle mich nicht wohl, Luise, ich möchte lieber für mich sein.«

»Liebe Freundin, ich bestehe darauf. Sie brauchen in dieser Situation jemanden, mit dem Sie reden können. Wir trinken Tee zusammen. Ich habe mein Mädchen mitgebracht, sie wird sich um alles kümmern.«

Luise Petersen hatte bereits die Diele betreten. Das Mädchen in ihrem Schatten. Nichts hätte Luise zur Umkehr bewegt. Resigniert führte Hermine Broderjahn sie ins Teezimmer. Sie abzuweisen, käme einer Beleidigung gleich. Obwohl Luises Mann als Syndikus im Senat nur beratende Funktion hatte, stand er an Rang über den Senatoren.

Hermine zeigte auf das Sofa. »Nehmen Sie Platz, Luise.«

»Danke, meine Liebe. Geh Tee kochen, Jette«, befahl sie ihrem Mädchen, als wäre sie Herrin im Haus.

»Hermine, wie konnte das alles geschehen? Haben Sie denn nichts bemerkt? Ich muss gestehen, als ich das letzte Mal bei Ihnen war, hatte ich so eine Vermutung. Es war gar nicht der Körperumfang, sie ist ja stämmig gebaut, Ihre Hanna, aber der Blick, Hermine, der Blick. Ich hätte es Ihnen sagen sollen, nein wirklich, ich hätte es tun sollen. Und ich kann es nicht wiedergutmachen. Nun ist es passiert. Eine scheußliche Geschichte. Nein, wenn ich mir ausmale, es wäre in meinem Hause geschehen. Nicht auszudenken. Ein Kindsmord. Die Dienstmädchen sind eine Plage. Was sie einem alles antun. Anstand und Sitte sind bei ihnen nicht mehr anzutreffen. Die Mädchen sind faul, ungehorsam, untreu, frech und zu allem Übel auch noch stolz, obwohl es nur elende Bettlerinnen sind. Sie sind der Abschaum des Pöbels, gewinnsüchtige Abenteurerinnen. Sie ziehen in Scharen zu uns über die Elbe. Erst neulich stieß mein Mann, als er von einer Reise zurückkehrte, auf einen Tross von mehr als zwanzig halb zerlumpten Mädchen, die, ihre Bündel auf den Rücken geschnürt, vor den Toren der Stadt einhermarschierten. Peter hielt sie für einen Zigeunertrupp. Acht Jüdinnen waren darunter, die anderen Mädchen stammten aus dem Hessischen und aus Frankfurt. Unsere Torpolizei ließ sie passieren. Was soll aus solchem hergelaufenen Gesindel werden? Wir Bürgersfrauen müssen uns mit ihnen abquälen, oder sie landen gleich in der Abenddämmerung auf den Gassen. Man hat seine Last zu tragen, Hermine. Ich sage Ihnen, nicht die Mägde, sondern wir Hausherrinnen sind die Geplagten. Neulich habe ich in der Truhe meines Stubenmädchens nicht nur gestohlene Lebensmittel, Kaffeebohnen, Zucker, Brot und dergleichen gefunden, unter der Bibel und dem Gesangbuch lagen auch Parfum und Kosmetik, duftende Schals und modische Schuhe. Sie besitzt sogar ein bodenlanges, elegantes Kleid. In ihrer Freizeit läuft sie mit griechischer Taille und ausgestopftem Busen herum. Wozu geben wir den Mädchen überhaupt freie Nachmittage? Wozu braucht ein Dienstmädchen Erholung? Nein, so geht es nicht weiter, Hermine, die nichtsnutzigen, vergnügungssüchtigen Dinger kümmern sich weder um ihre Arbeit noch um Kirche und Moral. Sie stolzieren umher und verdrehen den Männern die Köpfe.

Eine böse Magd voll arger List,
verschlagen faul und fressig ist,
Sie hat auch oftmals ohne Scheu
den Herren lieber als die Frau,
Geht naschen und frisst gerne Fett
und lüget alles, was sie red't,
Gibt heimlich weg, stiehlt wie ein Dieb,
hat weder Gott noch Kinder lieb.

Ha, ha. Ist das nicht ein reizendes Gedicht? Ich habe es von einem Liedverkäufer auf dem Wall gekauft.«

Hermine Broderjahn erhob sich.

»Luise, bitte kommen Sie ein andermal wieder. Ich habe schreckliche Kopfschmerzen.«

»Wenn ich das gewusst hätte, ich schwöre bei Kopfschmerzen auf englischen Gesundheitstee. Er vertreibt nicht nur Migräne, sondern hilft auch gegen Nervenschwäche, Magenbeschwerden, Hautausschläge und Flechten. Er hat sogar meine unordentliche monatliche Reinigung in Ordnung gebracht und soll auch bei hypochondrischen und hysterischen Zuständen beste Wirkung zeigen. Und selbst den Männern ist er nützlich, wenn sie nicht …, nun, Sie wissen schon.« Luise Petersen kicherte in sich hinein.

Die Tür öffnete sich.

»Sehen Sie, das Mädchen kommt. Ich trinke noch ein Tässchen Tee, und dann gehe ich, meine Liebe. Ich möchte Sie nicht quälen. Sie haben genug durchgemacht.«

Hermine betrachtete Luise. Ihr auf dem langen, dürren Hals sitzender Kopf war nach vorne geknickt, in der Haltung eines Geiers. Ihre ganze Erscheinung drückte Genuss an Klatsch und Verleumdung aus. Luises Gedanken drehten sich einzig um Verlobungen, Heiraten, Ehebrüche, Todesfälle, und ihr Wohlbefinden bestand darin, andere zu kompromittieren. Hermine blickte in ihre großen, naiv dreinschauenden Augen, betrachtete die hageren, nach innen gewölbten Wangen, die schmale Hakennase, den leicht verzerrten Mund, aus dem im beschwingt erscheinenden Singsang Sätze sprudelten. Innere Hitze stieg in Hermine auf, eine Hitze, die nicht von ihren Wechseljahren herrührte. Sie fühlte sich immer unbehaglicher. Ihre Brust verengte sich, die Schultern versteiften.

»Wo sind die Tassen, Madame?«, fragte das Dienstmädchen.

Hermine zeigte auf die Vitrine. Das Mädchen deckte den Tisch. Geschirrgeklapper.

»Die Tässchen sind reizend, ganz entzückend.«

Mit gespreiztem kleinen Finger führte Luise Petersen die Tasse zum Mund.

»Der Tee ist köstlich. Es ist ein indischer, nicht wahr?« Die Augen auf den Tisch gerichtet, stellte sie die Teetasse auf den Unterteller zurück. Das Geräusch aufeinanderreibenden Porzellans erfüllte den Raum.

»Ich kann nicht begreifen, dass man auch in unseren Kreisen immer häufiger Kaffee trinkt. Auch Peter ist ganz verrückt nach diesem bitter schmeckenden Pfützenwasser. Seit geraumer Zeit treibt er sich ständig in den Kaffeehäusern herum, schlürft die braune Brühe, deren Dämpfe ihn vergessen lassen, was er eigentlich zu tun hat. Er behauptet, Kaffee halte ihn wach. Ich aber mache täglich die Erfahrung, dass er nur allzu gut schläft. Ich muss sagen, er kommt eigentlich nur noch zum Schlafen nach Hause. Er kümmert sich weder um mich noch um die Kinder. Er vernachlässigt seine privaten Pflichten. Er sitzt im Kaffeehaus herum und schüttet die schwarze Tinte in sich hinein. Ach, Hermine, wenn es doch nur der Kaffee wäre.«

Luise Petersen stützte ihren linken Ellenbogen auf die Tischkante, legte Zeigefinger und Daumen unter das Kinn. Ihr Kopf reckte sich dabei noch weiter nach vorn.

»Hermine, eine Angelegenheit von Frau zu Frau. Ich muss mich erleichtern.« Ihre Miene wurde leidend. »Unsere Männer haben wieder gespielt.« Sie seufzte. »Es ist ein Unglück für uns Frauen. Wir müssen zusehen, wie sie unser Vermögen verspielen, und können nichts daran ändern. Ihr Karl hat eine Riesensumme gewonnen. Hunderttausend Mark! Ich kann nicht mehr schlafen vor Sorge.«

Hermine Broderjahn schwieg, nippte an ihrer Tasse.

»Auch Sie sollten sich Sorgen machen, Hermine.«

Luises Augen schweiften im Zimmer umher. »Die Vorhänge sind neu, nicht wahr? Wer mit Kattun zu tun hat, kann froh sein«, sagte sie mit spitzer Stimme, in der gleichzeitig die Bürde der Entsagung mitschwang. Sie fixierte Hermine mit tiefem, durchdringendem Blick.

»Ich kann nicht länger schweigen. Ich muss es Ihnen sagen, Hermine. Es ist meine Pflicht als Freundin, auch wenn es mir schwerfällt. Jette, warte draußen auf mich«, rief sie dem Mädchen zu, »ich habe mit Frau Broderjahn unter vier Augen zu sprechen … Also, wie gesagt, Hermine …«, sie wartete, bis die Tür hinter dem Mädchen zuklappte. In verschwörerischem Ton, leise zischelnd, sprach sie weiter. »Ich habe mit meinem Mann über den Fall gesprochen, Sie wissen ja, er führt die Verhöre durch. Er hat mir anvertraut, Hermine, bitte erschrecken Sie nicht, er hat mir unter dem Siegel der Verschwiegenheit erzählt, wohl, weil es ihn drängte, seine Seele zu erleichtern, nun, Ihre Hanna hat ausgesagt, wie unangenehm mir das alles ist, aber es muss heraus, sie hat ausgesagt, dass Sie, glauben Sie mir, ich bin sicher, sie lügt, aber dennoch, sie hat ausgesagt, dass Sie, Hermine, dass Sie das Kind, ich kann es gar nicht aussprechen, ja, sie sagte, Sie hätten es …, eine Infamie, sicher, aber es ist aktenkundig, Peter musste es notieren.«

Hermine Broderjahn versteinerte.

»Ich wollte Ihnen nur sagen, es gäbe eine Möglichkeit, diesen Eintrag, sagen wir, zu tilgen. Was ich sagen will …«

»Ich habe verstanden, Luise, verlassen Sie sofort mein Haus.«

Luise Petersen erhob sich. »Ich gehe, Hermine.« Ihre Stimme hatte einen sägenden Klang angenommen. »Übrigens, Ihre Hanna hat auch den Namen Ihres Mannes genannt. Sie können sich sicher denken, in welchem Zusammenhang. Auch das ist im Protokoll vermerkt. Wie gesagt, es ließe sich alles regeln. Ich wünsche Ihnen noch einen angenehmen Tag, Hermine, auf Wiedersehen. Bis bald. Ich werde Ihnen ein Päckchen von dem Gesundheitstee zurücklegen.«

10

Peter Petersen lief unruhig in seinem Arbeitszimmer auf und ab. Er war bereits den ganzen Morgen gereizt. Immer wieder legte er sich die Worte zurecht. Einerseits fürchtete er das Gespräch, andererseits musste er es endlich hinter sich bringen. Broderjahn duldete keinen Aufschub mehr. Er beharrte auf der Begleichung der Spielschulden. Aber er, Petersen, würde ihm zeigen, wer der Stärkere ist. Luise hatte ihre Sache gut gemacht. Nun war er an der Reihe. Peter Petersen blieb stehen, schob die Finger ineinander, drückte die Handflächen nach außen, bis es knackte. Dann setzte er sich wieder in Bewegung, schritt über das Parkett, überquerte den Teppich, erreichte das Fenster, machte kehrt, zurück über den weichen Teppich auf die knarrenden Dielen bis zum Schreibpult. Im Wechsel der gedämpften Teppichschritte und der Dielengeräusche sprangen seine Gedanken herum.

Peter Petersen stieß Luft durch die Nase. Der Vater war an allem schuld. Er war es, der ihn an den Spieltisch getrieben hatte. Hätte der Vater nicht das Handelshaus in den Konkurs gebracht, hätte er, Peter Petersen, sein Auskommen gehabt. Stattdessen war der Vater aus Gram kurz nach dem Bankrott gestorben und hatte ihm nichts weiter als einen Berg von Schulden hinterlassen, samt der Sorge um seine Mutter und die zwei Schwestern. Vater hatte die ganze Familie in den Ruin getrieben mit seinen Hökereien und Spekulationen. Er hatte sich stets als kaufmännisches Genie gefühlt. In Wirklichkeit hatte er ohne Sinn und Verstand gehandelt und alle Warnungen in den Wind geschlagen.

Er war auf dem Weg zum Fenster, verharrte, blickte auf die Straße hinunter. Kinder gruben ein Loch in die Erde, begannen, ihre Murmeln zu werfen. Er lief wieder Richtung Schreibtisch. Es war sein größter Wunsch gewesen, Kaufmann zu werden. Dieser Wunsch war mit dem Bankrott des Vaters hinfällig geworden. Wer machte schon Geschäfte mit dem Sohn eines Bankrotteurs? Mittellos hatte er die Laufbahn eines Advokaten eingeschlagen, Jura in Halle studiert und sich nach der Promotion in Hamburg niedergelassen, mit dem Vorsatz, es bis ganz nach oben zu schaffen, trotz des schlechten Rufes, den der Vater hinterlassen hatte, trotz der Schulden, die die Familie drückten. Er hatte es bis ganz nach oben geschafft, hatte ganz systematisch seine Kontakte geknüpft, nützliche Freundschaften gepflegt, war Vereinigungen beigetreten, die ihm behilflich waren, beruflich aufzusteigen. Seinen Durchbruch erfuhr er mit der Wahl zum graduierten Richter am Niedergericht. Das Amt war unbesoldet, aber es bedeutete den Start seiner Karriere. Zudem gelang es ihm, Luise zu heiraten. Er hegte keinerlei innige Gefühle zu ihr. Sie war ein unattraktives, hageres Mädchen gewesen, obendrein schnippisch und eingebildet. Aber er hatte es verstanden, sie in seinen Bann zu ziehen. Ihr Vater gehörte dem höchsten Kollegium der Bürgerschaft an, und der Großvater war Senator gewesen. Die Verbindung mit Luise ließ ihn Hoffnung schöpfen.

Mit dem Vermögen, das sie in die Ehe brachte, tilgte er die dringlichsten Schulden. Dank der Hilfe des Schwiegervaters stieg er schon bald zum Ratssekretär auf. Als der Haushalt immer kostspieliger wurde, Luise immer mehr Kinder gebar, eines nach dem anderen, sieben an der Zahl, er zudem die monatliche Unterstützung für die Mutter und die unverheiratete Schwester aufzubringen hatte, ergriff ihn Entsetzen. Er verfiel in eine Melancholie, die ihn seither nicht wieder verließ. Seine elende Situation, sein gedrücktes, beengtes Leben trat ihm mit aller Klarheit vor Augen. Er würde zeit seines Lebens Schulden abtragen und mit Luise zusammenleben, Luise, die ihm ein Kind nach dem anderen aufgehalst hatte, Kinder, die er nicht liebte, weil er Luise niemals geliebt hatte.

Wie viele Männer seines Alters war er immer häufiger ins Kaffeehaus gegangen. Zunächst nur, um zu plaudern und Kontakte zu pflegen. Daheim, bei Luise, bekam er ja kein Wort heraus. Luises Zunge stand nie still. All die Vorwürfe, die sie über ihn ausschüttete, all die Klagen, dass er sich nicht genug um sie und die Familie kümmerte, ermüdeten ihn.

Es begann alles ganz harmlos. Er spielte gelegentlich Whist, Brelan und andere Kartenspiele. Er schien im Kartenspiel erfolgreich. Er machte einen größeren und ein paar kleinere Gewinne in Folge, genoss die freudige Erregung und den Geldsegen. Unmerklich schlich sich bei ihm der Gedanke ein, dass er sich mit größeren Spielgewinnen kurzfristig von seinen Schulden frei machen könnte. Übermütig und belebt durch diese Hoffnung, spielte er jetzt häufiger, setzte höhere Summen und verlor. Solange die Verluste durch ein paar Gewinne abgedeckt wären, dachte er, könnte er es weiter versuchen. Als die Verluste die Gewinne überstiegen, machte er, anstatt mit dem Spielen aufzuhören, weitere Schulden. Er konnte es sich selbst nicht erklären. Alle Versuche, vom Spielen abzulassen, scheiterten. Eine eigentümliche, nicht zu bändigende Erregung stimulierte ihn, noch risikoreicher zu spielen und immer höhere Beträge zu setzen.

Das war zu der Zeit gewesen, als er den Posten als Ratssyndikus erhalten hatte. Das Amt des Ratssyndikus war das höchst bezahlte Amt in der Stadt. Es bot ihm außerdem die größten Einflussmöglichkeiten. Er hatte die Beförderung als Chance gesehen, endlich mit dem Spielen aufzuhören und zu versuchen, mit dem höheren Gehalt und den üblichen Bestechungsgeldern, die dieses Amt mit sich brachte, redlich seine Schulden abzutragen. Unter Petersens Füßen knarzte das Parkett. Er hatte nicht mit dem Spielen aufgehört. Er blieb stehen, knackte erneut mit den Fingern.

Seine Existenz stand auf dem Spiel. Die Banken gaben ihm keine Kredite mehr. Seine gesellschaftliche Stellung, sein Amt, die Familie. Jetzt musste er alles auf eine Karte setzen. Es war seine letzte Chance. Broderjahn steckte in der Klemme. Er, Peter Petersen, hatte Macht über ihn. Er würde ihn in die Knie zwingen. Petersens Finger knackten. Wenn er nur endlich käme.

Er hörte es läuten. Das Mädchen meldete Broderjahn.

»Soll hereinkommen«, sagte er forsch.

Die Flügeltür öffnete sich. Karl Broderjahn trat ein.

»Moin, Karl. Danke, dass du gekommen bist. Setz dich. Wir wollen alles in Ruhe besprechen.«

»Es gibt nicht viel zu besprechen, Peter.«

»Lieber Freund«, Petersen lächelte, klopfte ihm auf die Schulter, »lass uns erst einmal einen heben, dann sehen wir weiter.«

Petersen schenkte großzügig ein.

»Prost, Karl.«

Karl Broderjahn leerte das Schnapsglas in einem Zug, hielt es Petersen noch einmal hin.

»Auf einem Bein kann man nicht stehen.«

Sie prosteten sich ein weiteres Mal zu.

Petersen stellte das Glas ab.

»Kommen wir gleich zur Sache, Karl. Es geht um dein Dienstmädchen. Sie hat dir heftig zugesetzt. Dieser Kindsmord in deinem Hause sorgt für Unmut bei den Syndizi wie auch im Senat. Alles wendet sich immer mehr zum Schlechten, Karl, deshalb sehe ich es als meine Pflicht an, dich ins Vertrauen zu ziehen. Ich will ganz offen zu dir sprechen. Du weißt, dass ich die Verhöre führe. Ich möchte vorwegschicken, dass ich persönlich keinen Zweifel hege, dass deine Hanna ein sittenloses Ding ist, eine raffinierte Verführerin. Auch bin ich davon überzeugt, ungeachtet dessen, was sie von sich gibt, dass sie selbst den Mord an ihrem unschuldigen Kinde begangen hat. Aber Karl, die Dinge sind manchmal nicht so eindeutig, wie man sie sich vorstellt. Deine Hanna hat im Verhör ausgesagt, ich will es, um dich nicht allzu sehr aufzuregen, nur sehr verkürzt wiedergeben, obwohl sie alles sehr detailliert beschrieben hat, nun, sie hat ausgesagt, dass du der Vater ihres Kindes seiest. Es war natürlich meine Pflicht, diese Aussage im Protokoll zu vermerken. Karl, du weißt, wie wir zueinander stehen. Ich werde mich nicht verweigern, dir behilflich zu sein. Ich habe durchaus Möglichkeiten, diese unschöne Passage aus dem Protokoll zu entfernen. Nein, warte, lass mich erst aussprechen. Ich sage es gerade heraus. Vielleicht könnten wir uns etwas entgegenkommen. Das Einfachste wäre, du erlässt mir die Spielschulden, und ich bearbeite das Protokoll. Und, wenn du noch zehntausend draufgibst, wird es auch keinen Ärger mit den Verhörbeisitzern geben, was, wie du dir denken kannst, die Voraussetzung für mein Vorhaben ist.«

Karl Broderjahns ohnehin ständig gerötetes Gesicht verfärbte sich in tiefes Dunkelviolett.

»Warum sollte ich mich darauf einlassen? Niemand wird dem dummen Luder glauben. Sie versucht doch nur, ihren Kopf zu retten. Man kennt das zur Genüge.«

»Hanna Kranz beharrt darauf. Ich werde nachhelfen müssen, bis sie von ihrer Version ablässt. Und, Karl, ich habe gehofft, es dir verschweigen zu können. Aber da du von meinem Vorschlag nicht überzeugt scheinst: Dein Dienstmädchen behauptet ferner, deine Hermine hätte das Kind getötet, auch eine infame Lüge, gewiss, aber wie gesagt, es war meine Pflicht, alles im Protokoll festzuhalten, jedes Detail. Und das Mädchen will einfach nicht abrücken von ihrer Aussage.«

Karl Broderjahn griff zur Flasche, schenkte sich selbst ein, kippte den Rum hinunter.

»Du wirst noch von mir hören«, sagte er mit eisiger Stimme.

»Davon bin ich überzeugt, Karl. Und lass dir nicht so viel Zeit. Die Akten gehen in Kürze zum Defensor.« Petersen sprach in einem ausnehmend freundlichen Tonfall.

11

Wie jeden Freitagabend ging Jan Kock zu den Gefangenen hinüber. Der Abend vor den Prangerurteilen war stets unruhig. Die Gefangenen hatten Angst, und die Knechte tranken. Er musste sich vergewissern, ob die Männer und Frauen in ihren Kojen ordnungsgemäß angekettet wurden und der Nachtwächter seinen Dienst antrat.

Jan Kock öffnete die Eingangstür zum Gefängnis. Er betrat die Diele. Der Knecht, der hinter einem Geländer im rechten Teil der Diele Wache hielt, schien nüchtern zu sein. Er stand aufrecht und roch nicht nach Schnaps. Jan Kock blickte in den Gefängnisraum, der zur Linken lag. Auf der rechten Seite des Raumes saßen die Frauen, auf der linken, nur durch einige Holzlatten voneinander getrennt, die Männer. In sich zusammengefallen hockten sie an den Tischen. Ihre Ketten rasselten bei jeder kleinen Bewegung. Sie rülpsten und husteten, spuckten und stöhnten, sie jammerten und weinten. Jan Kock konnte ihren Anblick nicht ertragen. Die verdreckten, von Elend und Verrohtheit gezeichneten Gesichter, die fauligen Zahnlückenmünder, aus denen der Speichel troff, die angsterfüllten, weit aufgerissenen Augen der jungen Frauen. All das Ungeziefer, das über sie hinweg kroch, Läuse, Flöhe, Wanzen, Kakerlaken. Die ungewaschenen, verdreckten Körper, die nach scharfem Schweiß, Kot und Urin rochen. Jan Kock drehte sich um, versuchte, sich vom Anblick und Gestank abzuschirmen.

»Bringt die Gefangenen in die Schlafkojen hinauf«, rief

er. »Und achtet darauf, dass ihr sie fest an die Eichenbohlen kettet.«

Er eilte hinaus auf die Straße. Sein Kopf drohte zu bersten. Worin unterschied sich sein Leben von dem der Gefangenen? Worin? Worin? Immer wieder kreiste diese Frage in seinem Kopf. Er lief in den Garten hinter dem Haus, stellte sich mitten in das Kräuterbeet, strich mit den Handflächen über Lavendel, Rosmarin und Thymian. Tief sog er die Aromen ein. Immer wieder ließ er die Handflächen über die Kräuter gleiten. So lange, bis er ganz eingehüllt war vom betörenden Duft, den die Pflanzen verströmten, bis seine Gedanken sich im berauschenden Aroma der Kräuter auflösten.

12

Doktor Friedrich König saß in seinem Arbeitszimmer. Er betrachtete seinen mit Akten überhäuften Schreibtisch. Zu seiner Linken stapelten sich die Verhörprotokolle, zur Rechten lagen die Gutachten der Syndizi. Friedrich König hatte sich vorgenommen, alle Unterlagen noch einmal gründlich durchzugehen. Er war als Verteidiger der Delinquentin Hanna Kranz berufen worden. Friedrich König schenkte sich Kaffee ein, trank einen Schluck. Schließlich nahm er das erste Verhörprotokoll zur Hand. Er überflog die Einleitung und konzentrierte sich auf das Wesentliche.

Wie heißt du?
Hanna Kranz.
Wie alt bist du?
Neunzehn Jahre alt.
Welcher Religion gehörst du an?
Der reformierten Religion.
Wovon ernährst du dich?
Ich bin Dienstmädchen im Hause des Senators Broderjahn.
Hat jemand von deiner Schwangerschaft gewusst?
Niemand. Es hat niemand davon gewusst.
Wer ist bei deiner Niederkunft zugegen gewesen?
Es ist niemand bei mir gewesen.
Warum hast du niemanden gerufen?
Ich hatte Angst.

Warum hast du das Kind getötet?

Aber ich habe es nicht umgebracht. Ich bin ohnmächtig geworden. Als ich wieder aufwachte, war mein Kindchen tot.

Du weißt, dass es sehr selten vorkommt, dass eine Frau nach der Geburt ohnmächtig wird? Wer hat die Nabelschnur abgeschnitten?

Ich weiß es nicht. Sie wird wohl abgefallen sein.

Schau her, hast du dieses Kind zur Welt gebracht?

Herr Jesus, Herr Jesus. Ist das mein Kind? Um Gottes willen, ich habe keine Hand darangelegt.

Woher kommen die schwarzblauen Striemen am Hals?

Ich weiß es nicht.

Willst du nicht endlich gestehen, dass du den Knaben vorsätzlich getötet hast?

Ich habe es nicht getan. In Gottes Namen, ich sage die Wahrheit.

Wieso sind Hals und Kinn blutunterlaufen?

Ich weiß es nicht, ich weiß nicht, ich weiß nicht.

Gerichtsdiener, schafft die Verdächtige hinaus. Das Verhör ist vorerst beendet.

Friedrich König warf das Protokoll aufs Schreibpult. »Bestien, ich bin von Bestien umgeben«, rief er ins Zimmer hinein und erschrak über seine eigene Stimme. Wütend griff er nach dem nächsten Protokoll.

Wie heißen Sie mit Ihrem ganzen Namen, wo sind sie gebürtig und welcher Religion gehören Sie an?

Hermine Agathe Broderjahn, geborene Martens, des

Kaufmanns Martens hinterlassene Tochter, neunundvierzig Jahre alt und reformierter Religion.

Beschäftigen Sie ein Dienstmädchen namens Hanna Kranz?

Ja.

Wie lange ist sie schon im Hause?

Vierzehn Monate.

Warum haben Sie die Schwangerschaft Ihrer Magd nicht angezeigt?

Weder mein Mann noch ich wussten etwas davon.

Warum ist Ihnen der anschwellende Leib nicht aufgefallen?

Er ist mir aufgefallen. Ich habe von ihr die Antwort erhalten, dass sie starke Blähungen hätte, von denen sie einen dicken Leib bekäme.

Ist Ihnen ein Mann bekannt gewesen, mit dem sich Ihr Dienstmädchen getroffen hat?

Nein, ich kann nur sagen, dass sie donnerstags nach dem Einkaufen manches Mal zu spät kam. Na ja, und mittwochs nachmittags hatte sie frei.

Was hat Sie bewogen, an besagtem Morgen ins Zimmer Ihrer Dienstmagd zu gehen?

Es war Waschtag. Sie war noch nicht in der Waschküche. Ich lief in ihre Kammer, sie zu holen. Da lag sie. Blutbeschmiert von der Geburt, das tote Kind neben sich. Ich ließ den Arzt rufen und begab mich sofort zum Bürgermeister, den Fall zu melden.

War Hanna Kranz ohnmächtig, als Sie das Zimmer betreten hatten?

Nein, sie weinte.

Sind Sie imstande, diese Aussage zu beschwören.

Ja. Mit gutem Gewissen.

Friedrich König blätterte um.

Herr Senator Broderjahn, verzeihen Sie, dass wir Sie dieser Befragung aussetzen müssen. Ist Ihnen die Schwangerschaft Ihres Dienstmädchens Hanna Kranz aufgefallen?

Aber nein! Nicht im Geringsten! Ich habe andere Dinge im Kopf, als unsere Dienstmädchen zu begutachten. Zudem war ich in den letzten Monaten öfter auf Geschäftsreise.

Hat Hanna Kranz Ihnen gegenüber ihre Schwangerschaft erwähnt?

Nein. Ich bin bestürzt über das, was vorgefallen ist. Es ist ein Skandal. In meinem Hause. Das Mädchen hätte sich uns anvertrauen sollen. Man ist doch kein Unmensch.

Ist Ihnen bekannt, mit wem sie befreundet war?

Ich habe mich noch nie um die Freizeit unserer Dienstmädchen gekümmert. Das gehört zur Domäne meiner Frau.

Ich danke Ihnen, Herr Senator.

Friedrich König griff zur Tasse, trank, stellte sie wieder zurück. Er konnte eine leise Freude nicht unterdrücken. Er gönnte Broderjahn diesen Skandal. Karl Broderjahn war ein Ränkeschmied und Wichtigtuer. Er hatte sich seinen Posten als Ratsherr nur durch penetrantes Auftreten ergaunert. Überall trieb er sich herum, in der Kirche, bei allen Versammlungen, in den Lesegesellschaften, im Theater. Immer eloquent, immer in allerfeinstes Brüsseler Tuch gehüllt. Zunächst hielt er Lobreden auf den Hamburger Senat. Als das nichts nützte, als er bereits das vierte Mal in seinem Hause einen Empfang für die Gratulanten vorbereitet und man ihn wieder nicht gewählt hatte, wurde er zum erbitterten Widersacher des

Senats. Mit beißendem Spott und Tadel stellte er die Arbeit und das Wirken des Senats infrage. Wo er auftrat, sprach er über die Gebrechen der Stadt, über die Untüchtigkeit des Senats, über Trägheit und Hochmut und Untugenden einzelner Herren. Selbst das Privatleben der Senatoren verschonte er nicht. Er kritisierte, bis er zur Plage wurde, bis er sein Ziel erreicht hatte und man ihn durch die Wahl zum Ratsherrn zum Schweigen brachte. Er war nicht der einzige Senator, der auf diese Weise den krausen Kragen ergattert hatte, aber der unangenehmste. Jetzt musste Broderjahn sich hüten, selbst zum Gespött neuer Aspiranten zu werden. Dass er seit geraumer Zeit über die Maßen trank, war nicht mehr zu übersehen. Seine rotbläulich gedunsene, grobporige Haut, die milchig-trüben Augen und die Form seiner Nase, auch die geschwollenen Hände, sprachen für sich. Und jetzt der tot aufgefundene Säugling in seinem Hause. Broderjahns ohnehin angekratztes Ansehen geriet zunehmend ins Wanken. Dennoch, politisch saß er fest im Sattel. Er hatte seine Fäden gezogen. Jeder Senator hatte etwas zu verdecken. Broderjahn wusste darum. Überall hatte er Spione, und er setzte sein Wissen für seine Belange ein. Seit er den Ratsherrn Dietrichsen bloßgestellt hatte, seit er dessen Vorliebe für Jungen in verschiedenen Kreisen gestreut hatte, war allen klar, welche Gefahr von Karl Broderjahn ausging.

Friedrich König nahm Pfeife und Tabak zur Hand, stopfte den Tabak sorgfältig in den Pfeifenkopf, legte die Pfeife in den Ständer zurück, griff zu den Zündhölzern, entzündete ein Hölzchen, legte die Streichholzschachtel beiseite, nahm die Pfeife, führte sie zum Mund, zog, während er das brennende Hölzchen über den Tabak hielt.

Schielend beobachtete er, wie der Tabak zu glühen begann. Er zog einige Male in rascher Folge, um die Glut zu erhalten. Süßlich duftender Rauch stieg auf. Er nahm einen tiefen Zug. Der Rauch hinterließ einen würzigen Geschmack auf der Zunge. Friedrich König ließ den Qualm im Mundinnern hin und her wabern, bevor er ihn genüsslich ausblies. Die Pfeife in seiner Rechten, widmete er sich weiteren Protokollen, dem Bericht über die gefundene Kindsleiche und dem Gutachten der Syndizi. Als er das von Syndikus Petersen verfasste Gutachten las, war die Pfeife längst erkaltet.

Durch die angestellte Untersuchung ist das Corpus Delicti nach aller Erfordernis richtiggestellt worden. Der von drei Ärzten in Gegenwart des Actuarius erstellte Sektionsbericht ergibt, dass das gefundene Kind als Knabe lebendig geboren und durch Gewalt ums Leben gebracht wurde. Die Luftröhre des Kindes sei mit einer schaumigen Flüssigkeit angefüllt, die eindeutig auf eine Erdrosselung schließen lasse. Die Delinquentin bestätigt durch ihre Aussage, dass sie im Oktober des vorigen Jahres schwanger geworden war, die Schwangerschaft vor ihrer Dienstherrschaft verheimlicht hatte. Ferner gibt sie zu, sich vorgenommen zu haben, heimlich zu gebären. Den Namen des Vaters verschweigt sie. Erst nach mehrmaliger Nachfrage nennt sie einen Matrosen namens Lars. Nachdem die Delinquentin in mehreren Verhören standhaft leugnet, das Kind getötet zu haben, gesteht sie schließlich. Zu ihrer Verteidigung gibt sie nichts an.

Über alle sonstigen Nebenumstände kommen die Aussagen der verschiedenen verhörten Personen mit dem Geständnis der Delinquentin überein.

Was konnte er zu ihrer Verteidigung vorbringen? Bis auf die fragwürdige Lungenprobe brachten weder die Protokolle noch die Gutachten Fakten, die Zweifel aufkommen ließen. Dazu das Geständnis der Angeklagten. Die Akten halfen ihm nicht weiter. Er musste mit der Angeklagten selbst sprechen. Es war sein Recht, dem Mädchen ohne Beisein anderer Personen Fragen zu stellen. Und er würde Zeit gewinnen.

Friedrich König legte die Pfeife beiseite, griff zur Feder, tunkte sie ins Tintenfass.

Hochedle Bürgermeister, Schöffen und Rat der Stadt Hamburg!

Gestern Nachmittag sind mir die Inquisitionsakten zugestellt worden. Ich habe nicht ermangelt, solche gleich durchzugehen. Ehe ich mich aber an die Verfertigung der Verteidigungsschrift machen kann, halte ich es für nötig, die Delinquentin selbst zu sprechen, um über verschiedene Umstände nähere Erläuterung einzuziehen, und beantrage höflichst, die Delinquentin aufzusuchen und zu befragen, ob ihr noch etwas zu Ihrer Entschuldigung und Verteidigung eingefallen ist.

In anhoffender hochgeneigtester Willfahrung habe die Ehre mit vollkommenster Verehrung allseits zu verharren.

Treu gehorsamster F. König, Doktor Defensor der Hanna Kranz

Friedrich König legte die Feder beiseite. Müde blickte er aus dem Fenster. Niesel fiel. Die stecknadelgroßen Tröpfchen fielen senkrecht zu Boden. Die gegenüberliegende Häuserfront hüllte sich in einen nebligen Schleier.

Hatte es sich gelohnt, die Laufbahn eines Advokaten einzuschlagen? Noch immer hoffte er, eines Tages Senator oder Syndikus zu werden. Die vierundzwanzig Senatoren waren zu gleichen Teilen Juristen und Kaufleute. Die vier Syndizi und ihre Sekretäre waren allesamt Juristen. Die Chancen standen nicht schlecht. Seit geraumer Zeit hegte er allerdings Zweifel. Er bemerkte, dass man ihn überging. Und jetzt hatte man ihm einen Kindsmordfall übergeben. Das streute nicht viel Ruhm auf sein Haupt.

Eigentlich war es seine Vorsehung und Pflicht gewesen, als Kaufmannssohn später einmal die Geschäfte des Vaters, des angesehenen und erfolgreichen Tuchhändlers Wilhelm König, zu übernehmen. Vater hatte ihn aufs Kontor genommen. Seine Lehrzeit war auf sieben bis acht Jahre festgesetzt. Er hasste das enge, stickige, von Männerschweiß und Stumpfsinn erfüllte Zimmer, in das er gesperrt wurde. All die seelenlosen, all die einförmigen, kommerzialischen Arbeiten, die er am Schreibtisch klebend im Lichte einer trüben Tranfunzel zu erledigen hatte, widerten ihn an. Er hatte sich noch nie für die Zahlenakrobatik interessiert, die der Vater ihm von klein auf eintrichterte. ›Gazophylacium mercatorio-arithmethicum‹, die ›Schatzkammer der Kaufmännischen Rechnung‹, dieses Buch begleitete ihn seit seinem sechsten Lebensjahr. Addieren, Subtrahieren, Multiplizieren, Dividieren, Maße, Zeitberechnung, Bruch- und Rabattrechnung, Gewinn-und-Verlust-Rechnung, Assekuranzrechnung, Sollrechnung, Faktorenrechnung … Dann die vielen Gewichte und Währungen. Preise zu ein Pfund, zu Schiffspfund, zu hundertzwölf Pfund, die Banco- und Courant-Währung, flämische Pfunde, Schillinge, Grooten … Ein Reichstaler waren drei Mark lübisch oder achtundvierzig Schilling lübisch, eine Mark Courant sechzehn Schilling lübisch, ein Bancoreichstaler machte drei Mark zwölf Schilling lübisch. Er rechnete aber auch in holländischen Dukaten, sächsischen, brandenburgischen und lüneburgischen Neue-Zweidrittel-Stücken, in Louisdor oder Carlsdor und Friedrichsdor, die Letzten galten die meiste Zeit zwölf bis dreizehn Mark lübisch, die Drittel eine Mark vierzehn Schilling lübisch. Wenn in Sachsen ein Louisdor fünf Reichstaler ausmachten, so war ein Louisdor in Hamburg hundertvier Doppelschillinge. Die Währungen purzelten in seinem Kopf herum und hinterließen nichts als ein wirres Knäuel in seinem Hirn.

Die anfallenden Laufdienste ermöglichten ihm, aus dem Kontor herauszukommen, aber sie waren nicht angenehmer. Neben Gängen zur Bank war es seine Hauptaufgabe, ausstehende Gelder einzukassieren oder zu mahnen. Dies war ihm die unangenehmste Beschäftigung. Er verabscheute es, immer wieder vor den Türen der reichen Kaufleute zu stehen und um Geld zu betteln. Es war ihnen eine Gewohnheit, sich mehrfach mahnen zu lassen, ohne an ihrem Kredit zu leiden. Sie empfanden Geiz als sinnlichen Genuss, ihr eigennütziges Denken war von einer undurchdringlichen Eiskruste umgeben. Friedrich König spürte stets, wie er errötete, wie seine Kehle sich verengte und er Schluckbeschwerden bekam, wenn er seine Forderung vortrug.

Danach ging es wieder ins Kontor, um die eingeholten Gelder abzuliefern, nachzuzählen und anzuschreiben. Später hatte er die Geschäftspost zu erledigen, schrieb Hunderte von Briefen ab, um sie am Abend auf die Post zu bringen. Geld eintreiben, Geld mahnen, Geld abliefern,

Geld zählen, zählen und wieder zählen, Buch führen und wieder eintreiben, ein immerwährender Kreislauf.

Er hatte sich nicht getraut aufzubegehren. Er hatte seinen Vater gefürchtet, dessen Kälte und Selbstbewusstsein unerschütterlich waren, dessen Macht- und Selbstverliebtheit sich allein durch seinen Reichtum speisten. Der Vater verkörperte eine Selbstherrlichkeit, die alles um ihn herum zu Eis gefrieren ließ. Sein ganzes Auftreten hatte die Anmut einer Preisliste. Wenn er auf der Straße zufällig gegrüßt wurde, machte er ein Gesicht, als erwarte er zwei Prozent Provision für die Erwiderung des Grußes. Er war ein Erzphilister, dem der kleinste Vorfall an der Börse oder wirtschaftliche Veränderungen wichtiger waren als Ereignisse, von denen das Wohl ganzer Nationen abhingen. Oder das Wohl seines Sohnes. Tuchhändler Wilhelm König hatte keine andere Lektüre als den Preiskuranten. Sein Universum beschränkte sich auf Geld und Handel. Er war immer im Recht. Man hatte sich seinen Entscheidungen zu fügen. Als Sohn hatte er sich gegenüber dem Vater ehrerbietig zu verhalten, immer ernsthaft zu sein, den Kopf gerade zu tragen, seinen Kopf, der sich von all der Beschäftigung mit Zahlen und Buchführung wie eine schwere Bleikugel anfühlte, die ihm unaufhörlich auf das Schreibpult zu fallen drohte.

Friedrich König klopfte den kalten Tabak aus seiner Pfeife, stopfte sie erneut, drückte den Tabak mit dem Zeigefinger fest. Was wäre aus ihm geworden, wenn er nicht krank geworden wäre? Er erkrankte an den Blattern. Alle hatten ihn bereits aufgegeben, die Eltern, der Arzt, die Pflegerin, aber er überstand die Krankheit. Eineinhalb Jahre durfte er sein Zimmer nicht verlassen. Während seiner langen Genesung las er, denn Lesen war ihm seit seiner frühen Kindheit die liebste Beschäftigung. Mutter teilte seine Leidenschaft. Sie besorgte Unmengen von Büchern. Seine Lesesucht blieb ein Geheimnis zwischen ihr und ihm, denn Vater hielt das Lesen über die Schulbücher und die Bibel hinaus für unnütze Zeitverschwendung und hätte Lessing oder Claudius sofort gegen Handelsblätter und Rechenbücher ausgetauscht. Kam man ihm mit Literatur und Gefühlen, antwortete er mit Frachtbriefen, die noch geprüft werden müssten.

Mutter brachte ihm nicht nur Schöngeistiges. Eines Tages legte sie ihm eine Schrift über die Strafjustiz aufs Bett, verfasst von einem italienischen Juristen namens Cesare Beccaria. Ihr Titel lautete ›Über Verbrechen und Strafen‹. Er las sie von der ersten bis zur letzten Zeile, ohne Unterbrechung. Dann begann er, einige Abschnitte auswendig zu lernen. ›Mit welchem Recht maßen sich die Menschen an, ihresgleichen zu töten?‹, schrieb Beccaria. ›Es kann dies gewiss nicht jenes sein, von dem die Souveränität und die Gesetze sich herleiten. Die Todesstrafe stellt kein Recht dar, und sie kann kein Recht sein, sondern sie ist ein Krieg der Nation gegen einen Bürger, weil sie die Vernichtung seines Daseins für notwendig oder nützlich hält. Wenn ich jedoch beweisen werde, dass der Tod weder nützlich noch notwendig ist, so habe ich für die Sache der Menschheit den Sieg errungen. Wenn ich durch mein Eintreten für die Menschenrechte und die unbesiegbare Wahrheit dazu beitragen würde, nur ein einziges unglückliches Opfer der Tyrannei oder der ebenso verhängnisvollen Unwissenheit den Schmerzen und Ängsten des Todes zu entreißen, so würden die Segnungen und die im Überschwang der Freude vergossenen Tränen eines einzigen Unschuldigen mich über die Verachtung der Menschen trösten.‹

Die Gedanken Beccarias hatten Friedrich König infiziert wie die Blattern. Nachdem er die Schrift ein zweites Mal gelesen hatte, wusste er, dass er nicht ins Kontor zurückkehren würde.

Gleich nach seiner Genesung teilte er dem Vater mit, dass er Advokat werden wolle. Das Gesicht des Vaters lief zornesrot an. Sein Brustkorb blähte sich. Er rang nach Luft, erblasste, errötete wieder. Schließlich fasste er sich, sprach mit eisiger, beherrschter Stimme:

»Ich gedenke nicht, auch nur einen Schilling für ein Studium zur Verfügung zu stellen, und wenn mein Sohn nicht gewillt ist, die Lehre in meinem Kontor fortzusetzen, wird er ohne seine Familie und die einmal ausstehende Erbschaft sein Auskommen finden müssen.«

»Dann wirst du ihm das Studium aus meinem Vermögen finanzieren«, sagte Mutter. Sie sprach mit harter, durchdringender Stimme. »Ich will, dass unser Sohn gesund bleibt.«

Es war das erste Mal, dass sie sich gegen Vater auflehnte. Vater schwieg. Zum ersten Mal schwieg er und verließ das Speisezimmer.

Friedrich König entzündete die Pfeife, paffte. Er durfte das akademische Gymnasium besuchen. In dieser Zeit las er viele juristische Schriften. Bald gab es für ihn keinen Zweifel mehr. Er wollte in Göttingen studieren. Die Göttinger Georgia Augusta genoss einen hohen Ruf. Sie war eine junge Universität, erfüllt von einem fortschrittlichen Geist. Die Juristerei war ihr Schwerpunkt. Und Schlözer dozierte dort. Er verurteilte Tyrannei und Klerikalismus und war überzeugt davon, dass in Deutschland Reformen nötig wären. Bei Schlözer wollte er studieren. In Göttingen. Nirgendwo sonst.

Der Vater knüpfte eine Bedingung an die Erlaubnis, dort studieren zu dürfen. Er müsse nach Beendigung des Studiums die Tochter der Bankiersfamilie Jansen heiraten, es wäre bereits alles mit Herrn Jansen vereinbart. Friedrich König hatte nichts von diesen Absprachen geahnt. Auch die Mutter nicht. Dennoch, er willigte ein. Göttingen. Göttingen. Die Zeit wird es weisen, hatte er insgeheim angenommen. Jedoch die Zeit bewirkte, dass er das Mädchen heiratete. Er kam zurück nach Hamburg. Und verliebte sich in sie. Er fragte sich, wie das hatte kommen können, mit ihm und Anna-Sophia. Sie waren einander so unähnlich, so verschieden. Immerhin war sie sehr schön, und er teilte mit ihr die Liebe zur Literatur. Doch auch diese Liebe zur Literatur, musste er bald feststellen, gestaltete sich unterschiedlich. Anna-Sophias Liebe war laut und plump. Sie lebte sie in Lesegesellschaften aus, die sie einmal in der Woche im Salon veranstaltete. Regelmäßig füllte sich das Haus mit dummen Leuten aller Couleur, junge Gymnasiasten, die schlecht rezitierten, trunksüchtige Literaten, dem Spiele verfallene Kaufleute und Bankiers. Er verabscheute diese Lesezirkel, denen er als Hausherr beizuwohnen hatte. Er bevorzugte, sich mit einer Lektüre zurückziehen, sich in den Text zu vertiefen, um die Schönheit von Sätzen und Worten zu erfassen und ihren Gehalt auf sich wirken zu lassen. Allein und vor allem unkommentiert. Stattdessen musste er sich das allwöchentliche Geschwätz anhören und dabei zusehen, wie Anna-Sophia mit den Literaten tändelte.

Anna-Sophia und er versuchten, miteinander auszukommen. Sie lebten in ihrem verschnörkelten Barock-Haus in der Katharinenstraße und wahrten den Schein einer harmonischen Ehe. Nach der Geburt des Sohnes hatte er seine

Schuldigkeit getan. Keiner von beiden hatte seither angeregt, ihre körperlichen Bemühungen fortzusetzen. Ihr ohnehin schwaches Begehren verdorrte wie eine Pflanze ohne Wasser. Das Übliche folgte. Man löste das gemeinsame Schlafzimmer auf, wegen Schlaflosigkeit, Schnarchen ... Friedrich König durchfuhr ein Frösteln. Warum nur hatte er sich in diese Frau verliebt? Was hatte ihn verblendet, dass er in dieses betäubende Entzücken verfiel und sie zur Frau genommen hatte? Es war offensichtlich, dass sie eitel und selbstverliebt war. Friedrich König blickte in den Niesel hinaus. Wieder fröstelte ihn. Warum machte er sich immer noch vor, sie geliebt zu haben? Er hatte sein Unglück verdient. Es war seine eigene Schuld. Das Urteil lautet: schuldig. Friedrich König, Sohn des erfolgreichen Tuchhändlers Wilhelm König, der in das Bankhaus Jansen einheiratete, um eines Tages Ratsherr zu werden. Friedrich König, der sich nicht unterschied von all den anderen ehrgeizigen Emporkömmlingen, die in einflussreiche Familien einheirateten, um Karriere zu machen. Friedrich König, der kein Interesse daran hatte, sein Ansehen und seinen Einfluss durch die Aufdeckung skandalöser Liebesgeschichten seiner Frau aufs Spiel zu setzen, um den Preis, dass er sich selbst verachtete. Und was hatte der gehörnte Advokat Friedrich König verändert? Warum ging er nicht fort, weg von seiner Frau, die nicht einmal mehr schön war – eine Frau über dreißig. Warum ging er nicht weg von Hamburg und einer Rechtsprechung, die immer noch auf der peinlichen Halsgerichtsordnung Kaiser Karls des Fünften aus dem sechzehnten Jahrhundert basierte. Foltern, um Geständnisse zu erhalten, Verbrennen für Brandstifter, Enthauptung für Totschläger, Räuber, Aufrührer, Abtreiber und Notzüchter, Vierteilen für Verräter, Rädern für Mörder und Giftmischer, Erhängen für Einbrecher und Diebe, Ertränken für Kindsmörderinnen oder lebendig Begraben oder Pfählen, wenn nicht genügend Wasser zum Ertränken zur Verfügung steht. Selbst wenn man in Hamburg in der Regel mildere Urteile sprach, das Foltern zurückging und niemand mehr Kindsmörderinnen ertränkte, sondern mit dem Schwert hinrichtete, wäre es dennoch rechtens, all diese Strafen zu vollziehen. Und manches Mal wurde auch davon Gebrauch gemacht. Aber wohin sollte er, Friedrich König, gehen? Die Carolina Kaiser Karls war überall in Deutschland Grundlage des Richtens. Und überall wurde die Todesstrafe vollstreckt.

Unentwegt schellte die Glocke. Das Haus füllte sich mit Gästen. Friedrich König stand neben seiner Frau in der Diele und begrüßte die Geladenen. Als Erster erschienen Medizinalrat Bruns und Ökonomierat Scheffler mit Frau und Töchtern, treue Freunde der Schwiegereltern. Ihnen folgte der Zuckerfabrikant Köhler, eine äußerst ungesunde Erscheinung. Seine Augen waren schwarz umrändert, und sein aufgedunsenes, rötlich geädertes Gesicht verriet, dass er dem Alkohol sehr zusprach. Friedrich König unterdrückte ein Gähnen. Die Bruns, Schefflers, Köhlers hatten das Temperament von Phlegmatikern.

Wieder läutete es. Pastor Nöhler trat ein. Wie immer blickte er mit leicht nach links geneigtem Kopf in die Runde. Seine Augen stachen stahlblau aus den geschwollenen Tränensäcken hervor. Der Mund war zu einem überheblichen Schmunzeln verzogen. Seine hohe Stirn formte sich am Haaransatz wie ein Gesäß. Das

Doppelkinn lag zusammengedrückt auf seinem weißen, breiten Amtskragen. Friedrich König ärgerte sich jedes Mal, wenn der Schwarzrock die Türschwelle überschritt. Pastor Nöhler, der jede Veränderung und neue Ansicht in Hamburg bekämpfte. Nöhler, der gestrenge Lutheraner. Weder Katholiken noch französische oder niederländisch-deutsche Reformierte, nicht die Mennoniten und schon gar nicht Juden durften sich seiner Meinung nach in Hamburg behaupten, und er sah es als Frevel an, dass sie das Bürgerrecht erwerben konnten. Aber mit dieser Meinung stand er nicht allein. Er verkündete sie nur am lautesten. Friedrich König warf Anna-Sophia einen verächtlichen Blick zu. »Es gibt keinen Anlass, dich aufzuregen«, flüsterte sie ihm zu, »er ist ein guter Freund meines Vaters.«

Immer mehr Gäste trafen ein. Sie versammelten sich im Salon. Er war ganz nach dem Geschmacke Anna-Sophias gehalten. Anna-Sophia sparte an Dienstboten, kannte jedoch keine Grenzen, wenn es um die Ausstattung ihres Prunkstückes, des Salons, ging. In die Wandtäfelung waren kunstvoll Bilder eingelassen, die Paneele weiß lackiert und teilweise vergoldet. Im Winkel zwischen der Fensterfront und der rechten Wand befand sich das Kanapee auf vergoldeten Füßen, davor der Tisch, dessen Beine mit Bronze beschlagen waren. An der Wand gegenüber das Fortepiano mit Holzschnitzereien an den Beinen. Die Lehnstühle waren mit rotem Samt gepolstert. Den Glasschrank neben dem Fensterpfeiler zierten holzgeschnitzte Blumen und Ranken, die kleine Kommode vis-à-vis schmückten Landschaftsintarsien. Auch in den Teppich waren nach der neuen Mode Landschaften gewebt. Sie hatte alles von namhaften Handwerkern fertigen lassen. Dennoch wirkte der Salon in der Zusammenstellung der edlen Möbel und verschiedenen Stile geschmacklos, geschmacklos wie seine Frau, dachte Friedrich König. Er schämte sich ihrer Einfältigkeit und Prunksucht.

Anna-Sophia blickte mit hochgezogenen Brauen und gekünsteltem Lächeln in die Runde. Ihre Lippen erschienen ihm immer schmaler, die Nase immer spitzer. Er sah nichts als Blasiertheit und … Puder. Eine Schicht über die andere gekleistert. Selbst die Haare, die als in die Höhe ragender Turm gesteckt waren, hatte sie sich gelb eingepudert, weil blond gerade modern war und sie zudem die grauen Strähnen zu kaschieren suchte. Dazu ihre lächerlich aufgeputzten Kleider. Alle Jupes und Manteaus waren aus Seide und Samt gefertigt, ihr Besatz mit Schleifen, Rüschen, Falbeln und Volants, mit Spitzen und zahllosen künstlichen Blumen überfüllt. Immer trug sie eines ihrer unzähligen Paar Handschuhe, die sich in ihrem Schrank häuften. Wenn sie in der Stadt Besorgungen machte, kam sie nie ohne ein neues Paar zurück.

»Bitte, meine Herrschaften, nehmen Sie noch Tee und Butterbrote. Unser Ehrengast, der werte Herr Klopstock, ist noch nicht eingetroffen. Wir haben die große Ehre, dass er heute für uns lesen wird. Haben Sie noch ein wenig Geduld.«

Also Klopstock, dachte Friedrich König. Anna-Sophia reihte sich ein in den Damenreigen, der Klopstock umgab. Klopstock. Der schöne Dichter, dessen markantes Antlitz und galantes Auftreten die Hamburgerinnen in Entzücken versetzten. Der adlernasige Klopstock, der sich mit Frauenzimmern umgab und gleichzeitig den Tod seiner Frau in Elegien beklagte. Wie vielen Zuhörerinnen hatte Klopstock bereits die Tränen getrocknet, die er eigens durch seine Gedichte hervorgerufen hatte. In seiner eigenen Lesegesellschaft verzichtete er allerdings auf Lektüre und Rezitation. Hatten früher noch einige junge Damen einen halben Gesang des ›Messias‹ oder ein paar Oden vorgetragen, war sein Lesezirkel nunmehr zu einem bloßen Whistkränzchen verkommen.

Der Dichter erschien. Tosender Applaus erschallte. Anna-Sophia errötete vor Freude. Sie warf Klopstock einen lüsternen Blick zu. Friedrich König wandte sich angewidert ab. Sie konnte sich nicht einmal in der Öffentlichkeit beherrschen. Jedoch schien sie nicht die Einzige zu sein. Die Damen scharten sich um den Dichter, mit geröteten Wangen und funkelnden Augen.

»Nehmen Sie doch Platz, meine Herrschaften«, rief Anna-Sophia, »setzen Sie sich, werte Gäste, damit wir beginnen können.«

Den Damen gelang es nur schwer, sich von dem Dichter zu lösen. Anna-Sophia intervenierte, hakte sich bei Klopstock unter und führte ihn zum Lesepult. Alle nahmen ihre Plätze ein. Die verheirateten Damen setzten sich auf das Sofa und die Armsessel, die ledigen nahmen mit den Rückenstühlen vorlieb. Die Herren bildeten sitzend oder stehend einen Kreis um diese oder jene Dame.

Klopstock begann zu lesen. Ein Liebesgedicht folgte dem anderen:

»Noch währt der Schmaus! Noch fließt der Wein!
Doch auf, vom Becher weg!
Das liebste Mädchen küsst mich heut
Im Europäerland.
Schon rauscht ihr leicht gehobner Fuß

Und kündigt sie mir an.
Heil, Phyllis, dir und deiner Brust
Und ihrem vollen Wuchs!
Ihr Antlitz glüht vor süßer Lust
Und herrscht mich zu sich hin!
Schon ist ihr sanft geschwoll'ner Mund
Von meinem Kusse heiß ...«

Die Gäste sprangen aus ihren Fauteuils und spendeten lauten Beifall. Bravo-Rufe ertönten. Über die rot glühenden Wangen der Damen rollten Tränen, während ihre Stickrahmen unbenutzt auf ihren Schößen ruhten.

Friedrich König applaudierte verhalten. Klopstock erfrechte sich, in seinem Hause einfältige Gedichte zu verlesen, die seine Gefühle für Anna-Sophia widerzuspiegeln schienen.

Nach lang anhaltenden Ovationen begaben sich die Männer zu Kartenspielpartien. Manche spielten jedoch nicht, darunter auch Klopstock, der sehr lebhaft mit den Damen schäkerte und lachte. Friedrich König blickte vom Herrentisch auf, beobachtete, wie Anna-Sophia sich neben den Dichter drängte. Sie markierte ihr Revier. Sie machte ihn in aller Öffentlichkeit zum Hahnrei. Mit diesem Süßling. Diesem nach einem ganzen Fass Parfum riechenden Dichterling, der sich nicht scheute, ihr vor seinen Augen den Hof zu machen. Dieser schmachtende Blick, den er ihr zuwarf. Dieses verliebte Herumalbern. Wahrscheinlich hatte Klopstock sich eigens für Anna-Sophia parfümiert, mit Ringen behängt, sein Haar nach französischer Art zu albernen Locken onduliert, einen Wust von Seidentüchern umgebunden und seine Schenkel und Waden in einen Pantalon gepresst, der so eng war, dass er zu platzen drohte. Vielleicht geht es schon länger mit den beiden, und nur er wusste nichts von ihrer Liaison. Angewidert wandte Friedrich König seinen Blick ab und versuchte, sich auf die Karten zu konzentrieren. Er war an der Reihe. Er spielte Herz Dame.

»Doktor König«, rief Pastor Nöhler, »Sie haben verloren. Sie haben vorhin nicht Herz bedient. Das Spiel ist beendet. Die Mitspieler warfen ihre Karten in die Mitte des Whist-Tisches. Nöhlers Augen fixierten Friedrich König. Bevor der Pastor zu sprechen ansetzte, beugte er sich vor, wölbte die Lippen nach vorn, als wollten sie sich wie Karpfenlippen an ihm festsaugen.

»Sie scheinen unkonzentriert, Doktor König.« Nöhler grinste. »Sie lassen sich zu sehr vom Damentisch ablenken.«

Friedrich König hätte Nöhler am liebsten seine Fischlippen blutig geschlagen.

»Es ist der Fall Kranz, der mich ablenkt, Herr Pastor«, sagte er laut.

Medizinalrat Bruns sammelte die Karten ein.

»Ich habe in der Zeitung gelesen, dass das Mädchen ein Geständnis abgelegt hat. Wird alles seinen normalen Gang gehen, Doktor König?«

»Ich habe ein Gespräch mit der Delinquentin beantragt.«

Nöhlers Lippenwulste öffneten sich.

»Wozu denn das? Gibt es etwas Eindeutigeres als ein Geständnis? Ich halte grundsätzlich nichts davon, Kindsmörderinnen zu verteidigen. Sie sind die größte moralische Gefahr für die Menschheit.«

Bruns begann zu mischen.

»Ich halte auch nichts davon, sie zu verschonen. In der

Zeitung stand, dass auf hunderteinundvierzig Mordtaten fünfundsiebzig Kindsmorde fallen, ungeachtet der Tötungen, die nicht entdeckt werden. Wie sollen wir dem Einhalt gebieten, wenn nicht durch Abschreckung?«

Er teilte die Karten aus.

Nöhler nahm auf, sortierte die Karten.

»Wer Menschenblut vergießt, dessen Blut soll auch durch Menschen vergossen werden, denn Gott hat den Menschen zu seinem Bilde gemacht. Auge um Auge, Zahn um Zahn!«

Er betrachtete sein Blatt.

Friedrich Königs Stuhl polterte zu Boden.

»Wenn man sich einbildet, dass Gott zu töten wünscht, fällt das Töten leicht.«

Seine Stimme hatte einen höheren, spitzen Klang angenommen.

»›Du sollst nicht töten‹, heißt es in der Bibel. Gilt dieses Gebot nur an Feiertagen?« Seine Tenorstimme kreischte durch den Salon. »Alles Leben ist von Gott geschaffen, auch der Mörder ist Gottes Ebenbild. Den Mörder am Leben zu lassen, heißt den Schöpfer zu achten. Das ist meine Sicht der göttlichen Dinge, Herr Pastor Nöhler.«

Für einige Sekunden setzte eine Gesprächspause ein. Einige Herren schüttelten die Köpfe, andere sahen betreten aus dem Fenster. Auch das Turteln und Schäkern der Damenrunde um Klopstock erstarb. Anna-Sophia König erhob sich und lief in die Mitte des Salons. Ihr Hals war mit hektischen Flecken übersät.

»Es ist höchste Zeit, liebe Gäste, lassen wir unseren Geist ausruhen und uns den kulinarischen Annehmlichleiten des Abends widmen. Ich bitte alle zu Tisch. Im

Speisezimmer stehen ein paar Kleinigkeiten bereit.« Ihre Stimme klang betont fröhlich.

Die Herrschaften erhoben sich, strömten plaudernd ins Speisezimmer. Friedrich König drehte sich zum Fenster. Wieder hatte er die Kontrolle über sich verloren, wieder hatte er sich der Lächerlichkeit preisgegeben. Im Hintergrund hörte er Nöhlers Stimme.

»Er ist eine Schande für die Stadt. Ein Querdenker. Ich weiß aus sicherer Quelle, dass er Mitglied einer geheimen Winkelloge ist, in der sich auch Lessing herumtreiben soll. Zu dieser Loge haben selbst Juden Zutritt. Auch Negern und Türken reichen sie brüderlich die Hände. Sie streben die Bürgerrechte für die Juden, überhaupt die Gleichberechtigung aller Religionen an. Was die Todesstrafe betrifft, frage ich mich, ob es nur eine Marotte von König ist, sich dagegen auszusprechen, oder ob die gesamte Loge seine Meinung teilt. Ach, zum Teufel mit diesem Blasphemisten.«

Das Speisezimmer war hell erleuchtet. Alle Kron- und Wandleuchter waren mit Wachskerzen bestückt. Die Gäste setzten sich zu Tisch. Anna-Sophia hatte allerlei Silberzeug und das Porzellan mit Goldrand decken lassen. Friedrich König hielt sich fern von Nöhler und Klopstock. Der erste Gang wurde aufgetragen. Weitere folgten. Wachteln Rebhühner, Hasen, Forellen, Pasteten, Ragouts …, eine Mahlzeit, die jeder fürstlichen und königlichen Tafel in nichts nachstand. Anna-Sophia hatte wieder aufgetischt. Friedrich König kaute unlustig, betrachtete die Fressgemeinschaft, deren Mitglieder mehr in die Runde und Breite, als in die Höhe gewachsen waren. Mit welchem Ernst man jede Schüssel erwartete. Welche verklärten Blicke, wenn ein neuer Gang aufgetragen wurde. Gespräche über Literatur waren lange kein Thema mehr. Selbst Unterhaltungen über Warenkurant und Wechselkurse erstarben, sobald die nächste Portion auf dem Teller lag. Sie kauten mit Inbrunst, kauten und kauten und kauten. Ihre Kiefer mahlten, die Augen gierig auf den Teller gerichtet. »Ich will essen und essen und essen«, war auf ihren Gesichtern abzulesen. Mehr strahlten ihre Mienen nicht aus. Satte, einfältige Zufriedenheit. Weder Erleuchtetes noch Aufgeklärtes glänzte in ihren Augen. Nichts als stupide Völlerei und Suff auf den Antlitzen der angesehenen Hamburger Bürger. Ihre Blicke wurden immer blöder, die Wangen immer aufgeblähter, die Zunge immer schwerer. Als Nöhler und Klopstock lauthals begannen, sich über ihre Verdauungsschwierigkeiten zu unterhalten und welche laxativen Mittel am wirkungsvollsten seien, verließ Friedrich König das Speisezimmer.

13

Beide Hände in seinen Hosentaschen vergraben, stieg Jan Kock die Treppe zu seinem Zimmer hinauf. Er schritt sehr langsam. Auf der fünften, achten und zwölften Stufe knarrte das Holz. Als er die Tür öffnete, schlug ihm abgestandene Luft entgegen. Er klappte die Fensterflügel zum Garten hinaus auf, blickte geistesabwesend auf das Blumenmeer. Nach einer Weile, er wusste nicht, wie lange er am Fenster gestanden hatte, schlurfte er zum Schreibpult. Es stand links vom Fenster, damit das Tageslicht auf die Tischplatte fiel und er hinausblicken konnte. Schwerfällig ließ er sich auf dem Hocker nieder. Er blickte in den Himmel. Er war von einer hellgrauen Wolkendecke überzogen. Unterhalb der helleren Schicht zogen einige dunkle Wolken entlang, verformten sich zu Krokodilen, Schweinsköpfen und anderen Gebilden. Jan Kock wandte sich ab, starrte auf den Papierstapel, der sich zu seiner Rechten auf der Tischplatte häufte. Rechnungen, Urteile, Bestelllisten, Briefe wollten bearbeitet und durchgesehen werden. Er verharrte einen Moment. Dann holte er sein Medizinbuch aus der Schublade, blätterte, betrachtete die letzten Zeichnungen, die er angefertigt hatte. Länger hatte er keine neuen Eintragungen gemacht. Er hatte sich nicht konzentrieren können. Jan Kock warf einen wehmütigen Blick auf das Johanniskraut. Die Struktur der Blätter war ihm sehr gut gelungen. Schließlich legte er seine Aufzeichnungen beiseite, zog missmutig den Papierstapel zu sich heran. Zunächst öffnete er den Brief vom Amt. Er war am Morgen noch nicht dazu gekommen.

... müssen wir Ihnen leider mitteilen, dass wir zur dringenden Sanierung der Stadtfinanzen die Gebührenordnung des Scharfrichters verändern müssen. Der Lohn für alle anstehenden Arbeiten sowie auch die Menge der Ihnen zustehenden Nahrungsmittel werden von Monat Oktober an um ein Viertel gekürzt ...

Jan Kock schoss das Blut zu Kopfe. Er stieß mit dem Fuß gegen das Tischbein. »Korinthenkacker! Kümmelspalter! Pfennigfuchser! Elende Pfeffersäcke! Ich mache die Drecksarbeit, während ihr euch dicke Bäuche anfresst. Nur einmal möchte ich euch am Pranger stehen sehen, mit zerpeitschtem Rücken, um Gnade flehend, ihr Fettwürste!«

Lange konnte Jan Kock seine Wut nicht bändigen. Er lief in den Garten, hackte Holz. Danach war ihm wohler. Er kehrte zum Haus zurück, schritt forsch die Treppe hinauf und setzt sich wieder an sein Schreibpult.

Hochedler Herr Johannsen, Prätor der freien Stadt Hamburg!

Eure Hochweisheit möge bei der Senkung der Gebühren bedenken, dass eine von Nahrungssorgen freie Subsistenz das Allereinzige ist, was ein Scharfrichter von seinem aller Freude baren Leben haben kann. Eure Hochweisheit möge daher geruhen, die schlimme Kondition meines traurigen Standes, welcher durch das Vorurteil des Publikums verachtet genug ist, nicht noch unglücklicher zu machen durch hinzukommende Armut.

In der freundlichsten Hoffnung, dass Eure Hochweisheit die Entscheidung überdenken und revidieren möge

Treu ergebenst

Jan Kock, Scharfrichter der freien Stadt Hamburg

Jan Kock steckte den Bogen in den Umschlag. Der Knecht sollte ihn gleich am nächsten Morgen zum Amt bringen.

Er ging in die Küche hinunter, wärmte sich die Milchsuppe vom Vortag auf, brach sich einen Brotkanten ab. Warum hatte er den Brief geschrieben? Er würde doch nichts ausrichten. Jan Kock stellte den Topf auf den Tisch, tunkte das Brot in die Suppe, saugte die Flüssigkeit aus dem Teig. Er genoss den süßen Geschmack auf der Zunge. Er müsste mehr Geld aus den Abdeckereien ziehen. Er besaß die Abdeckereigerechtigkeiten der Ämter Trittau, Reinbek, Ritzebüttel und Bergedorf. Er ließ sie durch Knechte verwalten. Söhne hatte er ja keine. Er stippte erneut in den Topf. Die Halbmeister und Knechte hintergingen ihn. Er müsste ihnen genauer auf die Finger sehen, sie stärker kontrollieren, auch dafür sorgen, dass sie besser arbeiteten, um seinen Anteil an ihrem Verdienst zu erhöhen. Beim Abziehen der Häute durften keine Löcher entstehen. Und die Häute mussten richtig getrocknet werden, sonst bildete sich Fäulnis, und die Maden fraßen die Haut löchrig. Das minderte den Preis bei den Gerbern. Auch beim Auskochen des Fettes, beim Trocknen des Fleisches und bei der Verarbeitung der Knochen und Tierhaare war sicher noch mehr herauszuholen. Viele Abdecker waren dumm und faul. Manche fütterten ihre Schweine mit Kadaverfleisch, aßen es sogar selbst. Jan

Kock schauderte bei dem Gedanken. Er stieß den Suppentopf beiseite. Die Suppe schwappte über. Die Abdecker würden sich nie ändern. Sie würden immer versuchen, ihn zu betrügen. Sie waren bitterarm. Jan Kock schämte sich für den Gedanken, ihnen mehr Geld abzuverlangen. Es gab zu viele Rossschlachtereien, dachte er, die heimlich Abdeckerei betrieben und den ordentlichen Abdeckern die Tiere stahlen. Landstreicher und ruchlose Schinderknechte verarbeiteten dort Kadaver aller Art zu Wurst. In Hadersleben waren vor Kurzem über hundert Menschen an Aaswurst gestorben.

Jan Kock stierte in die Weite. Ein Stöhnen drang aus seiner Brust. Immer wieder tanzten dieselben Bilder vor seinen Augen. Hanna, wie sie vor der Kasperbude steht, Hanna, wie sie lacht, sprudelnd wie Quellwasser, Hanna im Amt, ohnmächtig, fahl und blass, Hanna im Spinnhaus … Er schlug mit der Faust auf den Tisch. Jäh nahm er das Brot und warf es an die Wand. Dem Brot folgte der Topf mit der Suppe.

Zweiter Teil

1

Die Glocke des Spinnhauses läutete. Hanna beeilte sich. Wenn sie nicht sofort aufstand, drohten ihr drei Tage und drei Nächte am Block. Hanna kannte den Block. Er war aus schwerem Holz, mit Eisen beschlagen und an einer eisernen Kette befestigt. Die rostige Kette hatte ihr Bein wund gescheuert. Die Wunde war noch nicht verheilt.

Hanna zog ihre Decke glatt, wartete, bis der Wärter sie zum Gebet und in die Werkstatt führte. Sie freute sich nicht auf die Arbeit, aber auf das Licht. Der Arbeitssaal hatte Fenster. Sie waren vergittert und hatten Luken, aber es drang Licht hindurch. In der Zelle herrschte nur tiefe Dunkelheit. Nicht einmal eine Kerze durfte brennen. Dort war immer Nacht. Düsteres Schwarz, das schwärzeste Schwarz, ein Pechschwarz, das ihre Gedanken verfinsterte und unerbittlich kreisen ließ. War das, was sie dachte, waren all diese Gedanken, die sie schwindlig machten, waren es Hirngespinste oder wirklich Erlebtes? Konnte sie noch unterscheiden? Die Dunkelheit beschwor wirre Bilder herauf. Trugbilder, Fantasiegebilde, Verrücktheiten. Oder war alles Wahrheit, war alles wirklich geschehen, was sie dachte, was sie träumte? Manchmal lag sie in ihrer Koje und konnte nicht glauben, dass sie es war, die dort lag. Glaubte, einen schlechten Traum zu haben, sicher gleich aufzuwachen, sich wie gewohnt anzuziehen und mit der Hausarbeit zu beginnen. Wie lange war sie bereits eingesperrt? Sie wusste es nicht mehr, hatte die Tage nicht gezählt.

Hanna folgte den Wärtern, setzte sich auf ihren Schemel,

betete, begann, Wolle zu kratzen, kratzte behände, kratzte, so schnell sie konnte, wie jeden Tag, so lange, bis sie wieder in ihre Koje eingeschlossen würde. Sie kratzte und kratzte. Kratzte, ohne nach links und rechts zu schauen. Kratzte, bis sie nur noch das gleichmäßige reibende Geräusch vernahm. Nur ein einziges Mal hatte sie ihr Arbeitssoll nicht erfüllt. Der Aufseher hatte sie zur Strafe in den Hungerkorb gesetzt, den Korb, der an der Decke über dem Esstisch hing. Sie hatte über dem Tisch gehangen und zusehen müssen, wie die anderen ihren Brei erhielten. Drei Tage hintereinander sah sie ihnen zu, hörte ihre Holzlöffel klappern und schaben, hörte die Frauen schmatzen und schlucken. Seither kratzte sie. Kratzte und kratzte. Nur um des Essens willen. Sie konnte nicht anders. Sie wollte nicht hungern. Würde weiter kratzen, weiter essen, Tag für Tag, solange sie lebte.

Die Glocke läutete. Teller und Löffelgeklapper. Der Brei. Hanna löffelte gierig, lebenshungrig, kratzte die Reste aus ihrem Teller, nahm die Finger, dann die Zunge zur Hilfe, leckte alles sauber. Glocke. Schlüsselklirren. Stellte sich mit den anderen in eine Reihe. Zurück in die Zellen. Zurück in die Dunkelheit, zum Ungeziefer, zum Gestank, zum Wimmern der Frauen.

Sie lag auf ihrem Lager aus Stroh, in der Ecke links von der Zellentür, im Winkel zweier kalter Steinwände. Draußen stürmte es. Sie wälzte sich schlaflos herum wie die anderen Frauen, spürte, wie die Wanzen bissen, wie eine Kakerlake über ihr Gesicht krabbelte. Kakerlaken liefen anders als Spinnen oder Kellerasseln, sie waren schwerfüßiger, und man spürte ihre Fühler auf der Haut. Mit der rechten Hand kratzte sie sich am Bauch, mit der linken wischte sie die Kakerlake aus dem Gesicht. Der Sturm machte tiefe, drohende Geräusche. Die Böen schlugen an das Gemäuer, ließen das Haus erbeben.

»Willst du wohl gestehen?«, schrie jede Böe, »willst du wohl endlich gestehen? Wenn du nicht gestehst, werden wir deine kleinen, niedlichen Füßchen in die Spanischen Stiefel stecken.« Hanna hörte Gelächter, spürte die Hand auf ihrer Brust. »Gestehe«, schrie die Böe, »gestehe, gestehe«, pfiff es um die Mauerecke.

Lautes Lachen. »Stecken deine Waden in die Bretter, gestehe, gestehe«, heulte der Wind. »Lasst mich, lasst mich, ja, ich habe es getan, ja, ja, ja, ich war es, ich war es, lasst mich.«

»Halt's Maul«, schrie eine Frau vom anderen Ende der Zelle. Hannas Schreien erstarb. Als wäre alles nur ein böser Traum, alles nur ein böser Traum. Sie rollte sich zusammen und versuchte zu schlafen.

2

Es war später Nachmittag. Jan Kock setzte sich auf seinen Baumstamm, ließ seine Gedanken schweifen. Er hatte bislang freie Wohnung, erhielt Kostgeld für die Malefikanten. Dazu kamen die sechshundert Mark aus der Gerichtskasse. Und der Lohn für die Stäupungen und Hinrichtungen. Und zehn Taler für das Verscharren eines Selbstmörders auf dem Galgenfeld. Und der Erlös für die Leichen, die er an die Ärzte und Rats-Chirurgen verkaufte. Unter fünfundzwanzig Reichstalern ging keine weg. Dann die sechshundert Mark für die Wegschaffung der Viehkadaver von den Gassen und aus den Kanälen. Hier war noch einiges zu tun. Seine Halbmeister arbeiteten nicht gründlich. Aber der Lederhandel der Abdeckerei florierte. Als Meister war er an den Einnahmen beteiligt. Ein schönes Sümmchen kam da zusammen. Nicht zu vergessen der Erlös aus seiner medizinischen Praxis. Das war seine Existenz in Zahlen, dachte er, das, wovon er lebte. Selbst wenn der Rat ihm wie angekündigt die Bezüge kürzte, wäre er kein armer Mann.

Er blickte in den Himmel. Schwarze Wolkentürme ballten sich zusammen, von starkem Wind vorangetrieben. Einige Möwen versuchten, dem Wind zu trotzen, segelten, die Flügel gespreizt, in ihren leuchtend weißen Federkleidern vor düsterem Hintergrund, segelten, ohne vorwärtszukommen, die Köpfe nach Nordwesten ausgerichtet, den Wind mit den Flügeln austarierend, segelten, bis eine starke Böe sie zurückschleuderte und sie kreischend vor Vergnügen oder Empörung kehrtmachen mussten.

Der Wind frischte immer stärker auf. Bald würden auch die Vögel Schutz suchen. Jan Kock lief in den Schuppen, holte Holzstäbe und Band, um einige Pflanzen zu stützen. Sorgfältig steckte er die Stäbe in die Erde, tief genug, damit sie nicht umwehten. Vorsichtig, ohne die Stängel zu verletzen, schlang er das Band um Stangen und Pflanzenstängel, verknotete die Enden. Dann ging er ins Haus, kochte Tee, setzte sich an den Küchentisch und schlürfte ihn aus seinem Emaillebecher.

Der Wind heulte um das Haus. Jan Kock lauschte dem lang gezogenen Pfeifen, dessen Ton sich immer stärker in die Höhe schraubte, darauf in die Tiefe stürzte, um sich zu neuen schrillen Tönen aufzuschwingen. Böen hämmerten an die Fenster. Regen peitschte an die Scheiben. Prasseln. Pfeifen. Hämmern. Eine Böe ließ das ganze Haus erzittern. Jan Kock fröstelte. Er ging zum Kamin, legte Holz auf, entzündete es mithilfe von Papier. Er blies in die Glut. Schwarze Ascheflöckchen flogen auf. Das Holz fing Feuer, knisterte und knackte. Die Flamme schoss empor, teilte sich, umschloss lodernd die Holzscheite.

Jan Kock blickte in das prasselnde, Wärme spendende Feuer. Sie wird frieren, dachte er. Er sah sie vor sich, im Spinnhaus, sah sie frösteln in der dünnen, grünen Kutte, auf der schäbigen Matratze, unter der verschlissenen Decke. Mit blauen Lippen und nackten Füßen. Er konnte das Bild nicht abschütteln. Konnte es nicht vertreiben, verspürte grenzenlose Hilflosigkeit. Blindlings ergriff er den Schürhaken, schlug auf die lodernden Scheite ein. Funken sprühten aus dem Kamin heraus. Er stampfte mit den Füßen auf der Glut herum, stampfte und stampfte, konnte nicht mehr aufhören damit.

Es war früh am Morgen, als jemand an die Tür hämmerte. Jan Kock erwachte vor dem Kamin, neben sich einen Krug Wein. Er erhob sich nur mit Mühe, schlurfte zum Fenster, erspähte Hans, den Knecht. Langsam, jede Erschütterung vermeidend, ging er zur Haustür.

»Was gibt es?«

»Meister, der Sturm hat heute Nacht das Galgengerüst umgerissen. Und die Schweine haben den ganzen Köppelberg aufgewühlt.«

Sie fuhren durch die vom Sturm gezeichnete Stadt. Dachziegel und abgefallene Schilder lagen auf dem Pflaster. Menschen liefen mit Eimern umher und schöpften ihre Keller leer. Modriger Schlamm ergoss sich auf die Wege. Die Pferde schnaubten. Sie hatten Mühe, voranzukommen, zogen den Wagen über die aufgeweichten Gassen. Eine übel riechende, neblige Dunstwolke hing über allem. Die Feuchtigkeit kroch Jan Kock in die Knochen. Er fröstelte, steckte seine Hände in die Manteltaschen. Schritt für Schritt näherten sie sich dem Steintor. Nicht weit hinter dem Stadttor lag ein entwurzelter Baum auf dem Fahrweg. Der Karren musste halten. Sie warteten. Eine Arbeitsmannschaft sägte die Baumkrone klein. Das Geräusch der Sägen setzte Jan Kock zu. Er hielt sich den Kopf. Zweige brachen und krachten auf die Straße, wurden von den Männern fortgeschafft. Jan Kock blickte auf das Astwerk. Plötzlich erinnerte er sich an seinen Traum. Sie hatten vor dem Kamin gesessen, ins Feuer geblickt. Er hatte ihr eine Decke um die Schultern gelegt. Sie hatte ihn angelächelt. Wie ein Engel. Ein Lächeln, sanft und leicht wie eine Daune. Dann war er aufgewacht. Dann hatte es an die Tür gehämmert.

»Hüüüüüü«, schrie ein Arbeiter. »Hüüüüü.« Wiehern, Schnauben. Pferdegetrappel. Ein Sechser-Gespann zog den angeseilten Stamm beiseite. Sie konnten passieren.

Der Köppelberg glich einem Acker. Jan Kock stieß mit dem rechten Fuß eine Grassode in die Luft. Man musste den Besitzern der Schweine endlich befehlen, die Schnauzen ihrer Tiere zu beringen. Die Schweine rochen die Leichen. Immer wieder wühlten sie alles auf.

Er begutachtete das Gerüst. Der ganze Galgen war zusammengefallen, die drei Hauptpfeiler samt den Querbalken umgeknickt wie Streichhölzer. Nur das gemauerte Fundament blieb unversehrt. Er zählte. Zweihundertachtzig Palisaden und an die dreihundert Handwerker waren nötig, um das Gerüst in einem Tag wieder aufzubauen. Länger konnte man die Männer nicht bei Laune halten. Das letzte Mal hatten sie sich geweigert, am Galgen zu arbeiten. Erst als der Bürgermeister das Hochgericht für ehrlich erklärt und den Handwerkern ihren Genossen gegenüber Schutz, dazu noch einen hohen Lohn und viel Wein versprochen hatte, stürzten sich die Handwerker mit Kampfgeschrei auf die Arbeit. Was ging es ihn an. Sollten sich die Bauherren um die Handwerker kümmern. Wegen der Unruhen, die man befürchtete, durfte er sich samt seinen Knechten am Tage der Galgenreparatur ohnehin nicht in der Stadt blicken lassen.

3

Seit dem Kindsmord, seit Petersen ihn erpresst hatte, mied Karl Broderjahn die Öffentlichkeit. Er besuchte weder Kaffeehäuser noch die Börse. Auch zu Hause, bei Hermine zu bleiben, war ihm unmöglich. Er verschanzte sich in seinem Kontor in der Fabrik. Jeden Morgen ließ er sich alle Zeitungen von seinem Boten bringen. Jeden Morgen überflog er hastig alle Artikel. Erst, als er sichergehen konnte, dass nichts über den Kindsmord und den Prozess abgedruckt war, entspannte er sich. Seine Beziehungen taugten noch etwas. Das beruhigte ihn.

An diesem Morgen war er dennoch aufgewühlt. Der ganze Neue Gamm war überschwemmt worden. Kirchwerder, Ochsenwerder, Spadenland und Tatenberg waren unter Wasser. Auch der Curslacker Hausdeich war in der Sturmnacht gebrochen, hatte die Alte Gamm, die Curslack und die niedrigen Gegenden von Bergedorf unter Wasser gesetzt. Selbst der neue Deich bei Bergedorf war an verschiedenen Stellen gerissen. Zugleich hatte das Wasser den Schleusendeich überstiegen, mit der Folge, dass der Billwerder, die unteren Gegenden von Hamm und Horn, der Ausschlag, der Hammerbrook und die nahe vor Hamburg liegenden Bleichen, Gärten und andere Ländereien überschwemmt wurden.

Ein Bezirk von fünf Meilen des fruchtbarsten Landes, angefüllt mit den prächtigsten Gärten, hat sich in eine offene See verwandelt, aus welcher nur noch die Gipfel grüner

Bäume und die Spitzen der Dächer von den Häusern hervorragen …

Seine Gärten, die wunderschönen Gärten, die Orangerie … Wenn ihm im Leben noch etwas Vergnügen bereitete, dann war es sein Anwesen in Billwerder, die Gärten und Ländereien. Hatte er nicht genug Sorgen? Der Kindsmord. Und dieser Doktor König. Petersen hatte ihm zugesagt, dass es keinerlei Komplikationen geben werde und der Prozess mit äußerster Diskretion geführt würde. Und jetzt? Dieses Mädchen machte ihm die Hölle heiß. Wer weiß, was sie noch alles ausplaudern würde. Jede ihrer elenden Lügen schadete seinem Ansehen. Dabei hatte er Hanna immer gut behandelt. Die Flasche fiel um. Der Rum ergoss sich über das Schreibpult. »Zum Teufel«, schrie Karl Broderjahn. Er ergriff die Flasche, rettete den Rest des Rums, trank einen Schluck. Unbeholfen wischte er die Sauerei auf seinem Tisch mit dem Schnupftuch weg. Dann öffnete er das Fenster, warf das Schnupftuch hinaus, ließ frische Luft ins Zimmer, um den Alkoholgeruch zu vertreiben.

Christian. Sein guter Freund Christian. Er musste sogleich an ihn schreiben. Auf Christian konnte er sich verlassen. Seit Jahren hielt er ein Auge auf das Landgut mit seinen Gärten.

Karl Broderjahn nahm einen Briefbogen zur Hand.

Mein Freund!

Gerade habe ich gelesen, dass meine schönen Gärten in Billwerder ganz unter Wasser liegen und keine Möglichkeit besteht, dorthin zu kommen. Das jammert mich sehr! Geben Sie mir bitte so bald als möglich Kenntnis über Zu-

stand und Schäden an den Pflanzen und Gewächshäusern. Mit Ungeduld erwarte ich Ihre Antwort.

Karl Broderjahn betrachtete sein Gekrakel, ließ die Tinte trocknen. Er faltete den Bogen, versuchte, ihn in die Kuvertöffnung zu stecken. »Verdammt!«, schimpfte er. Der Bogen war bereits verknickt. Er nahm noch einen Schluck Rum. Endlich gelang es ihm, das Papier in den Umschlag zu schieben. Angst überkam ihn. Der Tremor war nun fast ständig da. Die Finger gehorchten ihm nicht mehr. Die einfachsten Verrichtungen fielen ihm immer schwerer. Er durfte nicht mehr trinken. Er musste aufhören damit. Würde aufhören, wenn die Sache mit Hanna erledigt wäre. Endgültig. Aufhören. Keinen Schluck mehr.

Es klopfte. Broderjahn versteckte die Flasche im Schrank.

»Herein!«

»Herr Direktor, eine Depesche.«

Er nahm den Brief entgegen. Der Bote drehte sich um.

»Halt, warte, bring diesen Brief auf die Post, so schnell wie möglich.«

Karl Broderjahn öffnete das Kuvert. Senatspost.

Hoch- und Wohledler Senator Broderjahn!

Senator Wilckens liegt schwer erkrankt zu Bette. Daher bitten wir Sie als sein Stellvertreter im Bauwesen, alle anstehenden Aufgaben, die Aufrichtung des umgestürzten Galgens betreffend, zu übernehmen. Material und Anzahl der Handwerker sind bereits vom Scharfrichter berechnet und von Herrn Wilckens bestellt worden. Die Handwerker werden sich am Donnerstag dieser Woche um fünf Uhr morgens im Bauhof einfinden. Mit der Bitte, die Prozession zu begleiten und alles zu tun, dass der Galgenbau ohne Ruhestörung vonstattengehen kann.

Karl Broderjahn zerknüllte den Brief. Wieso musste gerade jetzt der Galgen umfallen und Wilckens schwer krank im Bett liegen? Alles ballte sich zu seinen Ungunsten zusammen.

Der Kutscher läutete an der Haustür. Karl Broderjahn wartete bereits in seinem Ratskostüm in der Diele.

»Zum Bauhof, mach schnell, wir sind spät dran.«

Der Wagen fuhr Richtung Deichtor. Die Straßen waren noch nicht belebt, die Stadttore noch geschlossen. Nur die Karrenzieher zogen mit ihren Dreckkarren herum. Karl Broderjahn wischte die beschlagene Fensterscheibe mit seinem Ärmel klar. Wenigstens regnete es nicht.

Sie erreichten den Neuen Wandrahm. Die Kutsche bog rechts ab, passierte das breite, mit Ornamenten und Figuren verzierte Bogentor, das auf den Bauhof führte. Der Hofplatz war von allen Seiten mit rot geklinkerten, von Balken durchzogenen und mit vielen kleinen Sprossenfenstern versehenen Hausmauern umgeben. In den Gebäuden befanden sich Lagerräume, Pferdeställe, die Amtsstuben und die Bedienstetenwohnungen. Der Wagen hielt. Karl Broderjahn blickte aus dem Fenster. Das Material war bereits auf Karren aufgeladen, die Handwerker hatten sich eingefunden. Auch die Soldaten standen bereit. Karl Broderjahn betrachtete die vielen Äxte, die die Handwerker geschultert hatten. Unruhe ergriff ihn. Wenn es einen Tumult gäbe? Die Handwerker waren leicht reizbar. Er versuchte, sich zu beruhigen. Immerhin hatte Wilckens dieses Mal nur Handwerker vom städtischen Bauhof und unzünftige Bönhasen für die Arbeit am Galgen ausgewählt. Sie waren weniger empfindsam, zumindest bei gutem Lohn und Brot. Wilckens hatte auch dafür gesorgt, dass die Arbeiter nach Sonnenuntergang in ihren Herbergen reichlich Butterbrot, grünen Käse, Hering und Bier auf Kosten der Stadt erhielten. Das würde sie im Zaume halten.

Karl Broderjahn schob seine Hand unter den roten Amtsmantel, holte seine kleine Schnapsflasche hervor, nahm einen kräftigen Schluck. Als er ausstieg, spielten die Stadtmusikanten auf. Karl Broderjahn schritt in die Mitte des Hofes. Er blieb vor den Handwerkern stehen. Ein Tusch ertönte. Karl Broderjahn ergriff das Wort.

»Vorachtbare und Ehrenwohlgeachtete, teils kunsterfahrene, teils kunstbeflissene Männer!

Wir preisen billig des großen Gottes Güte, dass er uns diesen Tag erleben lässt, und wünschen, dass ein jeder denselben, mit vielen folgenden, nach Herzenswunsch glücklich hinterlegen möge. Wir wissen, wozu der heutige Tag gewidmet ist, nämlich, um auf des Hoch- und Wohledlen Rats Anordnung das Hochgericht aufzurichten. Was hierbei eines jeden Pflicht ist, brauche ich nicht vorstellig zu machen. Wir aber wollen Gott herzlich danken, dass er unserem Hamburg die Gnade verliehen hat, die heilige Justiz selbstständig ausüben zu dürfen, zu deren vornehmsten Stücken ein Hochgericht gehört, das wir jetzt wieder aufrichten wollen, an dem ruchlose, boshafte, Gott vergessene Leute ihre Strafe zu erwarten haben, zum

Exempel, zur Abscheu und Warnung all derer, bei denen eine Änderung ihres sündigen Wandels noch möglich ist. An solcher Aufrichtung der Justiz mitzuhelfen, seid ihr berufen und erschienen. Der Hoch- und Wohledle Rat dankt euch und ist erbötig, euch starken Schutz und Sicherheit zu verschaffen, wider diejenigen, die euch deshalb zu nahe treten und schmähen. Der Rat hat mir aufgetragen, euch dies in seinem Namen zu versichern. Und nun, indem ich euch zu eurer ernsthaften Verrichtung Gottes Gnade und Segen wünsche, sage ich euch: Geht ans Werk!«

Der Zug setzte sich in Bewegung, eskortiert von den Soldaten. Broderjahns Karosse bildete die Spitze. Es folgten zehn Wagen, die das Gebälk des Hochgerichtes und die Handwerksgeräte beförderten. Dahinter marschierten die Zünfte, mit Trommlern und Pfeifern als Vorhut, die Meister in schwarzen Kleidern und Bürgermänteln, mit großen, goldverzierten Hüten, Degen und Stock. An die zweihundert Zimmergesellen trugen ihre Äxte, die Schneide nach oben gerichtet, auf den Schultern. Dahinter um die hundert Schmiedegesellen und ein Dutzend Bleidecker. Jede Wache, die die Prozession passierte, trat unters Gewehr und salutierte.

Sie erreichten das Steintor pünktlich zur Toröffnung. Der Zug passierte die Wachen. Auf dem Köppelberg versammelten die Meister ihre Gesellen und Lehrjungen, ermahnten sie, fleißig zu arbeiten, friedlich und nüchtern zu bleiben. Danach ertönte ein Tusch. Karl Broderjahn trat vor die Handwerker.

»Hiermit erkläre ich diesen Ort und das alte Hochgericht für ehrlich. Ich versichere den ehrsamen Meistern und Gesellen hochobrigkeitlichen Schutz. Allen, die hier bis zur Vollendung Hand anlegen, werden keine Nachteile entstehen. Und nun an die Arbeit, ehrsame und fleißige Männer. Ich daselbst werde den ersten Axthieb tun.«

Karl Broderjahn hatte Mühe, die Axt zu heben. Er durfte sich keine Blöße geben. Es war wichtig, beherzt zuzuschlagen, um die Handwerker zu animieren. Er nahm all seine Kraft zusammen. Die Axt hieb ins Holz. Drei Tuschs erfolgten. Die Stadtmusikanten spielten auf. Die Männer begannen, umringt von den Soldaten, mit der Arbeit. Karl Broderjahn atmete auf. Müde und erleichtert bestieg er seinen Wagen, ließ sich auf das Polster nieder und gönnte sich einen langen Zug aus seinem Fläschchen.

Freitag. Karl Broderjahn ging die Post durch. Ein Brief von Clarsen. Ungeduldig öffnete er das Kuvert. Zweimal fiel ihm der Brief auf den Boden. Endlich gelang es ihm, den Briefbogen ruhig zu halten.

Billwerder, den 15. September 1773

Lieber Freund,

während uns das Wasser in den Mund läuft, die Häuser schwanken, die Kinder nach Brot schreien, tausend Menschen unglücklich geworden sind, ihr Hab und Gut verloren haben, einige ertrunken sind, schreiben Sie, dass es Sie jammert, dass Ihre Gärten in Billwerder ganz unter Wasser liegen. Mich deucht doch, dass die Zeitungsblätter das Elend der Menschen hier ausgiebig geschildert haben. Aber das jammert Sie nicht. Das sind nur Kleinigkeiten, um die sich die armen Leute selbst bekümmern mögen.

Wenn Ihnen so viel an Billwerder liegt, dann schicken Sie mir Geld, nicht für Ihre Gärten, für die Sie schon etliche Tausend Mark ausgegeben haben, sondern für die Not leidenden Menschen hier. Fühlen Sie nur einmal das Vergnügen, jemanden glücklich gemacht zu haben, es ist ein himmlisches Vergnügen, und alle Gärten in dem Billwerder zusammengenommen sind nichts als ein Schatten dieses Vergnügens.

Vergeben Sie mir, dass ich Ihnen so bittre Wahrheiten gesagt habe – wenn Sie doch nur mit einem einzigen Worte die Hälfte einer mitleidigen Empfindung in Ihrem Briefe geäußert hätten! Immer nur die Gärten, Orangerien und wer weiß, wie die Dinger alle heißen. – Ich mag nichts mehr davon hören.

Schicken Sie Geld für die Menschen! Ich denke an einen Bauern. Sein Haus ist zum Teil eingestürzt, das Vieh ertrunken oder verhungert, Wiesen und Äcker sind in einen See verwandelt. Seine Frau liegt krank in Hamburg und sieht ihrer Entbindung mit Schmerzen entgegen. Seine Kinder habe ich unterdessen zu mir genommen, ihm aber weiß ich weder zu raten noch zu helfen. Der Mann ist ehrlich und hat keinen anderen Fehler, als dass er im Unglück sitzt und alles verloren hat. Schicken Sie Geld! Und wir sind wieder ausgesöhnt. Schreiben Sie mir bald! Helfen Sie! Dann bleibe ich Ihr

aufrichtiger Freund
Christian Clarsen

4

Jan Kock fuhr mit Martin, dem neuen Knecht, zum Hochgericht hinaus. Er sollte Hans bei den Galgenurteilen ersetzen. Hans war der Stadt verwiesen worden, nur weil er sich mit einem Soldaten der Garnison geprügelt hatte.

»Der Soldat hat den Streit angezettelt«, rief Hans, als sie ihn in Ketten aus der Stadt jagten. Jan Kock glaubte ihm. Hans war kein Raufbold. Er war ein guter Junge, hatte seine Arbeit immer gewissenhaft und zuverlässig verrichtet. Er war sein bester Knecht gewesen.

Sie kamen am Hökermarkt vorbei. Dort saßen Juden mit ihren Kramwaren und Marktfrauen mit Gemüse, Zitronen und Fischen. Gewöhnlich, dachte Jan Kock, hatte er nichts als Ärger mit den Knechten. Sie waren Streithähne, prügelten gerne, bestahlen und betrogen ihn, wo sie nur konnten. Sie forderten einen hohen Lohn und Aufschlag für jede Extraarbeit, die er ihnen auftrug. Wenn er nicht zahlte oder sie für ihre Diebereien zur Rechenschaft ziehen wollte, liefen sie einfach davon. Er hatte schon so manchen ungehobelten Kerl miterlebt. Als Meister war er verpflichtet, durchreisende Knechte drei Tage umsonst zu beherbergen und zu beköstigen. Das war ein ungeschriebenes Gesetz unter den Scharfrichtern. Sie konnten ja sonst nirgends unterkommen. Es waren rohe, brutale Gesellen darunter, und es fiel ihm schwer, den Kerlen auch noch Wegegeld in die Hand zu geben. Martin war ein anständiger Junge. Jan Kock war froh, dass er zwei Tage, nachdem Hans fort war, vor seiner Tür stand, um Arbeit bat und zudem Erfahrung mit dem Henken hatte.

Es war bereits später Nachmittag, als sie das Steintor passierten.

»Wir müssen uns beeilen, um vor Toresschluss wieder in der Stadt zu sein«, sagte Jan Kock. »Letztes Jahr hatten Hans und ich am Galgen zu tun und die Zeit vergessen. Es war an einem eiskalten Dezembertag. Als wir das Stadttor erreichten, war es bereits geschlossen. Die Wachen ließen uns nicht passieren, so sehr wir auch darum baten. Wir versuchten, eine Unterkunft zu finden. Weder im Schinkenkrug noch im Schwarzen Adler, selbst in der übelsten Spelunke, Zum wilden Mann, ließ man uns nicht logieren. Wir mussten die Nacht in einer Mulde unter freiem Himmel verbringen.«

»Ich musste auch schon draußen schlafen«, sagte Martin.

Der Wagen ruckelte heftig. Sie waren durch ein großes Schlagloch gefahren. »Scharfrichter«, sagte Jan Kock, »werden behandelt wie Pestkranke. Und wer mit ihnen in Berührung kommt, muss ebenfalls das Leben eines Aussätzigen führen. Vor einigen Jahren, als ich nach Ritzebüttel bei Cuxhaven geholt wurde, um zwei Räuber hinzurichten, hatte ich am Vorabend der Exekution ein Gasthaus aufgesucht, darauf vertrauend, dass mich niemand kannte. Ich trank ein paar Biere mit einem freundlichen Bauernjungen. Allmählich wurde es in der Gaststube immer leiser. Alle Blicke waren mehr und mehr auf mich, den Fremden, gerichtet. Es waren argwöhnische, zu Schlitzen geformte Augen. Die Männer witterten, dass ich der Scharfrichter war. Ich zahlte schnell und verließ die Schenke. Etwa ein Jahr später hat mir ein Amtmann erzählt, dass der Bauernbursche von jenem Abend an geächtet wurde, weil er mit mir getrunken hatte. Ein Jahr lang lebte der Junge im Moorgestrüpp und ernährte sich von Muscheln und Krabben. Der Amtmann hatte ihn wieder ehrlich gesprochen, aber die Dorfbewohner ächteten ihn weiterhin. Erst als er das Militär rief, um den Mann aus seinem Versteck zu befreien, benahmen sich die Leute menschlicher.«

Sie fuhren die Ulmenallee entlang, erreichten den Köppelberg, gingen zum Galgen hinüber. Jan Kock prüfte die Balken. Die Zimmerleute hatten anständiges, gut abgelagertes Holz verarbeitet und gute Arbeit geleistet. Der neue Galgen würde nicht so leicht morsch werden und den ärgsten Stürmen standhalten.

»Schau dir alles genau an«, sagte Jan Kock, »das nächste Galgenurteil wirst du vollstrecken. Als Erstes musst du den Strick prüfen. Er darf nicht reißen, sonst bist du in Lebensgefahr. Wenn du sicher bist, dass der Strick etwas taugt, stellst du den Dieb auf die Leiter und legst ihm die Schlinge um den Hals.«

»Das weiß ich, Meister.«

»Halt den Mund. Gar nichts weißt du! Wenn du den Strick angelegt hast, stößt du den Delinquenten von der Leiter, sodass er frei hängt. Du musst heftig stoßen, mit einem kurzen, kraftvollen Ruck. Einer meiner Knechte hatte einmal zu schwach gestoßen, weil er sich tags zuvor betrunken hatte. Der Dieb konnte sich deshalb mehrmals mit den Füßen an den Leitersprossen festhalten. Der Knecht bedeckte ihm in seiner Not das Gesicht mit dem Überrock und stieß ihm mit dem Knie in den Magen. Der Pöbel bekam Mitleid mit dem Gehängten und ließ einen Steinhagel auf den Knecht regnen. Er fiel kopfüber von der Leiter. Die Menge stürzte sich auf ihn, schlug ihn nieder und erwürgte ihn. Also, Martin, stoße kräftig und betrinke dich niemals vor einer Hinrichtung.

Wenn der Verurteilte hängt, presst du seinen Kehlkopf nach innen, reißt den Kopf mit Gewalt gegen die Brust. Und um ganz sicher zu gehen, dass er schnell stirbt, hängst du dich an seine Füße, damit der Hals fest zugeschnürt wird. Sonst kann das Hängen mehrere Minuten dauern, und die Verurteilten hängen zappelnd und zuckend am Strick. Das musst du verhindern. Du darfst niemals einen Menschen länger quälen als nötig. Mein Vater erzählte mir von einem Dieb, er hehlte mit gestohlenen Schiffsgütern und war zum Tode durch den Strang verurteilt. Er war nach fünfzehn Minuten Hängen am Galgen immer noch nicht tot. Der Mann wurde begnadigt, zur Ader gelassen und von meinem Vater behandelt, bis er sich wieder erholt hatte.

›Ich habe die Schmerzen gespürt, die mein eigenes Körpergewicht verursacht hat, und meine Sinne waren seltsam verwirrt‹, erzählte er. ›Alles strebte nach oben. Ein gleißendes Licht erschien vor meinen Augen, wie ein Blitz. Von da an spürte ich keinen Schmerz mehr. Nachdem man mich heruntergeschnitten hatte, kam ich wieder zu mir. Ich verspürte unerträgliche Schmerzen. Ich wünschte, man hätte mich nicht vom Galgen heruntergeholt.‹

Dieser Mann hat überlebt, Martin, aber es war ein Wunder. Die anderen krepieren qualvoll, wenn du sie nicht ordentlich hängst. Sie zucken und zappeln am Strick wie Fische im Netz. Nun komm, es ist schon spät.«

Sie bestiegen den Wagen, fuhren in die Stadt zurück. Martin hielt die Zügel. Die Pferdehufe klapperten auf dem Pflaster. Ab und zu ein Schnauben. Jan Kock saß in Gedanken versunken neben Martin. Er hatte das Bild des Gehängten vor Augen, den der Vater ihm gezeigt hatte. Der Mann hing bereits eine Woche am Galgen. Die Vögel hatten ihm die Augen ausgehackt und die Wangen aufgepickt. Sein ganzer Körper war aufgerissen und zerfressen. Trauben von Fliegen und anderen Insekten saßen auf seinem Leib, fraßen und saugten sich satt an seinem Fleisch und Blut.

»Schau genau hin«, hatte der Vater gesagt, »du musst alles kennen.«

Der Karren holperte die Steinstraße, dann den Speersort entlang, bog in die kleineren Gassen ein. Einige Gassenjungen ließen ihre Kreisel brummen. »Der Büttel, der Büttel«, schrie einer von ihnen. Schnell hoben sie ihre Kreisel auf und sprangen beiseite. Die Pferde zockelten an den Kindern vorbei. Jan Kock hörte, wie ihn die Jungen hinter seinem Rücken verlachten und verhöhnten. Plötzlich spürte er etwas auf seinem Rücken aufprallen. Jan Kock sprang vom Bock, rannte auf die Jungen zu. Flink wie die Mäuse stoben sie auseinander und flitzen in die düsteren Winkel und Torgänge der Gassen. Dennoch erwischte er einen größeren Jungen am Hemdkragen. Jan Kock schlug ihn blutig und tunkte sein Gesicht in einen Kothaufen.

5

Friedrich König sass am Frühstückstisch, vor ihm lag ein Brief seiner Mutter. Er öffnete das Kuvert.

Karlsbad, den 10. September 1773

Mein lieber Sohn!

Seit einiger Zeit verweilen wir nun schon in Karlsbad. Es brennt mir auf der Seele, Dir zu schreiben.

Unsere Reise stand und steht unter keinem guten Stern. Die Fahrt nach Karlsbad war entsetzlich. Wir fuhren bei beständigem Sturm und Regen, die Wege waren verdorben, Wagen und Pferde mit Kot bedeckt. Dann riss auch noch der hintere Riemen der Kutsche. Wir dachten daran, die Fahrt abzubrechen und nach Hamburg zurückzukehren, zumal Dein Vater ja nicht bei bester Gesundheit ist. Da aber unser guter Doktor Brinkmann Deinem Vater so sehr ans Herz gelegt hatte, seinen kranken Magen mit den heilenden Quellen zu kurieren, fuhren wir weiter. Zunächst, mein lieber Friedrich, dachte ich, es sei ein großes Glück, diese Entscheidung getroffen zu haben. Karlsbad ist wunderschön. Es liegt in einem lieblichen Alpental, umgeben von Tannenwäldern und felsigen Anhöhen. Es ist jeden Tag ein Schauspiel, die Sonne aus den Wäldern aufsteigen zu sehen, zu beobachten, wie sie die dichten Wolken, die noch im Tal liegen, rotgolden beleuchtet, wie sich die farbige Wolkenmasse allmählich auflöst und den Blick freigibt auf das bezaubernde Tal. Ach, mir war so wohl bei dem Gedanken, hier einige Wochen verbringen zu dürfen. Jedoch, nun ist alles anders gekommen.

Dein Vater hat sich im vollsten Vertrauen auf die heilenden Kräfte der Quelle dem Doktor Täubner anvertraut. Er war ihm von sehr zuverlässigen Menschen empfohlen worden. Doktor Täubner verordnete ihm, jeden Morgen um acht Uhr vier Becher heißes Wasser am Schlossbrunnen, danach weitere vier am Theresienbrunnen und nochmals vier Becher am Neubrunnen zu trinken sowie jeden Mittag von zwölf bis eins ein heißes Sprudelbad zu nehmen. Nun, da wir zwei Wochen kuren, wird allzu deutlich, dass Deinem kränklichen Vater das Wasser nicht im Geringsten bekommt. Er klagt über Magendruck, leidet an Koliken und Spannungen. Auch seine Kurzatmigkeit hat zugenommen. Er hatte sich von Anfang an beim Trinken sehr beschwert. Das Wasser schmecke wie dünne, sehr gesalzene Fleischbrühe. »Wie soll man denn von so einem Gesöff gesund werden?«, schimpfte er. Nun, mein Sohn, Du kennst Deinen Vater. Ich habe angenommen, er würde nur seinen guten Rotwein und den Rum vermissen und darüber erbost sein, habe ihm gut zugeredet, die Kur fortzuführen. Doch auch die Bäder bekamen ihm nicht. Nach einem Bad war er so matt, dass er kaum laufen konnte. Er hat drei Zoll Peripherie abgenommen. Jeder hielt das für günstig, nur sein Magen wollte sich nicht bessern. Kurz, seit er den Sprudel trinkt und darin badet, ist er voll und ganz entkräftet, sodass wir uns entschlossen haben, abzureisen. Alles ist bereits gepackt. Morgen, noch vor vier Uhr, geht es nach Hause.

Ich verlasse diesen schönen Ort nicht ohne Rührung. Ich habe sehr nette Bekanntschaft geschlossen mit der liebens-

werten Gräfin Militz und ihrer Freundin Gräfin Pölting. Reizende Damen. Wie schön war es, mit ihnen durch die Karlsbader Gärten zu flanieren. Die Stadt, musst Du wissen, hat dreizehn öffentliche Gärten, einer schöner als der andere. Jedoch habe ich keine Ruhe, wenn es Deinem Vater so schlecht geht. Er macht mir ernstlich Sorgen.

Ich hoffe, dieser Brief wird Dich einige Tage vor unserer Ankunft erreichen. Bitte informiere gleich Doktor Brinkmann. Er soll sich über weitere Behandlung Gedanken machen.

In Erwartung, Dich baldigst zu umarmen, und mit vielen Grüßen an Anna-Sophia.

Deine Dich liebende Mutter

Friedrich König faltete den Brief zusammen. Der schlechte Zustand seines Vaters berührte ihn nicht. Im Gegenteil, die Aussicht, den Vater bald wieder in Hamburg zu wissen, war ihm äußerst unangenehm. Durch seine Magenkrankheit war der Vater noch unerträglicher geworden, was Friedrich König dazu veranlasste, die Familienzusammenkünfte auf Feiertage und Beerdigungen zu beschränken. Zuweilen, wenn er sichergehen konnte, dass der Vater nicht im Hause war, besuchte er die Mutter, die ihn stets herzlich empfing. Seit Mutter jedoch immer häufiger seine beruflichen Fortschritte zum Thema machte, waren auch diese Treffen seltener geworden.

Anna-Sophia betrat das Speisezimmer. Friedrich König erhob sich.

»Guten Morgen«, sagte er, »ich muss gehen. Ich habe einen Termin. Auf dem Tisch liegt ein Brief von Mutter. Meinem Vater geht es schlecht. Sie kommen zurück. Aber lies selbst. Zu Mittag bin ich nicht im Hause. Wir sehen uns erst am Abend.«

»Heute Abend habe ich eine Verabredung«, sagte Anna-Sophia. Für einige Sekunden trafen sich ihre Blicke. Schweigen.

Friedrich König machte sich auf den Weg zum Spinnhaus. Er bestieg die Kutsche, nahm auf dem linken Sitz in Fahrtrichtung Platz, starrte auf das leere Polster ihm gegenüber. Anna-Sophia war kaum noch zu Hause. Sie kümmerte sich weder um die Kinder im Internat noch um den Haushalt. Die Köchin tat, was sie wollte. Wenn er bei Tische fragte, was es zu essen gäbe, zuckte Anna-Sophia nur mit den Schultern. Sie hatte sich völlig von ihm zurückgezogen. Sie saß bei Tische und las in ihrem Musenalmanach, in den sie ihre platten Verse schrieb. Anna-Sophia schrieb. Mein Gott, wie lächerlich. Klopstock hatte ihr vollends den Kopf verdreht. Sie kam jetzt von seinen Lesegesellschaften immer später nach Hause. Immer am Donnerstag. Sie trüge dort ihre Gedichte vor, die Gesellschaft diene der Förderung und Verbreitung der Literatur. Das Vorlesen, so Klopstock, sei das beste Mittel, Schriften, die einigen Schwierigkeitsgrad haben, Ungeübten verständlich zu machen. Für wie dumm hielt Anna-Sophia ihn? Friedrich König wusste genau, was in dieser Lesegesellschaft getrieben wurde. Lessing hatte es ihm brühwarm erzählt. Er hatte Lessing im Nationaltheater kennen- und schätzen gelernt. Sie hatten sich angefreundet. Immer wenn Lessing es in seiner Bibliothek in Wolfenbüttel nicht mehr aushalten konnte, kam er nach Hamburg. Sie trafen sich meist im

Dreyer'schen Kaffeehaus am Neß, wo viele Dichter verkehrten. Lessing scherzte gern über seine Kollegen.

»Sie wissen doch, wie sehr sich Klopstock mit den Damen abgeben kann«, sagte er. »Ich weiß nicht, wie viele Frauen und Mädchen er schon überredet hat, auf Schrittschuhen laufen zu lernen, um ihnen Gesellschaft zu leisten. Aber das ist noch gar nichts gegen die Lesegesellschaft, die er bei der Frau von Winthem hält und an der alle unsere Damen teilnehmen. Er sitzt inmitten der Frauen, gelesen wird inzwischen gar nicht mehr. Er ist ein unverbesserlicher Geck, und prüde kann man ihn gewiss nicht nennen. Neulich habe ich ihn in seiner Wohnung besucht. Sein Pult war übersät mit Kaffeetassen, Büchern, Papieren, Rauch- und Schnupftabaksdosen, Pappdeckeln für Schreibereien, Federmesser und Tabakstopfer. Ein heilloses Durcheinander. Nur neue Verse sah ich nicht. Stattdessen hatte er einen alten Hut von Kleist aufgeschlagen. Früüühling, sage ich nur.

... Ihr Labyrinthe der Bäche
bethaute Thäler voll Rosen
Ich will Wollust in mich mit eurem
Balsamhauch ziehen
und wenn Aurora euch weckt mit ihren
Strahlen sie trinken.
Gestreckt im Schatten will ich die güldne
Sayten die Freude
Die in Euch wohnet besingen.
Reizt und begeistert die Sinnen
Daß meine Thöne die Gegend wie
Zefirs Lispeln erfüllen
Der jetzt durchs Veilchenthal fleucht,
und wie die rieselnden Bäche.«

Lessing lachte. »Es muss ihn ganz schön erwischt haben, den Guten. Er hat mir allerdings nicht verraten, um wen es sich handelt. Er hat mir lediglich anvertraut, dass es kein junges Mädchen, sondern eine sehr schöne Frau Ende dreißig ist, in die er sich verliebt hat. Sie sei mit einer Schlafmütze verheiratet, was in Hamburg ja nichts Außergewöhnliches ist. Sehen Sie sich doch die Hamburger Männer an. Aus ihren Gesichtern leuchtet nichts als Stumpfheit und Einfallslosigkeit, jedenfalls solange es um etwas anderes als um Geld geht. Ihre Dummheit und Leidenschaftslosigkeit schreit zum Himmel. Die Schließung meines Theaters ist das beste Beispiel für ihre Beschränktheit.

Ich beneide Klopstock. Auch, wenn ich mich über ihn wundere. Obwohl er gerne Hahn im Korb ist, hält er ja viel auf die Ehe und die Treue. Erst neulich hat er Goethe wegen seiner Liebschaften wie einen Schuljungen heruntergeputzt. Goethe hat sich das natürlich nicht gefallen lassen. Und Klopstocks neue Liebe, mein Gott, die Frau ist in einem Alter, in der manche Frau bereut, ihrem häufig ungeliebten Gatten treu geblieben zu sein. Kann man es den Frauen verdenken? Sie werden von ihren Vätern an den Meistbietenden verschachert. Wie viele unter ihnen haben ein feuriges Temperament, das in der Ehe erlischt oder gar nicht erst erglüht. Was Frauen wirklich empfinden, dürfen sie ihren Männern gar nicht zeigen. Aber völlig unlustig daniederliegen dürfen sie auch nicht. Sie haben ihr Spiel zu spielen, lieber König, sie sollen die Geilheit des Mannes anheizen und ihn nicht infrage stellen. Die Begierden, die in ihnen toben, bleiben verborgen. Es wäre schamlos, sie zu zeigen. Schamlosigkeit und Unersättlichkeit im Genusse der ehelichen Freuden schänden das Eheweib, sagt der sittsame Bürger und lässt sich im Bordell auspeitschen, nicht wahr? So geht es doch. Von den Pfaffen will ich gar nicht erst reden.« Lessing atmete auf. »Nur ein Glück, dass es am Theater anständiger zugeht.

Ahh, ich beneide ihn wirklich, den Klopstock. Nichts ist schöner als eine neue Liebe, als wenn das Herz wie rasend schlägt, das Blut in den Adern schäumt, die Atmung zu ständigen Seufzern zwingt; das Verlangen, die Sehnsucht, die einem den Verstand nimmt, die aufwallende Fieberhitze, die Verzückung, die einen in diesen beglückenden euphorischen Zustand versetzt.« Lessing seufzte.

»Es ist gewiss, dass man die Raserei der Liebe vermeiden könnte, wenn man kein Vergnügen daran fände, sie rasen zu lassen. Weder Hungern, Dürsten noch harte Arbeit helfen. Nur die Ehe ist aller süßer Laster Ende.

Unser lieber Klopstock jedenfalls hat seinen ›Messias‹ weit hinter sich gelassen. Dazu beglückwünsche ich ihn allerdings.

Wer wird nicht Klopstock loben?
Doch wird ihn jeder lesen? – Nein.
Wir wollen weniger erhoben
Und fleißiger gelesen sein.«

Lessing gluckste. »Und nun lassen Sie uns noch einen guten Tropfen trinken, mein Freund. Ich lade sie ein aus dem Topf meiner Theaterdefizite. Auf die Leidenschaft!«

Friedrich König bog in die Zuchthausstraße ein. Er passierte das Werk- und Zuchthaus am östlichen Ufer der Binnenalster. Im Vorüberfahren las er die Inschrift über dem Rundbogen des Eingangsportals. ›Labore nutrior,

Labore plector‹, ›Ich ernähre mich durch die Arbeit, ich werde durch die Arbeit gezüchtigt‹. Im Zuchthaus saßen Trunkenbolde, Bettler, mutwillige Bankrotteure, auch Ehefrauen ein. Männer, die ihrer Frauen überdrüssig waren, konnten sie auf eigene Rechnung für Kost und Aufwartung einsperren lassen.

Friedrich König bemerkte, wie sich seine Mundwinkel zu einem Grinsen verzogen. Er versuchte, den in ihm aufsteigenden Gedanken, Anna-Sophia für eine Weile hier einsitzen zu lassen, zu verdrängen. Dennoch nahm diese Vorstellung von ihm Besitz. Sie erschien ihm in Sackleinen gehüllt, bar jeden Prunks, Kuhhaare spinnend, wie sie zur Bestrafung mit schweren Gewichten an den Füßen auf dem Rücken des scharfkantigen, hölzernen Torturpferdes saß, mehrmals um den Hof gezogen wurde, während der Zuchtmeister sie auspeitschte. Friedrich König erschrak über sich selbst, weil ihn diese Vorstellung erregte.

»Ich kann dein ermüdendes Narbengesicht nicht mehr ertragen«, sagte Anna-Sophia, als er sie das letzte Mal begehrte.

Vor dem Eingang des Spinnhauses, der zum Alstertor hin lag, ließ er halten. Im Spinnhaus waren an die fünfzig Gefangene beiderlei Geschlechts inhaftiert. Räuber, Diebe, vor allem Frauen, die wegen verheimlichter Schwangerschaft und mutmaßlicher Ermordung ihrer Kinder einsaßen. Nachts lagen sie in ihren verschmutzten Kojen, tagsüber spannen sie in den Sälen Wolle. Für Jahre, Jahrzehnte, manchmal ein ganzes Leben lang.

Der Pförtner schloss die Tür zum Gefängnis auf. Friedrich König betrat den Flur des Spinnhauses. Der Gestank von Abfall, Urin und Exkrementen schlug ihm entgegen.

Der beißende Geruch löste in ihm Brechreiz aus. Es musste endlich etwas unternommen werden, um das Wasserproblem zu lösen, dachte er. Das Spinnhaus lag nicht am Wasser. Es war zwar ein Hauptsiel mit Nebenleitungen verbunden, um die Kloake unter dem Haus zur Alster abzuleiten, aber bei ungünstigem Wind trieb der Gestank durch die Leitung wieder ins Haus zurück.

Er ließ sich in die Zelle bringen, die für das Gespräch mit der Delinquentin vorgesehen war. Die Zelle war klein. Nur ein schmaler Lichtstrahl drang durch das vergitterte Fensterchen, das nach Norden gelegen war. Im kärglichen Lichtkegel der Kammer standen zwei Stühle und ein Tisch bereit. Friedrich König setzte sich. Kurz darauf führte ein Wärter das Mädchen herein. Hanna Kranz befand sich in einem erbärmlichen Zustand. Ihr Gesicht war ausgehöhlt und schmutzig, das Haar verfilzt. Sie trug die grüne Anstaltskutte, an den Füßen Holzpantinen. Das Mädchen sah ihn mit ängstlich aufgerissenen Augen an.

»Bring heißen Tee, und zwar zwei Becher!«

Der Wärter entfernte sich.

»Ich bin Doktor König, dein Verteidiger, ich möchte dir einige Fragen stellen, Hanna. Hab keine Angst. Ich will dir helfen. Ich möchte, dass du mir alles erzählst. Alles. Jedes Detail. Lasse nichts aus. Alles kann wichtig sein, um dein Leben zu retten. Denn das will ich versuchen, Hanna, deshalb bin ich gekommen. Aber warte mit dem Erzählen, bis der Tee da ist. Wir wollen ganz unter uns sein.«

Hanna starrte ihn an. Mit großen, flackernden Augen. Ihre Schultern waren nach oben gezogen, die Arme über der Brust verschränkt. Friedrich König zog seine Jacke aus und legte sie ihr über die Schultern. Sie schreckte zurück.

»Nur ruhig, ich will dir nichts Böses.«

Er setzte sich wieder ihr gegenüber. Der Wärter brachte den Tee.

»Ich hatte gesagt ›zwei Becher‹.« Friedrich König schob dem Mädchen den Becher hin.

»Trink«, sagte er, »und dann erzähl.«

Hanna rührte den Becher nicht an. Tränen liefen ihr über die Wangen.

»Was hat das für einen Sinn? Sie werden mich hinrichten!« Sie verbarg ihr Gesicht in den Händen.

»Es ist deine letzte Chance. Ich muss alles erfahren. Alles, hörst du. Und du musst ehrlich sein. Sag mir die Wahrheit.«

Sie riss ihre Hände vom Gesicht.

»Aber ich habe doch die Wahrheit gesagt!« Ihre Stimme überschlug sich.

»Dann erzählst du mir alles noch einmal. Und nun reiß dich zusammen.«

Hanna saß ihm gegenüber. Sie scharrte mit den Füßen.

»Erzähle mir von dem Matrosen, dem Vater deines Kindes.«

Schweigen. Scharren.

»Es gibt keinen Matrosen«, sagte sie.

»Im Protokoll steht, dass der Vater deines Kindes ein Matrose namens Lars ist.«

»Ich kenne keinen Lars. Ich habe den Matrosen erfunden. Ja, erfunden habe ich ihn.«

»Du hast den Matrosen erfunden? Du hattest gar keinen Freund?«

Hanna heulte auf wie ein wildes Tier.

»Doch, Putschenelle, aber er ist nicht der Vater. Er ist nicht der Vater«, schrie sie. Friedrich König wischte sich Speicheltropfen von der Wange.

»Ruhig, bleib ruhig. Erzähle mir von Putschenelle.«

Hannas Augen verklärten sich. Sie schien abwesend.

»Er ist Puppenspieler. Franzose. Eigentlich heißt er Pierre. Pierre Ragalle. Wenn ich donnerstags auf den Markt einkaufen ging, lief ich zur Kasperbude. Händler Kruse schrieb mir immer einen höheren Preis für das Huhn auf, als ich bezahlen musste. So hatte ich einen Pfennig für Putschenelle übrig.«

»Auf welchem Markt hast du eingekauft?«

»Auf dem Neuen Markt.«

»Bist du oft zur Kasperbude gelaufen?«

»Jeden Donnerstag.«

»Und was hast du nach der Vorstellung gemacht?«

»Ich bin schnell nach Hause gelaufen. Ich hatte Angst, zu spät zu kommen.«

»Hast du dich mit dem Puppenspieler auch allein getroffen?«

Sie biss sich auf die Lippen. »Nein, nie.«

»An deinen freien Nachmittagen am Mittwoch vielleicht?«

»Aber nein.«

Hannas Schultern zogen sich zusammen. Sie begann zu weinen.

»Am Mittwochnachmittag, nicht wahr?«

Hanna schwieg. Ihre Brust hob und senkte sich in schnellem Wechsel. Plötzlich sprang sie auf. Friedrich Königs Jacke fiel zu Boden.

»Er ist nicht der Vater. Und ich bin unschuldig. Ich bin unschuldig.«

Sie trommelte mit den Fäusten auf den Tisch.

»Unschuldig, unschuldig.«

Begann zu kreischen.

»Unschuldig, unschuldig.«

Friedrich König legte ihr die Hand auf die Schulter. Er versuchte, sie zu beruhigen. Hannas Kreischen erstarb, ging über in Schluchzen.

»Ich will verhindern, dass du gerichtet wirst. Was du mir erzählst, dient dazu, dein Leben zu retten.«

Sie beruhigte sich, putzte sich die Nase, atmete tief ein.

»Manchmal warf der Kasper mir seine Rute zu, und ich musste sie ihm zurückbringen. Der Kasper redete mit mir, und er ließ mich nicht mehr gehen, er hielt mich fest, und die Leute lachten. Und auch ich lachte, denn es war so lustig.

Einmal fragte er mich: ›Wann hast du deinen freien Tag, Mädchen, ich will dir eine Sondervorstellung geben.‹ Ich klatschte in die Hände. ›Mittwochs nachmittags, am Mittwoch‹, rief ich. Die Leute lachten. Putschenelle flüsterte mir zu. ›Komm nächsten Mittwoch zum schiefen Schuppen an der großen Eiche, am Fluss, da werde ich auf dich warten, aber verrat es keinem.‹«

Hanna hielt inne.

»Und, bist du zum Schuppen gegangen?«

»Ich ging hin. Er wartete vor dem Schuppen. Er holte den Kasper und die Blumenverkäuferin aus der Manteltasche. ›Komm‹, sagte er. Wir betraten den Schuppen. Er verschwand hinter einem Brett und spielte für mich. Ich lachte und lachte. Nach einer Weile kam er hervor und steckte mir das Blumenmädchen auf die Hand. Und ich durfte mitspielen. Das taten wir dann jeden Mittwoch.«

»Warum glaubst du, dass dein Putschenelle nicht der Vater deines Kindes ist?«

»Aber wir haben doch nur mit den Puppen gespielt.«

Sie verfiel in einen Singsang. Ihr Körper schaukelte dazu.

Friedrich König schüttelte den Kopf. Hatte es irgendeinen Sinn, sie weiter zu befragen?

»Hanna, hör auf zu singen.«

Sie hielt mit dem Singen inne, aber sie schaukelte weiter.

»Wer, glaubst du denn, ist der Vater?«

Sie beugte sich weit nach vorn. Ihre Stimme verdunkelte sich.

»Der Herr ist der Vater, und sie hat das Kind umgebracht, ja, die Herrin war's.«

Hanna kicherte. Dann gaffte sie ihn mit weit aufgerissenen Augen an. Ihre Stimme nahm einen kindlichen Klang an.

»Der Herr Broderjahn brachte mir Leckereien, nachts, wenn die Herrin schlief. Pralinés, Schokolade, auch gute Wurst und Fleisch. Er sagte, ich soll nicht hungern in seinem Haus. Er war sehr nett zu mir, der Herr, hat meine Wange gestreichelt und mir liebe Worte gesagt. Das ging ein paar Tage. Eines Nachts brachte er Wein mit. Wir tranken. Dann hat er mich umarmt und wollte, dass ich ihn küsse und noch mehr. Ich wollte nicht, aber er sagte, er würde mich des Diebstahls anzeigen und man würde mir die Hände abhacken. Er kam immer wieder. Er holte mich auch in sein Arbeitszimmer, wenn die Herrin nicht zu Hause war.«

Hanna schluckte.

»Erzähl weiter.«

»Der Herr Broderjahn wollte mich immer öfter. Ich wurde schwanger, aber ich war zu dumm, um einzusehen, dass ich wirklich schwanger war. Lange habe ich mir vorgemacht, dass es nicht wahr ist. Selbst als ich einen dickeren Bauch bekam, glaubte ich es nicht.«

»Als du wusstest, dass du schwanger bist, hast du deinem Herrn oder der Herrin etwas davon erzählt?«

»Aber nein, ich habe mich ja so gefürchtet.«

»Hat dich jemand auf deinen dicken Bauch angesprochen?«

»Ja, die Herrin, ich habe gesagt, es sind schlimme Blähungen. Sie hat mich merkwürdig angesehen, aber sie hat mich nicht mehr gefragt.«

»Hast du dir überlegt, was du machst, wenn das Kind zur Welt kommt?«

»Aber ja, Putschenelle wollte kommen und uns holen.« Hanna begann zu weinen.

»Er wusste von deiner Schwangerschaft?«

Hanna wischte sich die Nase.

»Ja«, wimmerte sie, »ich wusste doch nicht, was ich machen soll, da hab ich es ihm erzählt. Er hat mich in den Arm genommen und ›armes Mädchen‹ gesagt. Dann hat er gesagt, dass er seine Frau und die Kinder zu den Eltern bringt und mich danach holen kommt, noch bevor das Kind da ist. ›Erzähle niemandem etwas, sonst wirst du noch auf die Straße gesetzt‹, sagte er. Ich durfte auch nicht mehr zur Kasperbude kommen und auch nicht zum Schuppen. Und jetzt ist er nicht wiedergekommen, weil das Kind tot ist. Weil sie es umgebracht hat.«

»Wie kannst du wissen, dass deine Herrin das Kind getötet hat. Du bist doch ohnmächtig geworden. Oder nicht?«

»Ich habe sie gesehen. Sie ist in meine Kammer gekommen.«

»In deiner Kammer war es dunkel, Hanna.«

»Ich habe ihren Schatten gesehen. Sie kam auf mich zu. Sie war es. Sie war es«, schrie Hanna.

»Warum hast du das nicht alles dem Gericht erzählt.«

»Aber ich habe doch gesagt, dass Herr Broderjahn der Vater ist. Auch, dass ich die Herrin gesehen habe. Alles habe ich gesagt. Aber sie glaubten mir nicht. ›Wenn du nicht die Wahrheit sagst‹, drohten sie, ›kommst du in die Folterkammer.‹«

»Man hat dir mit der Folter gedroht?«

»Aber ja. Ich habe mich so sehr gefürchtet. Deshalb erfand ich den Matrosen. Dann sagten sie, ich soll das mit der Herrin zurücknehmen, und sie beschimpften mich als elende Hure, und einer kniff mir in die Brust. Immer wieder sprachen sie von den Spanischen Stiefeln, in die sie mich stecken wollten. ›Du hast dein Kind selbst umgebracht, gestehe endlich.‹ So ging es stundenlang. Und irgendwann schrie ich: ›Ja, ich habe mein Kind getötet.‹ Und dann weiß ich nicht mehr, was passiert ist. Ich wachte erst in meiner Zelle auf.«

Hanna bebte am ganzen Körper. Ihre Zähne schlugen aufeinander. »Sie war es, sie war es«, schrie sie. »Aber ich werde sterben. Sollen sie mich doch töten. Sollen sie doch.«

Sie trommelte mit den Fäusten auf ihre Brust. Dann schlug sie sich ins Gesicht. Ihre Lippe platzte auf. Sie blutete.

Friedrich König versuchte, ihre Arme festzuhalten. Hanna keuchte, kämpfte. Von einer Sekunde auf die andere hielt sie inne. Ihre Muskeln erschlafften. Sie sank in seine Arme. Er hielt das Mädchen, seine Arme um ihren Leib geschlungen, spürte ihren Herzschlag. Sie weinte.

Weinte an seiner Brust, das Gesicht in der Armkuhle verborgen. Er fühlte, wie ihre Tränen sein Hemd durchnässten, fühlte feuchte Kühle auf seiner Haut. Er strich ihr über das verfilzte Haar, spürte eine heiße Glut in sich aufsteigen, eine Glut, die ihn zutiefst beschämte.

6

Jean-Pierre Ragalle spielte auf dem Neuen Markt. Er gab den ›Doktor Faustus‹ von Marlowe. Es drängte ihn, das Original aufzuführen, auch wenn er es kürzen musste und wusste, dass es nicht ungefährlich war. Die Leute wollten meist nur dumme Possen, immer dieselben Geschichten.

Faustus tritt auf.

Faustus: »Nun, Faust, ist's klar: Du *bist* verdammt,
und kannst du nun nicht mehr gerettet werden,
was frommt's dann noch, an Gott und Himmel denken?
Weg drum solch eitles Spintisiern! Verzweifle!
An Gott verzweifle und auf Beelzebub
vertrau! Nicht mehr zurück, Faust, sei entschieden!
Du schwankst? – Oh, mir ins Ohr, wie tönt's?
›Schwör der Magie ab, kehr zurück zu Gott!‹
Ja doch: zu Gott will Faust sich wied'rum wenden!
Zu Gott? – Er liebt dich nicht! – Der Gott,
dem *du* dienst, ist die eigene Begierde,
die fest an Satan, ihrem Ursprung, hängt.
Ihm will ich Kirche und Altar errichten,
ihm warmes Blut von Neugebornen opfern!«

Ein Stein flog in die Bude.

»He, Putschenelle, wir woll'n den Kasper, hol den Kasper raus«, schrie ein Gassenjunge. Ein weiterer Stein flog.

Ragalle duckte sich. Nicht wenige Puppenspieler hatten ein Auge durch Steinwürfe verloren. Schnell zog er den

Faustus hinunter, steckte die Fischfrau auf die Hand, ließ sie hochschnellen.

»Ihr Dösköppe, wer hat euch denn das Hirn verdreht? Jetzt müsst ihr erst mal meine Heringe kaufen. HEERINGE, FRISCHE FRISCHE HEERINGE! Zehn Stück, zwanzig Stück, dreißig Stück und zwei dazu für drei Mark. Was, das ist euch zu teuer? Hol euch der Teufel! SCHÖÖÖNE FRISCHE HERINGE!«

Sie hält ihren Holzfisch hoch.

»Den könnt ihr drei Tage in der Sonne liegen lassen, und er wird immer noch nicht stinken.«

Gelächter.

»Putschenelle«, schreit ein Junge.

Die Fischfrau blickt zum Bühnenrand.

»Ja, das ist doch, das ist doch, das gibt's doch nicht. Der Schuft, na warte, dem werd ich's geben.«

Die Fischfrau läuft auf den Kasper zu und verprügelt ihn mit dem Holzfisch.

»Ha, habe ich dich, da hast du's, hier, und da, und noch eins auf den Kopf.«

Kasper: »Ah, autsch, au, oh!« *Hängt bewusstlos über dem Bühnenrand.*

Fischfrau: »Polizei, Polizei! Er war's. Er hat ein Mädchen auf dem Gewissen. Ich hab's genau gesehen. Es war vor seiner Bude. Das arme Ding. Dann ist er auf und davon. Wachmann, Wachmann!«

Die Fischfrau verschwindet. Danach der Kasper.

Kasper kehrt zurück, läuft hin und her.

»Oh weh, oh weh, was soll ich bloß tun? Das olle Fischweib hat mich in diesen düsteren Kerker gebracht. Ich sage euch, mit Fischweibern darf man sich nicht anlegen. Gegen Fischweiber kommt niemand an. Sie sind stärker als ihr Gestank, den sie ausdünsten. Und das will was heißen.«

Der Büttel taucht auf.

Büttel: »He, mein Freund! Er hat ein Mädchen auf dem Gewissen. Dafür muss er sterben.«

Kasper: »Was sagt er? Ich soll sterben?«

Büttel: »Ja, du wirst dein Leben verlieren.«

Kasper: »Was sagt er? Ich soll mein Leben verlieren?«

Büttel: »Du musst sterben.«

Kasper: »Sterben soll ich? Oh Gott! Das wäre mein Tod.«

Büttel: »Ich sage dir, du musst sterben. Du wirst geköpft werden.«

Kasper: »Was, sterben soll ich? Ich? Guter Herr, dazu bin ich viel zu schwach. Das halte ich gar nicht aus.«

Büttel: »Das hilft alles nichts. Du bist verloren. Du musst sterben. Sieh her, Kasper, dies ist das Richtschwert. Und nun leg deinen Kopf hierhin.«

Kasper: »Ist es so richtig?«

Büttel: »Aber nein. Guck her, ich mach es dir vor.«

Der Büttel legt das Richtschwert beiseite und zeigt, wie die Position des Kopfes zu sein hat. Kasper ergreift das Schwert und köpft den Scharfrichter. Er legt den toten Büttel in einen Sarg. Dabei hört er ein Geräusch.

Kasper: »Wer da? Wer ist da?«

Teufel: »Ich bin der Fürst der Hölle.«

Kasper: »Und ich bin Kasper Putschenelle.«

Teufel: »Du musst mit mir kommen.«

Kasper: »Geh weg, du Höllenhund, mach, dass du fortkommst.«

Kasper zielt mit der Rute auf den Teufel. Er schlägt. Der Teufel stößt mit seinen Hörnern.

Kasper: »Au, lässt du mich los, oller Satan. Hier hast du's. Da, und da, und da.«

Der Teufel sinkt tot über den Bühnenrand.

Kasper: »Jungs, ich heff em drapen, de Düvel is doot.«

Plötzlich steht der Teufel wieder auf. Er blickt schweigend ins Publikum und setzt sich an den Rand der Bühne. Dort bleibt er sitzen.

Der Vorhang fällt.

Sie aßen den Kohl, den er vom Markt mitgebracht hatte. Madeleine hatte eine Suppe daraus gekocht. Sie saßen um die Schüssel herum. Ragalle rührte seinen Löffel nicht an.

»Wir haben kein Geld für Fleisch«, sagte Madeleine. »Wir können froh sein, überhaupt etwas zu essen zu haben.«

»Es ist nicht die Suppe«, sagte Ragalle. Sein Hals war wie ausgetrocknet. »Madeleine, wir müssen weg von Hamburg, schon morgen.«

Madeleines Augen verfinsterten sich.

»Pierre, du hast versprochen …«

»Es ist nicht zu ändern.«

»Hast du …«

»Bitte, Madeleine, wir müssen von hier weg, und Schluss.«

Madeleine sah Ragalle in die Augen. Er konnte ihrem Blick nicht standhalten.

»Warum, Pierre?«

»Maurice, Jeanne«, sagte Ragalle, »packt eure Bündel und dann legt euch schlafen. Wir brechen morgen sehr früh auf.«

Madeleine biss sich auf die Unterlippe.

»Madeleine, ich …«, Ragalle berührte ihre Schulter. Madeleine packte das Küchengeschirr zusammen.

»Madeleine!«, rief Ragalle.

Ragalle verließ das Zimmer. Vor der Tür stieß er mit dem Fuß einen Haufen Unrat beiseite. Er setzte sich auf die Treppenstufen und blickte in den dunklen Hof. Er musste sich eine andere Arbeit suchen. Das war er Madeleine schuldig. Sie konnten nicht wieder herumziehen wie früher. Er konnte ihr dieses Leben nicht mehr zumuten. Ragalle verzog das Gesicht. Mach dir nichts vor, Ragalle, wer einmal mit dem Puppenspiel anfängt, der kommt nie wieder davon los. Und es ist dein Schicksal, nie zu wissen, ob am nächsten Tag genug Geld da ist. Außerdem, was sollte er arbeiten? Sollte er in die Fabrik gehen oder als Knecht schuften? Seine Hände vollkommen ruinieren? Die Hände, wenn es nur die Hände wären. Da war nicht mehr viel zu retten. Aber niemals würde er sich herumkommandieren lassen. Niemals. Er hatte sie ständig vor sich, die Arbeiter. Nein, ob nun Arbeiter oder Knecht, er würde sich nicht prügeln lassen.

Im Hof kläfften zwei Köter. Sie stritten sich um eine tote Taube. Ragalle lief auf die Hunde zu und verpasste ihnen einige Fußtritte. Winselnd zogen sie den Schwanz ein und liefen davon. Er schoss die tote Taube an die Hausmauer. Ein dumpfer Aufprall. Dann fiel sie zu Boden. Warum hatte er sich mit dem Mädchen eingelassen? Warum ließ er sich ständig mit Mädchen ein? Man kann nicht alles gut können, hatte er zu seinem Sohn gesagt. Du musst deine Mittel gezielt einsetzen. Überfordere dich nicht. Wenn du nicht singen kannst, singe nur, um das Publikum zum Lachen zu bringen.

Zähle auf das, was du beherrschst. Nutze deine Stärken und verstecke deine Schwächen. Wenn du nicht gut sprechen kannst, wähle keine großen Monologe, wenn Bewegungen dir schwerfallen, baue das Sprechen aus. Es kommt nicht darauf an, alles perfekt zu können. Das Wichtigste ist: Lege Seele in dein Spiel. Du bist nur ein guter Puppenspieler, wenn du im Zuschauer eine Saite zum Klingen bringst. Seele, dachte Ragalle, seine Seele war nichts weiter als ein schwarzes, fauliges Loch.

7

Friedrich König verließ das Spinnhaus. Er entschloss sich, zu Fuß zu gehen, um Luft zu schöpfen. Er schlug den Weg zum Neuen Markt ein, bog ab in die Marktstraße, die direkt auf den Jungfernstieg führte. Er schlenderte die Promenade entlang, genoss den Schatten, den die Alleebäume spendeten. Er blickte auf die spiegelglatte Wasserfläche, die weißsilbern in der Sonne glänzte. Ein Bettler ohne Beine kam auf einem Rollbrett auf ihn zugefahren, stieß sich mit seinen Armen auf dem Boden ab, um voranzukommen. Er hielt vor seinen Füßen, hob die Hand, stammelte ein paar Worte in einer unbekannten Sprache. Friedrich König ließ eine Münze in seine Hand fallen, ging weiter. Als er Große Bleichen abbog, erschallte ein Trommelwirbel.

»Am vergangenen Samstag ist auf dem Jungfernstieg ein nacktes Frauenzimmer erstochen aufgefunden worden«, schrie der Ausrufer. »Es wird hiermit aufgefordert, ernstlich ermahnt und befohlen, so er die Ermordete kennt oder den Mörder oder überhaupt irgendeinen Aufschluss zu geben vermag, welche auf die Spur des Mörders führen wird, unverzüglich Aussage zu machen bei Vermeidung schwerer und harter Körperpein. Zweihundert Reichstaler aber werden demjenigen zugesichert, der fundierte Aussagen macht, die auf die Spur des Missetäters hinweisen könnten.«

Wieder ertönte der Trommelwirbel. Dann zog der Ausrufer weiter, hinter sich eine Traube von Gassenjungen. Friedrich König schritt weiter bis zur Fuhlentwiete. Das

Fleet stank zum Gotterbarmen. Er ging an einem Hasenmoor vorüber. Der stehende Tümpel war mit einer Reihe von Abtritten garniert. Man könnte die Stadt nach den verschiedenen Gestanksarten einteilen, dachte er. Kein Plätzchen bliebe weiß.

Schon von Weitem hörte er den Marktlärm. Je näher er kam, desto lauter wurde das Getöse. Er bog in den alten Steinweg ein, warf einen Blick auf die Bürgerwache, tauchte in das bunte Markttreiben ein und bahnte sich seinen Weg durch das Menschengetriebe. In seinen Ohren dröhnten die dunklen, kräftigen Stimmen der Kartoffel- und Gemüsehändler, überlagert vom kreischenden Gekeife der Fisch- und Zitronenweiber, auch der Bardowicker, das nur noch übertönt wurde von den Patienten des Zahnreißers. Er drängte sich an den Ständen und Karren vorbei, wehrte einen Scherenschleifer und einen Schwefelholzverkäufer ab. Schließlich erspähte er die Kasperbude am Brunnen.

Die Vorstellung war gerade beendet. Ein Mann lief mit einem Hut umher und sammelte Geld ein.

»Ich möchte den Puppenspieler sprechen«, sagte Friedrich König.

Der Mann beäugte ihn misstrauisch. »Er ist noch im Kasten.«

Friedrich König bahnte sich einen Weg durch die Menschenmenge. Er wartete, bis der Puppenspieler aus der Bude krabbelte.

»Moin, bist du Pierre Ragalle?«

»Ne, ne, min Herr, ich bin Johann. Den Kasper-Franzoos habe ich länger nicht mehr gesehen.«

»Wo kann ich ihn finden, ich muss ihn sprechen.«

»Was wollen Sie von ihm?«, fragte der Puppenspieler argwöhnisch.

»Er hat geerbt.«

»Na so was, hat reiche Verwandte, der Kerl. Er wohnt im Gängeviertel, im Röperhof.«

Friedrich König gab dem Puppenspieler einen Taler, machte sich auf den Weg, tauchte ein in das Labyrinth von schmalen, engen Gassen. Er war noch nie dort gewesen. Unbeschreiblicher Gestank schlug ihm entgegen. Tote Schweine, Schafe und kleinere Haustiere lagen herum. Friedrich König zählte sieben Kadaver, einige durchsetzt von Würmern und anderem Getier. Angeekelt ging er weiter, kam auf einen Platz, von dem aus zahlreiche Gassen abgingen. Hier weideten Schweine im Unrat, durchwühlten die faulige Masse mit ihren Schnauzen. Zwei Lumpensammler taten es ihnen gleich. Sie fischten Lumpen aus dem Abfall, hängten sie zum Trocknen auf kleine Pfähle. Friedrich König empfand Abscheu und Mitleid zugleich. Er hielt sich links, geriet weiter hinein in das Labyrinth von Gängen. Sie waren keine acht Fuß breit. Es wimmelte von Menschen, die halbnackt, verwildert oder verkrüppelt vor den maroden Häusern saßen oder durch die Gänge eilten. Sie wohnten in Löchern, in denen er keine menschliche Seele vermutet hätte. Ihn schauderte. Wie konnte man in diesen dumpfigen, ekelhaften Gräbern leben?

Raues Gelächter betrunkener Männer erschallte aus einer Seitengasse. Es wurde immer lauter. Friedrich König stieg eine zerbrochene Stiege hinunter, um den Kerlen auszuweichen, folgte einem langen, unterirdischen Gang, kam irgendwo wieder heraus. Er sah sich um, war in einem noch schmaleren Gang gelandet. Er hatte alle Orientierung verloren.

»Sag, Alter, wo finde ich den Röperhof?«

»Lauf zweimal rechts, dann den zweiten Gang links,

von dort den ersten wieder rechts«, krächzte der Mann. Er röchelte und spuckte. Sein Speichel war mit Blut vermischt. Friedrich König gab ihm einen Schilling und ging weiter. Er watete durch den Schmutz, wünschte sich, er wäre nie hierhergekommen. Einige Lumpenkinder hefteten sich an seinen Rockzipfel. Friedrich König sah in ihre bleichen, verdreckten Gesichter, aus denen große hungrige Augen hervorstachen. Er gab ihnen ein paar Pfennige. »Verschwindet jetzt«, schrie er, versuchte, ihre Hände von seinem Rock zu lösen, konnte ihre Nähe nicht ertragen.

Er erreichte einen Hofplatz. Die Häuser standen dicht an dicht. Er fragte einen Jungen, der an einer Hauswand lehnte und rauchte.

»Ist hier der Röperhof?«

Der Junge nickte.

»Wo wohnt der Puppenspieler Pierre?«

Der Junge hielt die Hand auf. Friedrich König gab ihm einen Schilling. Der Bursche schwieg, ließ die Hand ausgestreckt. Er legte noch etwas dazu.

»Der wohnt nicht mehr hier«, sagte er und rannte davon.

Friedrich König verließ so schnell als möglich das Gängeviertel. Bei Gott, es musste etwas gegen die Armut in der Stadt unternommen werden. Die armen Menschen lebten schlechter als Sklaven oder Lasttiere. Er würde in der Loge darüber berichten.

8

Jan Kock schnallte den Mann auf der Pritsche fest. Dann öffnete er den Holzkasten, in dem er die Instrumente verwahrte. Er griff zur Säge, prüfte den Stahl von beiden Seiten, prüfte auch die Messer, Spatel und dergleichen, legte die Instrumente in der Reihenfolge, in der er sie benötigte, nebeneinander. Er stellte das Schraubentourniquet bereit, inspizierte die hölzernen Platten, die Schraube, die Pelote, das Band und die Schnalle. Anschließend holte er Kupfervitriol zum Verätzen der durchtrennten Arterien, getrockneten Bovist als blutstillende Wundauflage, Branntwein zum Tränken der Kompressen und zur Betäubung des Mannes sowie den Mandragorawein und das Verbandszeug aus dem Schrank, stellte alles auf den Tisch neben die Pritsche.

»Meister Kock, in Gottes Namen, bindet mich wieder los, ich will mein Bein behalten.«

»Ich habe dir gesagt, Müller, dass du sterben musst, wenn das Bein dran bleibt. Du hast Knochenfraß, es bleibt dir keine Wahl.«

Jan Kock betrachtete die bleiche, angstverzerrte Grimasse seines Patienten. Sie sah immer gleich aus, die Angst. Weit aufgerissene, unruhig flackernde, flehende Augen, umringt von tiefschwarzen Rändern, fahle, mit einem Schweißfilm überzogene Haut, beißende Körperausdünstungen.

»Bitte, ich will nicht, ich will nicht.«

Der Mann versuchte, sich loszumachen, doch die Fesseln saßen so fest, dass er seine Position nicht zu ändern vermochte.

»Sei froh, dass du zu mir gekommen bist. Bei einem Pfuscher oder im Pesthof wärest du elendig krepiert. Der Pesthof ist der Ort der tausend Qualen. Du hättest im Krankensaal bei den Sterbenden gelegen, umgeben von auf dem Boden herumrutschenden Siechen und begafft von den Irren. Und wenn dein Nachbar vor dir stürbe, müsstest du geraume Zeit neben einem Toten schlafen. Und wenn tatsächlich jemand auf die Idee käme, dich zu behandeln, dann würde man dir dein Bein ohne Narkose absägen. Und dann würdest du wahrscheinlich nach langer Qual an den Folgen der Amputation krepieren. Jeder Dritte, der im Pesthof eingeliefert wird, stirbt. Also, Schluss mit dem Gejammer. Ich bin kein Stümper. Ich bin ein guter Chirurg. Meine Schnitte sind präzise. Ich setze Gliedmaßen in nur wenigen Minuten ab. Die Geschwindigkeit ist das Wichtigste bei einer Amputation. Ich schaffe es in vier Minuten, einschließlich der Wundversorgung. Ich werde dich nicht unnötig quälen. Ich gebe dir Branntwein und Mandragorawein, um deine Schmerzen zu lindern. Du wirst alles überstehen, denn ich werde die Wunde gut versorgen. Und wenn alles verheilt ist, hat der Schreiner dein Holzbein fertig geschnitzt. Und nun will ich nichts mehr hören, Müller, sei ein Mann, kein Jammerlappen. Ich werde dir jetzt zu trinken geben, und während du in einen süßen Dämmer verfällst, lege ich das Tourniquet an dein krankes Bein an.

Jan Kock hob den Kopf des Mannes an, flößte ihm Schnaps und Mandragorawein ein. Dann brachte er die beiden Platten des Schraubentourniquets nahe zusammen, legte die Pelote auf die zu komprimierende Stelle am rechten Bein. Die untere Platte legte er auf die der Pelote entgegengesetzten Seite des Beines an, zog das Band mittels der Schnalle fest, drehte die Schraube von rechts nach links, sodass die beiden Platten sich voneinander entfernten, das Band fest anzog und Druck ausübte. Er durfte das Tourniquet nicht aus den Augen lassen, musste die Schraube wenn nötig fester anziehen, um ein Verschieben oder gar Umfallen zu verhindern.

Jan Kock warf einen prüfenden Blick auf den Patienten. Seine Augen waren geschlossen, der Kiefer hing schlaff herunter. Er gab dem Mann ein paar Ohrfeigen. Er reagierte noch zu stark. Jan Kock wartete noch, hing seinen Gedanken nach.

Pfuscherei, dachte er, überall nur Pfuscherei. Scharlatane waren sie, die Barbiere und Chirurgen. Auch die Ärzte. Sie töteten mehr Menschen, als sie am Leben hielten. Er war von Stümpern umgeben, ob es nun studierte Doktoren oder Barbiere waren. Wenn die Kranken nicht mehr weiterwussten, wenn sie zuschanden kuriert worden waren, bettelten sie vor seiner Tür, eingelassen zu werden. Erst vorige Woche kam ein Bürger mit seiner Tochter, deren gebrochener Arm von einem Barbier verpfuscht worden war. Er hatte die Fraktur derart fest geschient, dass der Arm abgestorben war. Er, Jan Kock, hatte das Mädchen retten können. Er, Jan Kock, konnte nicht nur Köpfe abschlagen, er heilte mehr Menschen, als er tötete. Das konnten die Ärzte nicht von sich behaupten.

Eigentlich durfte er nur Glieder einrenken, Arm- und Beinbrüche kurieren und ein wenig Chirurgie betreiben. Innere Krankheiten zu behandeln, war ihm verboten. Er kümmerte sich nicht darum. Er heilte alles, was er sich zu heilen zutraute. Und er verkaufte Arzneien, die auch wirkten. An die reichen Bürger verkaufte er sie sehr teuer, den Armen gab er sie umsonst. Jan Kock verabscheute den

Handel mit Arzneien, besonders auf den Jahrmärkten. Es waren meist nur Brechmittel, die dem Kranken eine sichtbare Wirkung vorgaukeln sollten. Einer hatte eine Mischung aus Krebsauge, Mistel, Harzpulver und der Asche einer Maus verkauft. Das Mittel sollte gegen Fallsucht helfen. Jan Kock hätte den vielen Wunderheilmittelverkäufern, Urinbeschauern, Starstechern, Zahnbrechern und Steinschneidern, die ihre Dienste und Mittelchen lauthals herausschrien, am liebsten den Garaus gemacht. Sie ließen vor der Operation Äffchen springen, um das Publikum anzulocken. Dann setzten sie ihre Opfer auf die Bühne, damit das Publikum sich an den Qualen der Patienten ergötzen konnte. Der Mensch weidet sich immer an den Qualen seiner Mitmenschen, sofern er sich auf der sicheren Seite wähnt.

Jan Kock betrachtete seinen Patienten, ohrfeigte ihn erneut. Immer noch zu viel Reaktion. Er flößte ihm noch etwas Branntwein ein.

Die Armen hatten nur die Jahrmarktspfuscher, dachte Jan Kock. Kein studierter Arzt erniedrigte sich, über ihre Hausschwelle zu treten. Und kein Armer könnte ihn bezahlen. Vor nicht allzu langer Zeit hatte sich ein Armen-Institut gebildet. Einige gutherzige Ärzte hatten sich dazu bewegen lassen, freiwillig und unentgeltlich kranke Hausarme zu behandeln. Auch die Arzneimittel sollten umsonst an die Armen abgegeben werden. Man wollte die Kosten über Spenden wohlhabender Hamburger Bürger decken. Die Ärzte und Wundärzte gaben ihre Arbeit nach zwei Jahren wieder auf, da die Reichen der Stadt nicht genug Geld spendeten, um die Medikamente beschaffen zu können. Seitdem verkaufte Jan Kock seine Arzneien den Pfeffersäcken dreimal teurer als zuvor.

Und er bedauerte sie nicht, wenn sie auf die Angebote in den Zeitungen hereinfielen. In den Zeitungen trieben die studierten Ärzte ihr Unwesen. Ein hoher Herr Doktor bot ›Güldene schmerzstillende und stärkende Pillen‹ an, denen keine Krankheit widerstehen könnte, auch Krebs und Schwindsucht nicht. Ein anderer behauptete, Blinden das Augenlicht durch Wasser wiedergegeben zu haben, in dem zuvor drei männliche Stare gebadet hätten. Sollten die Reichen diesen Unsinn nur glauben.

Gewiss, auch unter den Scharfrichtern gab es Scharlatane und schwarze Schafe. Jan Kock verabscheute die Berufsgenossen, die mehr Freude am Quälen und Töten als am Heilen empfanden, die sowohl die Delinquenten als auch die Kranken, die bei ihnen Hilfe suchten, wie Tiere behandelten.

Dann gab es welche, die den Aberglauben schürten, regen Handel mit Fingern von Gehenkten, mit Galgenstricken und Teilen der Kleider von Gerichteten trieben, indem sie den Menschen weismachten, sie würden vor Schicksalsschlägen und Krankheiten aller Art schützen oder zu Reichtum verhelfen. Auch auf dem Köppelberg kam es immer wieder vor, dass den Gehenkten oder verscharrten Leichen Körperteile fehlten. Daumen, Finger, Schamhaare und so weiter. Wenn er einen Knecht erwischte, der Leichenteile verkaufte, flog er hinaus. Aber manches Mal bediente sich der Pöbel des Nachts, im Schutze der Dunkelheit. Nicht nur die Schweine wühlten auf dem Köppelberg. Das Hirn eines Gerichteten galt als Mittel gegen Tollwut, ein unter der Tür vergrabener Finger brachte Haussegen, seine Haut beseitigte die Gicht, die Schamhaare, um den Unterleib gebunden, sollten eine Schwangerschaft herbeizaubern. Der Aberglaube kannte keine Grenzen. Er hatte auch noch nie davon gehört, dass das frische Blut eines Enthaupteten jemals einen Fallsüchtigen geheilt hätte. Aber selbst die hohen Herren glaubten daran und erlaubten den Kranken, es bei der Hinrichtung aufzufangen und zu trinken.

Wie sollte man gegen so viel Unwissen vorgehen?

Die Menschen stahlen oder kauften Leichenteile, tranken das Blut der Geköpften, aber ertrinkende Menschen fasste niemand an. Es war noch nicht lange her, dass der Senat ein Mandat zur Rettung von Ertrunkenen erlassen und eine Prämie von fünfzig Mark für die Bergung von Verunglückten ausgesetzt hatte. Ohne Erfolg. Die Menschen glaubten, dass ein Ertrinkender unehrlich sei, vermuteten gar, er wäre ein Selbstmörder. Niemand wollte ihn berühren. Wenn er, Jan Kock, einen Menschen retten würde, bekäme er von den Verwandten nicht einmal ein Dankeschön. Dennoch würde ihn nichts davon abhalten, es zu tun.

Wieder eine Ohrfeige. Der Patient lag stille. Mehr konnte Jan Kock nicht für ihn tun. Es war an der Zeit, mit der Amputation zu beginnen.

9

»Zum Kaffeehaus am Rathaus«, rief Friedrich König.

Die Kutsche fuhr an, holperte über das Kopfsteinpflaster. Friedrich Königs Gedanken überschlugen sich. War es möglich, dass Hanna die Wahrheit sagte? War es denkbar, dass Ratsschreiber Petersen das Protokoll gefälscht hatte? Dass Broderjahn ihn bestochen hat? Oh ja, denkbar war alles. Broderjahn übte großen Einfluss aus. Er war Ratsherr, Kattunfabrikant, ein reicher Mann. Er belieferte ganz Nordeuropa mit Kattun.

Es knarrte und krachte. Der Wagen hatte sich mit einem anderen verkeilt. Die Pferde wieherten, die Kutscher schimpften. Friedrich König lehnte sich aus dem Fenster, begutachtete die festgefahrenen Räder. Er ließ sich wieder in den Sitz zurückfallen und wartete. Es war endlich an der Zeit, das gesamte Justizwesen zu reformieren, dachte er. Gerichtsverfahren müssten in aller Öffentlichkeit stattfinden, nicht in einer dunklen Verhörstube. Ein Prozess durfte nicht länger nur im Austausch von Akten und Schriftstücken vonstattengehen. In einem öffentlichen Gerichtsverfahren gäbe es unparteiliche Zeugen. Wie hier auf der Straße. Kein Protokoll, keine Aussage könnte gefälscht oder manipuliert werden. Und wenn man endlich die Folter abschaffen würde, könnte man keine fragwürdigen Geständnisse mehr aus den Angeklagten herauspressen.

Der Wagen fuhr wieder an. Broderjahn, Broderjahn, grübelte Friedrich König, er wäre sicher nicht der erste Senator, der sein Dienstmädchen verführte oder gar vergewaltigte. Aber konnte er Hannas Geschichte Glauben schenken? Sie war in schlechter Verfassung. Hatte Broderjahn sie verführt? Und war Hermine Broderjahn in ihrer Kammer gewesen? Hanna hatte nur einen Schatten gesehen. Hatte sie den Schatten erfunden? Und dieser Puppenspieler. Trieben sie gemeinsames Spiel? War er der Mörder des Kindes? Unwahrscheinlich. Er hatte sich aus dem Staub gemacht, wie die meisten Burschen, die junge Mädchen schwängerten. Oder war auch diese Geschichte erfunden? Wünschte sie sich nur, den Puppenspieler zum Freund zu haben? Friedrich König spürte immer noch Hannas zarten, zerbrechlichen Körper an seiner Brust. Sie durfte nicht sterben. Das war das einzig Wichtige. Er musste mit Petersen sprechen, ihn aus der Reserve locken. Seine Reaktion würde ihm mehr Klarheit verschaffen.

Friedrich König betrat das Kaffeehaus. Der Raum roch nach kaltem Rauch, Alkohol und Kaffeearoma. Es war noch zeitig. Nur wenige Tische waren besetzt. Petersen saß, wie er vermutet hatte, am Ecktisch neben dem Tresen. Er war dort fast täglich anzutreffen. Immer um die Mittagszeit.

Er war allein, vor sich einen Stapel von Zeitungen. Friedrich König schritt auf ihn zu.

»Doktor Petersen, guten Tag. Ich freue mich, Sie zu sehen. Darf ich mich setzen?«

»Bitte«, sagte Petersen mit einem steifen Lächeln auf den Lippen.

Friedrich König setzte sich.

»Das Wetter ist ein Graus. Ein bisschen Sonnenschein könnte nicht schaden.«

Die Bedienung erschien.

»Einen Kaffee bitte. Darf ich auch etwas für Sie bestellen, Doktor Petersen?«

»Danke, nein«.

»Doktor Petersen, ich bin froh, Sie anzutreffen. Ich würde gern, wenn Sie etwas Zeit für mich erübrigen könnten, eine Gerichtssache mit Ihnen besprechen, in der ich ratlos bin.«

Petersen legte seine Lektüre beiseite.

»Worum geht es, Doktor König.«

»Ich komme gerade von der Delinquentin Hanna Kranz.«

»Doktor König«, Petersen lächelte immer noch, »das Mädchen hat gestanden.«

Der Kaffee wurde gebracht. König führte die Tasse zum Mund. Er stellte die Tasse wieder ab.

»Verzeihen Sie, dass ich Sie noch einmal mit dem Fall behellige. Ich kenne Ihren Standpunkt. Aber es sind einige Fragen aufgetreten, die mich verunsichern. Das Mädchen behauptet, sie hätte im Verhör Herrn Broderjahn als Vater ihres Kindes angegeben. Ferner hätte sie während der Befragung seine Gattin, Hermine Broderjahn, des Mordes an ihrem Kind beschuldigt. Ich habe von diesen Aussagen im Protokoll keine Notiz gefunden. Da Sie, Herr Kollege, das Verhör geführt haben, frage ich Sie: Haben Sie eine Erklärung dafür?«

Petersens Miene blieb unverändert.

»Ich wundere mich, dass Sie solchen Aussagen nachgehen. Das Mädchen ist nicht ganz bei Sinnen. Sie behauptet in ihrer Lage alles, um ihren Kopf zu retten. Ich höre diese Version das erste Mal.«

»Nun ja, Sie mögen recht haben. Dann ist wohl auch die andere Bemerkung des Mädchens unter diesem Blickwinkel zu sehen. Die Delinquentin hat nämlich auch behauptet, man hätte ihr Folter angedroht und sie auf diese Weise zu einem Geständnis gezwungen.«

Petersen lachte auf. Kurz, abgehackt.

»Sie scheint alles zu versuchen, das dumme Ding zieht alle Register. Ihr Gespräch mit der Delinquentin war völlig sinnlos, Doktor König. Sie hat zweimal gestanden. Damit ist sie überführt. Es ist einerlei, was sie in ihrer Todesangst von sich gibt. Es ist rechtlich nicht von Belang.«

»Nehmen Sie es bitte nicht persönlich, Doktor Petersen, es ist meine Aufgabe, allen Unklarheiten nachzugehen. Ich will ganz offen zu Ihnen sprechen, ich habe aus sicherer Quelle erfahren, dass die Aussagen der Hanna Kranz nicht allein auf der Fantasie des Mädchens beruhen. Vielleicht ist Ihnen etwas entgangen. Wir alle haben Momente, in denen wir unkonzentriert sind, das ist ganz menschlich. Verstehen Sie bitte, Doktor Petersen, ich möchte niemandem Ungelegenheiten machen. Skandale schaden dem Rat und sind nicht in unserem Sinne. Nichts liegt mir ferner, als die Untersuchungsakten öffentlich infrage zu stellen. Vielleicht aber könnte man sich im allseitigen Einvernehmen auf ein mildes Strafmaß für die Delinquentin verständigen. Das wäre sicherlich der einfachste Weg, etwaige Flüchtigkeiten zu nivellieren. Ich werde den Gedanken des milden Strafmaßes in meiner Verteidigungsschrift näher ausführen. Dann haben die Herren Syndizi Gelegenheit, das in ihrem ersten Gutachten gefällte Urteil noch einmal zu überdenken.«

»Ich möchte Sie jetzt bitten, meinen Tisch zu verlassen, Doktor König.«

Eisiges Lächeln.

»Selbstverständlich, ich bitte um Entschuldigung. Ich habe Ihre Zeit viel zu lange in Anspruch genommen. Ich werde mich sofort auf den Weg machen. Vielen Dank für das Gespräch und Ihre Auskünfte. Also, nochmals vielen Dank und auf Wiedersehen.«

Petersen würdigte ihn keines Blickes mehr.

»Nach Hause«, rief Friedrich König. Die Kopfschmerzen, die vom Nacken her heraufzogen, wurden immer unerträglicher. Jede Unebenheit, über die der Wagen rumpelte, löste in seinem Kopf Explosionen aus. Ihm wurde übel. Er rieb sich die Schläfen. Was hatte er erwartet? Broderjahn hatte ein dichtes Netz gestrickt. Aber konnte er sich sicher sein? Wenn Hanna versuchte, ihn zu täuschen? Gleich verwarf er den Gedanken. Sie war nicht intelligent genug, um sich all diese Geschichten auszudenken. Jedoch, der Matrose. Auch den Matrosen hatte sie erfunden. Was quälte er sich mit diesen Gedanken? Er wollte sie retten. Er musste sie retten, musste eine Begnadigung erwirken.

Marie nahm ihm den Mantel ab.

»Ist meine Frau im Hause?«

»Nein, Herr Doktor, sie ist mit den Kindern zum Tee bei den Eltern.«

»Bring eine Kanne Kaffee.«

Friedrich König zog sich in sein Schreibzimmer zurück, setzte sich in den Lehnstuhl, der zum Fenster ausgerichtet war. Die Lehne war angestoßen, der grüne Bezug abgerieben und an einer Stelle fransig. Gerade deshalb liebte er diesen Stuhl. Er verteidigte ihn gegen alle Versuche Anna-Sophias, dieses *Ungetüm* auszutauschen oder wenigstens restaurieren zu lassen.

Friedrich König legte die Hände in den Nacken und massierte die zu Stein verhärteten Muskelstränge. Hanna. Hanna durfte weder hingerichtet noch jahrelang ins Spinnhaus gesperrt werden. Das war schlimmer als der Tod. Sie musste die Möglichkeit bekommen, ein neues Leben anzufangen. Ein neues Leben, könnte auch er ein neues Leben beginnen?

Das Dienstmädchen brachte den Kaffee.

»Stell ihn auf den Schreibtisch. Marie, was würdest du tun, wenn man dich aus der Stadt verbannen würde?«

Marie errötete.

»Gott bewahre mich davor, Herr Doktor.«

»Nur angenommen, was würdest du tun?«

»Nun, ich würde zu meinen Verwandten gehen.«

»Und wenn du keine Verwandten hättest?«

»Aber ich habe doch Verwandte.«

Kopfschüttelnd verließ sie das Zimmer.

Friedrich König setzte sich an das Schreibpult, trank einen Schluck Kaffee. Er war zu heiß. Er goss etwas Kaffee auf die Untertasse, schlürfte sie aus, stellte die Tasse wieder auf den Teller zurück. Er widmete sich dem Aktenstapel zu seiner Rechten, wühlte das Verhörprotokoll von Karl Broderjahn hervor und las.

Nichts als Worthülsen. Es war wenig ergiebig, sich noch einmal mit den Protokollen zu befassen. Er legte das Protokoll beiseite, trank den Kaffee, der jetzt abgekühlt war. Die stechenden Kopfschmerzen zogen sich zurück. Nur ein dumpfer Kopfdruck blieb. Er griff zur Feder. Lange kaute er am Federstiel, bevor er die ersten Sätze niederschrieb.

Hochedle Herren!

Da ich ebenso wenig geneigt bin, dem Verbrechen das Wort zu reden, als wenig solches mein Amt mit sich bringt, gleichwohl aber dasselbe von mir verlangt, dass ich alle, auch die geringsten Umstände, die der Delinquentin zur Entschuldung dienen können, getreulich anzeige, so sehe ich die großen Schwierigkeiten, die sich bei der mir aufgetragenen Verteidigung der Hanna Kranz von allen Seiten darbieten, nur allzu wohl ein.

Auf der einen Seite scheint fast alle Verteidigung aufgrund ihres Geständnisses des großen Verbrechens entbehrlich, und es scheint nichts übrig zu sein, als die bedauernswürdige Delinquentin der Gnade ihrer Richter zu empfehlen. Auf der anderen Seite aber ergeben sich solche Umstände, die dieses Bekenntnis verdächtig machen und die mir zum Leitfaden meiner Verteidigung dienen sollen. Meine Pflicht und mein Gewissen fordern, da die Delinquentin dann mehr unglücklich als lasterhaft sein würde, alles aufzubieten, um sie von der ihr drohenden Strafe zu befreien.

Um mich nicht dem Vorwurf auszusetzen, als suchte ich durch schnöde Künste die Gefangene der Strafe und der Gerechtigkeit ein Opfer zu entziehen, werde ich alles, was die Rechte und die vorliegenden Umstände zur Verteidigung der Delinquentin bieten, an die Hand geben.

Nach Lage der Untersuchungsakten werden der Delinquentin drei Tatbestände zur Last gelegt: erstens, dass sie ihre Schwangerschaft verheimlicht, zweitens heimlich niedergekommen und endlich drittens Hand an ihr Kind gelegt habe.

Die Delinquentin hat alle Anschuldigungen eingestanden.

Dennoch ist in Ansehung des Corpus Delicti einiges zu bemerken.

Die Delinquentin hat ein Kind zur Welt gebracht, das als totes Kind gefunden worden war, an dessen Hals sich Spuren von Gewalttätigkeit gezeigt haben. Dies sind Umstände, die sich teils durch das Bekenntnis der Delinquentin, teils sonst bestätigt haben. Jedoch ist anzumerken, dass der Umstand, ob das Kind gelebt hat, als es zur Welt gekommen ist, nicht vollkommen gewiss ist. Die Herren Ärzte und Wundärzte behaupten zwar sehr zuverlässig, dass das Kind gelebt hat, doch gründen sie ihre Behauptung hauptsächlich auf die Lungenprobe. Wie trüglich aber diese ist, haben schon viele berühmte Lehrer der Arzneiwissenschaft zur Genüge gezeigt, dass man sich wirklich wundern muss, wie in unseren erleuchteten Zeiten dieses trügliche Kennzeichen des Lebens noch die geringste Achtung erfährt.

Hat das Kind nun nicht gelebt, so hat die Delinquentin auch keinen Mord an demselben begehen können. Schon dieser einzige Umstand ist Grund genug, eine mildere Strafe zu bewirken.

Ferner scheint die Delinquentin im Verhör das ihr vorgezeigte Kind nicht als das ihrige erkannt zu haben. Sie hat gefragt: ›Ist das mein Kind?‹, sie hat nicht gesagt: ›Das ist mein Kind.‹ Dazu ist anzunehmen, dass die Delinquentin ihr Kind im Dunkeln geboren und sie es gar nicht gesehen hatte. Auch von dieser Seite also geht der völligen Gewissheit in Ansehung des Corpus Delicti noch einiges ab.

Des Weiteren scheint der Umstand, dass die Delinquentin über mehrere Verhöre verneint hat, Hand an ihr

Kind gelegt zu haben, sie sich schließlich doch zu dieser Tat bekannt hat, nur in ihrer Hoffnung erfolgt zu sein, dadurch eine mildere Strafe zu erlangen. Selbst wenn ihre Schuld dadurch nicht widerlegt werden kann, sollte gewürdigt werden, dass sie das halsstarrige Leugnen aufgegeben und dadurch dem richterlichen Amte die Untersuchung nicht erschwert hat. Dieses löbliche Betragen der Delinquentin, ihre Tat einzugestehen, halten viele berühmte Rechtsgelehrte unserer erleuchteten Zeit für belohnungswürdig und plädieren dafür, die Delinquentin in einem solchen Falle mit einer gelinderen Strafe zu belegen, die auch der unglücklichen Kranz zustattenkommen muss.

In Ansehung des Corpus Delicti ist ferner der Zustand der Delinquentin zu berücksichtigen. Am Tage ihrer Niederkunft hat Hanna Kranz ihre normale Arbeit verrichtet. Nachts dann ist sie niedergekommen. Allein. Unwissend. Die Schmerzen vermehren sich, die Wehen nehmen überhand. Sie nähert sich dem der Besinnungslosigkeit ähnlichen Zustand einer Gebärenden. Sie wälzt sich in ihrer Kammer und verübt die unglückliche Tat, welche sie bald danach so sehr bereut und noch jetzt Tag und Nacht bereut. Man muss die unglückliche Situation berücksichtigen, sie in ihrem vollen Umfange überdenken, um sich die leichte Möglichkeit ihres Verbrechens, welche den Hauptgegenstand dieser Verteidigung ausmacht, begreiflich zu machen. Ihre Angst, aus dem Haus gejagt zu werden, unwissend, wo sich der Vater aufhält, unvermögend, ihr Kind zu nähren, der Schande und der Verachtung der Welt bloßgestellt. Allem diesem Unglück glaubte die Delinquentin zu entgehen, wenn sie Hand an ihr Kind legt.

Viel gewisser muss nun diesem unglücklichen Mädchen zustattenkommen, dass folgende Umstände sie allein des Mitleids würdig machen. Sie war kein liederliches Dienstmädchen. Ihr Verführer scheint der Erste, der über ihre Tugend gesiegt hat. Dieser Bösewicht ist die moralische Ursache allen Unglücks, das die bejammernswerte Delinquentin betrifft. Die ihr geraubte Ehre, das schützende Kleinod, die Verbergung der Schande war der Hauptbeweggrund ihres Verbrechens. Und auch wenn dies ihre Tat nicht rechtfertigen kann, verdient sie dennoch, dadurch mit allem Recht zu den bedauernswürdigen Personen gezählt zu werden, die nach Meinung bewährtester Rechtsgelehrter dieses Beweggrunds wegen allen Mitleids, allen Erbarmens, mithin auch einer milderen Strafe würdig sei.

Ich kann bei dieser Gelegenheit unmöglich unterlassen, den Wunsch nach Findelhäusern zu äußern, zumindest möge man den Torno des Waisenhauses, der wegen zu häufiger Frequentierung geschlossen ward, wieder öffnen. Möge also die unglückliche Kranz die Letzte sein, die, um den Verlust der Ehre zu entgehen, sich der Gefahr eines größeren Verlustes aussetzt.

Ich habe mich davon überzeugen können, dass die Delinquentin weder ein böses noch verstocktes Herz besitzt. Sie ist mehr verwirrt als böse, mehr unglücklich als lasterhaft und deswegen allen Mitleids würdig.

Dies sind die Verteidigungsgründe, welche nach Anleitung der Untersuchungsakten und Maßgabe der Rechte zum Besten der Delinquentin sich vorgefunden. Sind diese nicht ausreichend, die Gefangene von der Strafe zu befreien, so glaube ich dennoch, dass sie zur Linderung derselben beitragen werden. So ergeht nun mein ganz gehorsamstes, im Namen der Gefangenen demütigstes und flehentliches Bitten, die unglückliche Delinquentin mit einer sehr gnädigen Strafe zu belegen. Da sie ein bejammernswertes Wesen ist, das unser aller Mitleid verdient, da sie außerdem nicht als gefährliche Person bezeichnet werden kann, die die Gesellschaft bedroht, bitte ich inständig darum, weder ihr junges Leben zu beenden, noch sie im Spinnhaus zu verwahren. Ich denke, damit das junge und gesunde Mädchen die Möglichkeit hat, der Gesellschaft in glücklicheren Umständen noch viele nützliche Mitglieder zu schenken, an eine Verurteilung zu Peitschenhieben am Pranger und anschließender Verbannung aus unserer Stadt, stelle es aber den hohen Herren anheim, in dieser Sache selbst zu entscheiden. Ein menschlich gesinnter Richter jedoch wird nur schwerlich die Worte ›Sie soll sterben‹ aussprechen können. Er wird der unglücklichen Inquisitin stattdessen vielmehr eine Träne des Menschengefühls und Mitleids zollen und ihr ein neues Leben schenken.

Damit das Schicksal der unglücklichen Gefangenen bald entschieden und ihr Leiden durch längeres Sitzen nicht noch vermehrt werden möge, bitte ich freundlichst um eine Beschleunigung des Falles.

Treu gehorsamster Friedrich Wilhelm König, Dr. als Defensor der Hanna Kranz

Friedrich König warf die Feder aufs Pult. Ein bitteres Lachen entfuhr ihm. Seine Verteidigung war schwach, seine Forderung unrealistisch. Sie entbehrte jeder rechtlichen Grundlage. Die einzige Hoffnung, die es noch gab, war Petersen. Vielleicht war das Netz nicht so dicht gestrickt, wie er annahm. Es gab immer unsichere

Kandidaten, wenn es etwas zu vertuschen galt. Er machte sich vergebliche Hoffnung. Es war gang und gäbe, die Namen der hohen Herren, Senatoren, Syndizi oder Oberalten aus den Protokollen herauszustreichen. Wenn aufgegriffene Prostituierte bei der Befragung ehrbare Herren als ihre Kunden nannten, wurden die Namen der Stadtoberen nicht notiert. Das war Ehrensache. Ihr Delictum carnis wurde vom Mantel der Verschwiegenheit umhüllt. Bei einem Kindsmordverhör ging es sicherlich nicht anders zu. Wer hatte schon Interesse an der Wahrheit, wenn es um die Ehre eines Senators ging. Eine Hand wusch die andere, egal, wie viel Dreck an ihr klebte. Es waren die Frauen, die bestraft wurden. Die Prostituierten wurden an den Pranger gestellt, ausgepeitscht, ins Spinnhaus gesperrt, und Hanna würde hingerichtet werden.

Friedrich König trank einen Schluck Kaffee. Er war kalt, schmeckte abgestanden. Er stellte die Tasse zurück. Wie konnte er dieses Mädchen retten? Er spürte, wie ihn Wärme durchströmte. Er konnte es sich selbst nicht erklären. Dieses verzweifelte Mädchen, in der grünen Anstaltskutte, in erbärmlichstem Zustande, hatte ihm mehr Wärme gegeben, als er in den letzten Jahren wahrgenommen hatte. Mach dir nichts vor, Friedrich König, du begehrst sie. Deine in die Höhe ragende Männlichkeit lässt sich nicht verleugnen. Friedrich König seufzte. Oder war es mehr, war es Liebe? Konnte er Liebe überhaupt erkennen? Hatte er jemals in seinem Leben wirklich und wahrhaftig geliebt?

Friedrich König verließ das Arbeitszimmer. Es war früher Abend. Zunächst überlegte er, zum Dammtorwall zu gehen. Dann schlug er den Weg Richtung Jungfernstieg ein. Es dämmerte bereits. Auf der Alster spiegelte sich die untergehende Sonne in goldroten Farbtönen. Kleine Boote mit jungen Männern und Mädchen fuhren auf dem Wasser. Ihr Lachen schallte zu ihm herüber. Friedrich König blickte den Pärchen sehnsüchtig nach.

Er flanierte an den Geschäften vorbei. Die Bäckereien, Tuchhandlungen, Juweliergeschäfte interessierten ihn nicht. Seine Aufmerksamkeit galt den Dirnen. Er nahm sie in Augenschein, suchte, ob er finden würde, was er begehrte. Er schlenderte von der einen zur anderen, als er plötzlich, keine drei Wagenlängen von ihm entfernt, Syndikus Petersen erblickte.

»Will gi wat maken, will gi wat maken«, schrie ein Abtrittanbieter. Geistesgegenwärtig ließ sich Friedrich König von dem Mann in den Mantel hüllen. Er senkte seinen Kopf. Der Eimer unter ihm war gefüllt. Ihm wurde übel. Dennoch hielt er sich weiterhin versteckt. Um Luft zu bekommen, hielt er den Kopf höher, schielte dabei vorsichtig unter dem Mantel hervor. Petersen ließ sich Zeit. Niemals hätte er vermutet, ihn auf der Pantoffelbörse anzutreffen. Er kannte keinen Mann, der blutleerer und leidenschaftsloser wirkte als Petersen. Nichts an ihm strahlte männliche Begierde aus. Sein vertrocknetes Gesicht glich einer erstarrten Grimasse, stets grinsend, aber nie lachend, eine eiserne Maske, die Berechnung und Kalkül, aber niemals Vergnügen oder gar fleischliche Lust widerspiegelte. Seine Stimme unterstrich diesen Eindruck. Sie erzeugte eine Atmosphäre frostiger, distanzierter Freundlichkeit. Sein ganzes Äußeres drückte Stumpfheit aus. An seinem Kopf hing ein lebloser, schlaffer Körper, der sich nur linkisch und unbeholfen fortbewegte. Er schien nur ein Untersatz des Kopfes, ein notwendiges Übel zu sein. Niemals hätte

Friedrich König diesem Mann ein Leben mit fleischlichen Freuden zugetraut. Er war nur noch wenige Schritte von ihm entfernt, als der Syndikus vor einem Vierländer Mädchen stehen blieb. Sie trug ihre Tracht, den großen Tellerhut, ein Jäckchen, darunter ein besticktes Kleid, das ihre Beine zeigte. Lächelnd bot sie Petersen Blumen an. Aber das war nicht das Einzige, was sie verkaufte. Sie wurden handelseinig, und sie führte ihn gottlob in eine Seitengasse. Friedrich König schlüpfte aus dem Mantel heraus. Er brauchte einige Zeit, um sich von dem Gestank zu erholen. Dennoch war er guter Dinge. Es könnte sich als nützlich erweisen, Petersen hier gesehen zu haben.

10

Hannas Körper lag in der Zelle. Er lag zusammengerollt. Auf einem Lager aus Stroh. Um ihn herum nichts als Dunkelheit. Er lag starr und unbeweglich. Die Wanzen und Flöhe, all das andere Getier, das über ihn hinwegkrabbelte, das stach und biss, spürte er nicht. Er lag bleiern, ohne Leben. Dann, ein Zucken. Schluchzen. Tränen. Fluten im Gesicht. Tränen, Bäche, die herausbrachen, bis Hanna einschlief. Leer und ausgeblutet. Einschlief.

Liegt mit schmerzendem Leib. In ihrer Kammer. Nicht atmend vor Angst. Ihr gewölbter Leib bäumt sich auf. Hoffnungsloses Entsetzen ergreift sie. Sie stopft sich das Leinentuch zwischen ihre Zähne, beißt hinein. Darf nicht schreien, nicht schreien. Entsetzen. »Herr im Himmel, hilf, ich sterbe, werde sterben, lass mich sterben.«

Die Tür, ein Schatten. Nur Schatten, keine Stimme, alles dunkel, verschwommen. Aufbäumen. Schatten. Schmerzen. Schmerzen. Schatten. Schmerzen. Hände. Das Kind gleitet zwischen die Schenkel. Hände. Danach Schwärze. Das Nichts. Wie der Tod. Kein Lachen. Kein Weinen. Kein Licht und kein Schatten. Wie tot.

Die Morgenglocke läutete. Hannas Körper lag verzerrt auf der Matratze. Ungeziefer krabbelte über ihr Haar, ihr Gesicht und die Beine entlang. Biss und stach. Sie schlug um sich, schnellte hoch, trommelte an die Zellentür. »Ich war's nicht, ich war's nicht«, schrie sie, so lange, bis sie ihre Holzpantinen nahm und sie an die Zellentür hämmerte. Die anderen Frauen taten es ihr gleich. *Klockklock-klock. Klackklackklack*. Sie hämmerten auf den Boden, an die Wände oder Holzschuh gegen Holzschuh. Fanden zu einem gemeinsamen Rhythmus. »War's nicht, war's nicht«, kreischten sie in schrillen Tönen. Kreischten, bis die Wächter eindrangen. Dann bissen und kratzten die Frauen oder schlugen mit den Pantinen auf die Männer ein, oder warfen sie ihnen an die Köpfe, die hohlen, und dorthin, wo es am meisten schmerzte.

Es dauerte eine geraume Zeit, bis wieder Ordnung herrschte, bis die schweren, eisenbeschlagenen Blöcke an den Beinen der Frauen befestigt und die Ketten an die Wand geschlossen waren. Das Morgengebet, die Arbeit in den Spinnsälen, auch die Grütze entfielen für diesen Tag. Keine Wolle spinnen, kratzen, weben. Keine Grütze. Auch keine Fenster, kein Tageslicht. Nur Dunkelheit, nur Gestank. Aber Gesang. Die Frauen sangen, den ganzen dunklen Tag lang. Und die ganze Nacht. Sie sangen. Keine Lieder. Sangen Töne, jede ihre eigenen. Hohe Töne, tiefe Töne, schrille Töne, dumpfe Töne, traurige Töne, zornige Töne. Töne, hüpfend oder liegend. Töne, sich aneinanderschmiegend, sich umarmend, sich tröstend, sich Mut zusprechend. Töne, die sich vereinigten wider die Einsamkeit und das Verhängnis, eine Frau zu sein.

11

Jan Kock ging den Strom entlang. Der Himmel war bedeckt. Alles war in eintöniges Grau getaucht. Das Wasser wirkte schwarz und abweisend. Die Bäume am Ufer ballten sich zu dunklen Gebilden zusammen. Er hob ein Stöckchen auf und warf es ins Wasser. Er dachte an Sultan. Sultan wäre dem Holz hinterhergeprescht, wäre ins Wasser gesprungen und hätte ihm stolz seine Beute zurückgebracht und ihm zu Füßen gelegt, den flehenden Blick auf ihn gerichtet, das Stöckchen erneut zu werfen. Sultan. Der Hund war ihm in der Kindheit der einzige Freund gewesen. Jan Kock warf dem Stöckchen einen Stein hinterher.

Sultan hatte gern den feuchten Sand und die Kiesel beschnüffelt. Wenn er ein Stöckchen in der Hand hielt, dann hüpfte und sprang Sultan vor Lust in die Höhe, begleitet von einem hellen, kurzen Bellen. Seine lustigen, schwarzen Knopfaugen ließen den Stock dabei nicht aus den Augen. Sultan hatte ihn gelehrt, was Ausgelassenheit und Unbeschwertheit ist, hatte ihm eine Ahnung von Lebenslust gegeben. Er war mit ihm herumgetollt, hatte sich mit ihm im Sand gewälzt, die dumpfe Last, die Schwere, die seine Kindheit begleitete, behände abgestreift wie ein schmutziges Hemd. Sultan hatte gebellt, vor Vergnügen gequiekt, und seine Knopfaugen sagten: »Nicht aufhören, mehr, mehr.« Wenn das Spiel beendet war, hatten sie sich unter einen Baum gelegt. Sultan hatte es sich auf seinem Brustkorb gemütlich gemacht, ihm das Gesicht geleckt, bevor er zufrieden einschlief. Er hatte ihn niemals geweckt, hatte den warmen, weichen Körper auf seinem Leib genossen, dessen Herz zunächst noch ungestüm schlug, dann allmählich in ruhigem Gleichmaß pochte. Nach dem Schläfchen begann das Spiel von Neuem. Lachend und tobend war er mit Sultan das Ufer entlanggezogen. Jan Kock hielt inne. Wie viele Jahre hatte er nicht gelacht? Erst mit Hanna hatte er sein Lachen wiedergefunden. Und wieder verloren.

Als wäre es gestern gewesen. Er war bis zu den Hüften ins Wasser gewatet, hatte Sultan aus dem Wasser gefischt. Tot. Hatte ihn in seine Arme geschlossen, war zurückgegangen, durch das bleierne Wasser, das sich bei jedem Schritt anfühlte, als müsse er Schlamm durchschreiten. Er hatte sich auf einen Stein gesetzt. »Sultan«, hatte er geflüstert, »Sultan.« Sultans Augen waren nicht mehr zu erkennen. Zertrümmert, die Augen, die ihn eben noch liebevoll und treu angeschaut hatten. Zertrümmert auch sein Körper, blutig, mit klaffenden Wunden, der Körper, der gerade noch auf seiner Brust gelegen und vor Freude gebebt hatte. Zertrümmert. Alles kalt und tot. Alles vorbei. Der Hund. Hannas Lachen. Sein Lachen.

Er hatte Sultan sanft auf den Sand niedergelegt, ihm über das nasse, blutige Fell gestrichen. Die Tränen, die aus seinen Augen tropften, vermengten sich mit dem Gemisch aus Wasser und Blut, das Sultans Fell, das so hell leuchtend gewesen war, rosarot überzog. Er hatte unter einem blühenden Holunderbusch ein tiefes Loch gegraben, mit bloßen Händen, hatte Gras gepflückt, das Grab damit ausgekleidet, Sultan in seine Jacke gewickelt und auf das weiche Grasnest gebettet. Auf die Jacke legte er das Stöckchen, dem Sultan gerade noch nachgejagt war. Nun schob er den ausgegrabenen Sand vorsichtig, damit er Sultan nicht erdrückte, in das Loch zurück, glättete die Oberfläche mit dem Ellenbogen, suchte die schönsten Kiesel, legte Buchstabe für Buchstabe auf das Grab. S U L T A N. Aus zwei Stöcken und Schilf band er das Kreuz, steckte es an Sultans Kopfende in den Sand und betete.

»Herr im Himmel, mach, dass Sultan ins Paradies kommt, und lass ihn an einem großen Fluss entlanglaufen. Amen!«

Dann war er nach Hause gegangen. Ohne Jacke. Ohne Hund. War nie wieder in die Schule gegangen. Nie wieder.

Eines Abends hörte er die Eltern in der Küche sprechen.

»Es hilft nichts«, sagte der Vater, »ich werde ihn zum Scharfrichter ausbilden. Von irgendetwas muss er leben. Ich werde ihn hart herannehmen müssen.«

»Anton, ach Anton«, stöhnte die Mutter. Ihre Stimme klang tränenerstickt.

»Da gibt es nichts zu weinen«, sagte der Vater. »Er hat seine Chance verspielt, nun muss er sehen, wie er durchs Leben kommt.« Nun muss er sehen, wie er durchs Leben kommt, hallte es in Jan Kock nach.

12

Friedrich König fasste die Hand seiner Mutter. »Wie ist es geschehen?«

»Wir fuhren im Wagen. Wir befanden uns kurz vor den Toren der Stadt. Dein Vater krümmte sich vor Schmerz. Er hatte entsetzliche Magenkoliken. Plötzlich bekam er keine Luft mehr. Er starb in nur wenigen Sekunden. Dieser Blick, ich werde ihn nie vergessen.« Die Mutter schnäuzte sich. »Friedrich, nun musst du die Geschäfte weiter führen und dich um das Familienvermögen kümmern.«

Er streichelte ihre Hände.

»Mutter, ich bin dafür nicht geeignet. Lass Schwager Hans alles regeln.«

»Hans? Hans steht kurz vor dem Bankrott. Vater hat ihm bereits einige Male unter die Arme gegriffen. Nun hat er auch noch ein Schiff durch den Sturm verloren. Davor eine Ladung durch Piraterie. Er ist vom Pech verfolgt. Niemals werde ich ihm unser Vermögen anvertrauen.«

»Ich werde jemanden für die Firma und auch einen Vermögensverwalter finden. Ich kann es nicht, Mutter. Ich habe meinen Beruf.«

Die Mutter entriss ihm ihre Hände. Ihr Mund zog sich bitter zusammen.

»Was ist das für ein Beruf, der dich zum Verteidiger einer Kindsmörderin werden lässt? Habe ich dich dafür unterstützt, die Rechte zu studieren? Wie viele in das Niedergericht gewählte Juristen werden Bürgermeister, Syndizi, Senatoren oder Oberaltensekretäre. Du, mein Sohn, bist versponnen in deine modernen Ideen, die du unbedacht und lauthals herausschreist. Vater hat dich niemals fallen lassen. Er hat weiß Gott versucht, dich vorankommen zu lassen. Aber ein Mann, der die Konventionen nicht beachtet, der sich wie ein Kindskopf verhält, ist nicht tragbar für einen hohen Posten. Heute bedaure ich, dass ich dich damals in deinem Berufswunsch unterstützt habe.«

Friedrich König spürte einen Stich im Herzen. Die Mutter erhob sich, legte ihm ihre rechte Hand auf die Schulter.

»Friedrich, du bist jetzt Anfang vierzig. Ich bin eine alte Frau. Werde erwachsen, es gibt keinerlei Aufstieg mehr für dich im juristischen Bereich. Es ist dir nicht einmal mit einem Senator als Vater gelungen. Die Dinge haben sich geändert, Friedrich. Du bist unser einziger Sohn. Ich möchte, dass du als Oberhaupt der Familie deine Pflicht erfüllst, die Firma weiter führst und unser Vermögen sicherst. Kehlmann, der Prokurist, und dein Schwiegervater werden dir behilflich sein. Denke bei allem auch endlich einmal an deine Frau und die Zukunft deiner Kinder. Anna-Sophia hat lange genug gelitten.«

Der Blick der Mutter war starr und kalt. Zwischen Nase und Wangen zeichneten sich tiefe Furchen ab. Der Mund angespannt, die Lippen aufeinandergepresst. Sie hatte die Züge des Vaters angenommen.

»Mutter, ich will jetzt zu Vater hineingehen.«

Friedrich König betrat das Schlafzimmer. Er trat an das Bett, auf dem der Vater aufgebahrt lag, blickte in das bleiche Antlitz des Toten. Zum ersten Mal sah er seinen Vater mit friedlichem, weichem Gesichtsausdruck. Er schien sogar zu lächeln, als hätte er sich darauf gefreut, so daliegen zu können. Friedrich König unterdrückte die Tränen, die sich aus seinen Augen drängen wollten. »Du täuschst mich nicht, Wilhelm König«, flüsterte er. »Sage mir, warum soll ich ein ergaunertes Vermögen erhalten, dass man mit der Hälfte der Mühe entbehren lernen könnte?«

Friedrich König drehte sich um und verließ das Haus. Von seiner Mutter hatte er sich nicht verabschiedet.

Überall in der Stadt wurde die Trauerfeier angekündigt. Die Reitendiener informierten die reichen, einflussreichen Familien. Die Leichenbitter, darunter viele Frauen, gingen zu den weniger wohlhabenden und damit weniger wichtigen Familien. Für das Volk hatte die Mutter den Börsenknecht beauftragt, einen Leichenzettel an der Börse anzuschlagen. Die übrigen Zettel ließ sie in der Neustadt vor der Schule und auf dem Kirchhof der Sankt-Michaelis-Kirche anheften. Tagelang planten und organisierten die Mutter, die Schwestern, auch Anna-Sophia die Trauerfeier. Friedrich König hatte keine Kraft, sich ihren Entscheidungen zu widersetzen. Das übliche Beerdigungsspektakel nahm seinen Lauf.

Die Trauergäste versammelten sich vor dem Eingang des König'schen Hauses. Mutter hatte an die zweitausend Menschen mobilisiert. Die meisten waren gekauft. Sie hatte den Einladungsbriefen Geldbeiträge beigefügt und für jeden Kopf aus dem Volke, der den Leichenzug auffüllte, einen Speziestaler Handgeld ausgegeben.

Friedrich König erblickte Karl Broderjahn auf der Sorgenkutsche. Er fühlte eine ungeheure Wut in sich aufsteigen. Die Mutter, die Schwestern, Anna-Sophia hatten ihm verschwiegen, dass sie Broderjahn als offiziellen Trauermann auserkoren hatten. Sie stärkten das Ansehen des Kattunfabrikanten und kompromittierten den eigenen Sohn, den Bruder, den Ehemann. Friedrich König presste die Zitrone in seiner rechten Hand mit solcher Kraft, dass Fruchtsaft austrat. Die *Gnade Christi* ist leck, dachte er. Ausgelaufen.

Alle Kirchenglocken und Glockenspiele läuteten. Dunkle und helle, weiche und metallene Klänge vermischten sich, umhüllten die Prozession mit ihrem Durcheinander von Tönen. Friedrich König spürte, wie der Schmerz, den er stets in seinem versteiften Nacken spürte, wieder in seinen Kopf zog, dort von einer Seite zur anderen pendelte wie das Glockengetöse um ihn herum.

Es war acht Uhr. Der Leichenzug setzte sich in Bewegung. Der Himmelswagen wurde von vier weißen Pferden gezogen, die bis auf die Augenöffnungen und Ohren mit schwarzen Decken überzogen waren. Alle Trauergäste folgten der Kutsche mit dem Sarg. Mutter hatte einen Sarg aus Mahagoni gewählt, mit versilberten Beschlägen und Verzierungen. Er war von einem schwarzen Baldachin überdacht, über und über mit Quasten, Gehängen und Schnörkeln versehen. Die Reitendiener eskortierten den Himmelswagen. Sie trugen lange, schwarze Mäntel. Ihre silbernen Perücken und kraus gefalteten weißen Halskragen leuchteten aus all dem Schwarz hervor. Die Reitendiener waren überall, wo sie Geld verdienen konnten, dachte Friedrich König. Sie eskortierten Sargkutschen, Ratsdeputationen oder Mörder zum Schafott. Nur ihr Kostüm veränderte sich je nach Aufgabe.

Die Menschen liefen paarweise, gemäß ihrer Beziehung zum Vater. Die meisten Senatoren, Syndizi und Oberalten waren anwesend. Auch Petersen begleitete den Zug. Friedrich König hatte ihn bereits unter den Honoratioren ausgemacht. Am liebsten hätte er ihm Hannas Begnadigung aus den Rippen gepresst. Wie den Saft aus seiner Zitrone.

Es war ein windstiller Abend. Der lange Zug schlängelte sich durch die Straßen der Stadt. Unzählige Stablaternen erleuchteten die dunklen Gassen. Die runden Monde spendeten viel Licht. Selbst die Fassaden der Häuser waren im Widerschein der Laternen hell erleuchtet. Die prunkvolle Prozession machte einen großen Umweg, umrundete mehrmals den Friedhof, bevor sie vor der Kirche haltmachte. All der Leichenpomp, das Glockengeläute, die Umwege, die vielen Laternen, das große, erkaufte Gefolge, waren seit vielen Jahren verboten. Mutter scherte sich nicht darum. Wie alle Reichen der Stadt sah sie es als Ehrensache und günstige Gelegenheit an, ihren Reichtum vor aller Welt zu demonstrieren und die Strafgebühren mit einem süffisanten Lächeln auf den Lippen zu bezahlen.

Die Trauergäste betraten die Kirche. Zutritt hatten nur die schriftlich Geladenen, allein um den Pöbel und die Gassenjungen, die den Zug lärmend begleitet hatten, von der Zeremonie fernzuhalten. Die Kirche war hell erleuchtet. Überall brannten Wachskerzen. Die Sargträger stellten der Sarg im Castrum doloris ab. Das Castrum funkelte, als wäre es mit Edelsteinen besetzt.

Die Leichenpredigt begann. Nöhler sprach. Friedrich König hörte nicht zu. Er wollte nicht zuhören. Er konnte auch nicht. Seine Kopfschmerzen vernebelten ihm die Sinne. Er hörte nur Nöhlers nasalen Stimmklang. Die Worte rauschten an ihm vorbei wie vom Wind gepeitschte, dunkle Wolkengebilde. Je stärker es in seinem Kopf hämmerte, desto empfindlicher wurde er gegen den faulig-süßen Verwesungsgeruch, der jeden Winkel der Kirche ausfüllte. Er hielt sich ein Tuch vor die Nase. Schon als der Zug immer und immer wieder den Friedhof umrundete, war ihm übel geworden. Einige Gräber mussten gerade geöffnet worden sein. Vielleicht lag es auch an der Windstille. Bei Windstille rochen alle Gräber, weil die Toten in mehreren Lagen übereinander beigesetzt und nur unzulänglich mit Sand bedeckt waren. Im Kirchenschiff roch es noch unerträglicher. Die Gewölbegräber unter der Kirche waren undicht. Der austretende Leichengestank konnte nur in den Gebetssaal entweichen.

Die Trauergesellschaft erhob sich zum Beten. Friedrich König beobachtete, wie Broderjahn seine aufgedunsenen Hände vor dem Bauch faltete, den geröteten Kopf senkte.

»Vater unser, der Du bist im Himmel,
Geheiligt werde Dein Name.
Dein Reich komme.
Dein Wille geschehe wie im Himmel so auf Erden.
Unser tägliches Brot gib uns heute.
Und vergib uns unsere Schuld,
wie auch wir vergeben unseren Schuldigern.
Und führe uns nicht in Versuchung,
sondern erlöse uns von dem Bösen. Denn Dein ist das
Reich und die Kraft und die Herrlichkeit in Ewigkeit.
AMEN.«

Die Musiker spielten. Der Sarg wurde durch die Kirche getragen, unterhalb der Orgel in den Gruftkeller hinabgelassen. Auch die Trauergemeinde begab sich in das Gruftgewölbe. Friedrich König zog an den Grabtafeln vorbei, machte halt vor dem ausgeschachteten Grab des

Vaters. Im Schein der Fackeln ließen die Reitendiener den Sarg ein. Links neben ihm weinte die Mutter, zu seiner Rechten Anna-Sophia mit den Kindern. Er nahm sie nur entfernt wahr. Sie erschienen ihm wie Chimären, in undurchdringlichen Dunst gehüllt. Der Verwesungsgeruch wurde immer stärker. Sein Kopf, der bestialische Gestank. Er schloss die Augen, hörte zahlreiche Münzen auf das Mahagoniholz klackern, so viele, dass sich das Geräusch von Metall auf Holz verlor, durch ein Klimpern von Münzen auf Münzen abgelöst wurde. Dann Chorgesang, der das Klirren überlagerte.

»Wer weiß, wie nahe mir mein Ende?
Die Zeit vergeht, es kommt der Tod.
Ach! Wie geschwinde, wie behände
Erscheinet oft die letzte Not!
Ich bitt, oh Gott, durch Christus Blut:
Mach's nur mit meinem Ende gut!«

Die ersten Trauergäste stellten sich an, um zu kondolieren. Ein Handschlag, ein Blick des Bedauerns folgte dem nächsten. Auch Broderjahn kondolierte. Seine Hand fühlte sich schwammig, feucht und hitzig an. Sie war größer als die seine. Friedrich König hatte plötzlich das Gefühl, eine Kinderhand zu haben, die von der Pranke eines Erwachsenen verschlungen wurde. Broderjahn drückte sehr fest zu, als könne er die Kraft seiner Hand nicht regulieren. Ohne ihn anzublicken, ohne etwas zu sagen, drückte er zu, zog die Hand schnell wieder zurück, als wolle er fliehen. Weitere Senatoren folgten. Danach die vier Syndizi. Petersens Hand war klein und kühl, nicht feucht, sondern sehr trocken. Die Hand des Syndikus drückte nicht, sie glitt kaum merklich in die seine, wie ein Stück Tuch, das über die Haut streicht. Die Hand verweilte in der seinen. Petersen, ohne sein steifes Grinsen aufzugeben, sagte in monotoner Stimme: »Mein Beileid.«

»Danke«, sagte Friedrich König, »danke für Ihr Kommen«, und er ergänzte: »Vielleicht sehe ich Sie wieder einmal auf dem Jungfernstieg.«

Petersen zog seine Hand zurück, nicht gleitend, sondern schnell wie ein Fisch. Sein Grinsen verzerrte sich. Die Mundwinkel zuckten im Kampf, das Lächeln aufrechtzuerhalten. Schließlich zogen sie sich nach unten.

Petersen gewann sein Grinsen schnell zurück. Doch dieses Grinsen unterschied sich von dem vorhergehenden. Es lächelte Grabeskälte.

»Ich bitt, oh Gott, durch Christus Blut:
Mach's nur mit meinem Ende gut!«

Christus Blut, Ende gut, tönte es in Friedrich Königs Ohren. *Blutblutblut*, *gutgutgut* echote es durch das Gewölbe.

13

Schwarz. Lag in der Düsternis. Schaukelte. Wiegte das Kind. Ihr Kind. Summte. Summte. Schaukelte.

»Ja, ich gestehe, ich gestehe.«

Spürte einen Fausthieb auf ihrem Arm. »Ruhe jetzt, Schluss mit dem Krach.«

Zuckte zusammen. »Fass das Kind nicht an, es ist meins, meins.«

Summte. Wiegte. Flüsterte. »Aber ich bin doch ohnmächtig geworden. Ohnmächtig. Bewusstsein. Verloren. Herr Anwalt, Herr König, so helfen Sie doch.«

Murmeln.

»Die Hände. Hände. Schatten. Sie war's. Putschenelle. Wo ist Putschenelle? Wollte doch kommen. Haben doch nur mit Puppen gespielt. »Puuutscheeenelleee!«

Eine Mitgefangene stürzte sich auf Hanna, hielt ihr Mund und Nase zu. Sie ließ erst von ihr ab, als Hannas Gesicht blau anlief.

Keuchen. Stille.

14

Die Frau lag auf der Pritsche. Jan Kock zog ihr Unterlid herab, ergriff die erste Nadel und eröffnete die Vorderkammer nahe bei der Lederhaut. Er brachte die Nadel bis oberhalb der Pupille, darauf zog er sie wieder heraus, nahm die abgestumpfte Nadel und erweiterte den Hornhautausschnitt in Form eines Halbmondes nach rechts und links. Er ergriff den kleinen Spatel, hob den eingeschnittenen Teil der Hornhaut empor und eröffnete mit der kleinen spitzen Nadel die Linsenkapsel. Nach dem Einschneiden der Linsenkapsel brachte er den kleinen Spatel zwischen Linsenkörper und Iris ein, um die Katarakt zu lösen und ihren Austritt zu befördern. Darauf ließ er die Hornhautlappen zurückgleiten, um die Operation zu beenden. Jetzt galt es, den Schleier zu heben, der das Licht bedeckte. Er drückte sanft auf den Augapfel, um eine Ruptur der hinteren Linsenkapsel zu vermeiden, die als Damm den Austritt des Glaskörpers verhinderte. Die Pupille erweiterte sich, die Linse glitt herab in die Vorderkammer und dann auf die Wange. Die Pupille wurde klar. Er war zufrieden. Jan Kock wartete, bis die Frau zu sich kam.

»Die Wolke, die das Auge verdeckte, ist zerteilt. Du wirst wieder sehen können, gute Frau«, sagte er. »Bring sie nach Hause, Martin.«

Jan Kock reinigte Spatel und Nadeln, legte sie in die Schachtel zurück. Er zog die silberne Taschenuhr aus der Westentasche. Er hatte sie vom Vater geerbt. Er klappte den Deckel auf. Auch das Ziffernblatt und die Zeiger waren silbern, ihre Spitzen geschwungen. Nie war der

Vater ohne seine Uhr aus dem Haus gegangen. Vater, er hatte ihn so vieles gelehrt. Wie man den Star stach, wie man amputierte, Medizin herstellte. Auch wie man am Rauschen der Blätter die Bäume bestimmen konnte und an den verschiedenen Surrtönen die Insekten. Und wie man die Vögel an ihrem Gesang erkannte. Sie hatten außerhalb der Stadt die Wälder durchstreift. Stundenlang waren sie unterwegs gewesen. Mutter hatte ihnen Butterbrote und Wurst ins Bündel gesteckt. Erst kurz vor Torschluss waren sie lachend zurückgepilgert. Damals, bevor Sultan starb, damals, als er noch lachen konnte. Die Silberpappel hat einen pergamentenen Klang, die Eiche klingt ledern, die Linde sanft wie Seidenpapier. Und wie klang sein Lachen? Er wusste es nicht. Jan Kocks Augen brannten. Eine bleierne Müdigkeit erfasste ihn. Niedergedrückt begab er sich in sein Zimmer, streifte die Kleidung ab und fiel in einen tiefen Schlaf.

Er wird über die Treppe der Fronerei zum Schandpfahl geführt. Er steht auf den Zehenspitzen. Er wird in dieser Stellung nicht lange verharren können, aber im Augenblick hilft es ihm. Er kann nicht erkennen, wer neben ihm steht. Sein Nacken wird in den hölzernen Kragen gespannt, seine Arme schmerzhaft abgewinkelt in Höhe seines Kopfes gebunden. Er hält die Augen fest geschlossen. Die Menge um ihn herum tobt. Nur noch wenige Sekunden, dann wird der Pöbel einen Hagelschauer von Dreck und Steinen auf ihn niederprasseln lassen. In wenigen Sekunden wird er ersticken. In wenigen Sekunden werden Schlamm und Kot Mund und Nase verstopfen. Und die Steine werden sein Gesicht treffen, seine Augen verletzen, seinen Körper verwunden. Er wartet. Stöhnt auf. Werft doch. Werft doch endlich! Etwas Weiches streift seine Wange. Weich wie Möhrenkraut. Er wagt, die Augen einen kleinen Spalt zu öffnen. Blumen fliegen auf ihn zu. In allen Farben. Blumen. Blumen. Bilden bunte Streifen in der Luft. Wie ein Regenbogen. Er lacht. Lacht. Sein Lachen hüpft wie springende Lachse in einer Stromschnelle. Und es strahlt wie ihre im Sonnenlicht glänzenden und schimmernden Schuppen. Sein Lachen sprudelt und tanzt über das steinige Flussbett. Immer höher werden die Sprünge. Er ringt nach Atem. Sein Atem schmerzt. Sticht scharf wie ein Messer in seine Brust. Plötzlich ziehen düstere Wolken auf, verschlingen die Blumen, den Regenbogen, und aus dem trächtigen Himmelsschwarz regnet es Kot und Steine.

Dritter Teil

1

Bleiernen Schrittes und mit kaltem Schweiß auf der Stirn stieg Jan Kock die Treppe zum großen Ratssaal hinauf. Seine Beine drohten einzuknicken. Nach jeder Stufe, die er erklomm, blieb er stehen, hielt sich am Geländer fest, suchte sein Gleichgewicht wiederzuerlangen. Umdrehen, die Stufen hinunterrennen und aus dem Gebäude fliehen. Es ist meine Pflicht, Pflicht. Jan Kock nahm eine weitere Stufe. Fleiß, Gehorsam, Treue. Hatte freie Wohnung, festes Gehalt. Durfte seine medizinische Praxis betreiben. Wo sonst, wenn nicht in Hamburg, hätte er die Erlaubnis, zu praktizieren?

Er betrat den Saal, blickte auf das große Gemälde über dem Gehege, auf das Jüngste Gericht, auf Christus mit den Aposteln. »Herr, hilf«, betete er. Er hob den Kopf, schaute zur geöffneten Luke in der Decke der Ratshalle hinauf. Ein schmaler Sonnenstrahl leuchtete in den Saal. Abertausende von Staubkörnern wirbelten im Sonnenkegel, als heller Fleck auf dem Boden endend. »Herr, lass Gnade walten, lass ein Wunder geschehen«, flüsterte er und sprach zu den Richtern: »Gebt zu, was ihr tut, denn ihr haltet das Gericht, nicht den Menschen, sondern dem Herrn, und er ist mit im Gerichte, darum lasst die Furcht des Herrn in euch sein, und hütet euch und tut's, denn bei dem Herrn eurem Gott ist kein Unrecht, noch Ansehen der Person, noch Annehmen des Geschenks. Amen.«

Jan Kock setzte sich auf den Scharfrichterstuhl, neben die Knechte. Der Saal füllte sich. Die Bürgermeister und Ratsherren erschienen. Sie nahmen ihre gewohnten

Plätze im Gehege ein. Der jüngste Ratsherr führte die Prokuratoren herein. Sie setzten sich auf die seitlichen, zum Gang hin gelegenen Stühle. Danach stürmte das Volk den Saal. Laut und polternd begann der Kampf um die besten Plätze.

»Haltet Ordnung!«, riefen die Gerichtsdiener der Menge zu und versuchten, des Gedränges Herr zu werden. Der Pöbel scherte sich nicht um die Bediensteten. Der Pöbel hasste alle Stadt- und Ratsdiener. Jeder wusste, dass die Stadtherren keine ehrbaren Leute für den Polizei- und Gerichtsdienst fanden, da solche sich zu so einem Dienst nicht hergaben. Folglich blieben nur Gauner, Diebes- und Raubgesindel übrig. Besonders verabscheute das Volk die Schlupfwächter, die unterste Klasse der Gerichtsdiener. Sie prügelten diejenigen, die sie einfingen, windelweich. Und die Häscher verstanden sich aufs Gelderpressen.

»Haltet Ordnung! Haltet Ordnung!«, ertönte es wieder.

Plötzlich verstummten alle im Saal. Zwei Gefängniswärter führten Hanna Kranz herein. Jan Kock erblasste. Sein Herz hämmerte gegen seine Brust.

Durch die Menschenmenge ging ein Raunen. Einige Stimmen drangen durch: »Wie schön sie ist«, »so jung«, »was für ein Weib«.

»Stille«, rief ein Gerichtsdiener.

Die Wärter setzten sie auf den Anklagestuhl.

»Die Versammlung ist eröffnet«, rief der Richter.

Hanna hob den Kopf. Ihre kobaltblauen Augen blickten stumpf in den Saal. Jan Kock schlug die Augen nieder. Sein Herz schnürte sich zusammen. Ihr Lachen, ihre Lebendigkeit. Verloren. Alles verloren.

Der Protonotarius erhob sich, um das Urteil zu verlesen. Jan Kock schaute zur Dachluke, in den Lichtkegel, betete.

»Du, Hanna Kranz, erhebe dich und vernimm das Strafurteil, welches die höchsten Richter dieser Stadt mit höchster Gerechtigkeit gegen dich ausgesprochen haben.«

Hanna erhob sich. Ihre Lider flatterten. Sie spürte die wärmende Sonne auf ihrem Gesicht. Ich werde zum Tode verurteilt. Immer wieder war ihr dieser Gedanke durch den Kopf gegangen. Jetzt, da sie dem Urteilsspruch nicht mehr entfliehen konnte, klammerte sie sich umso mehr ans Leben. Die Sonne. Sie liebte die Sonne so sehr. Sie wagte nicht, den Mann anzusehen, der ihr Urteil aussprechen würde, spürte die Sonne, spürte, wie sie schwankte, wie ihre Knie sie kaum zu halten vermochten. Wie lange hatte sie noch zu leben? Wie lange? Drei Tage, drei. Sie wusste es. Ein eiskalter Schauer überlief sie, die Muskeln verhärteten sich, ihre Hände ballten sich zu Fäusten, die Nägel schnitten ihr ins Fleisch.

Der Protonotarius ergriff das Wort.

»Zu allen Zeiten und bei allen Völkern sind außerordentliche unmenschliche Verbrechen mit außerordentlicher Strenge bestraft worden. Die Römer und unsere alten deutschen Vorfahren ließen einen solchen Bösewicht zunächst auf das Blut mit Ruten streichen und dann mit einem Hunde, einem Hühnerhahn, einer Natter und einem Affen in einen ledernen Sack einnähen und so in die See oder den Fluss werfen, wo er im Kampfe mit den Tieren und unter Beraubung aller Elemente seine verruchte Seele von sich geben musste. Die Strafe war hart, aber das Verbrechen ist es nicht minder.

Der dreiundzwanzigste Artikel des lediglich von peinlichen Fällen handelnden vierten Teils unserer Statuten bestimmt die Strafe derjenigen, die ihre Eltern, Kinder, Schwestern, Brüder oder nahe verwandte Freunde ermorden oder die Leibesfrucht abtreiben, dass sie, ich zitiere, ›mit glühenden Zangen angegriffen, und darauf lebendig mit dem Rade getötet, mit dem Rade am Leben gestraft, mit dem Schwert hingerichtet, oder im Wasser ertränkt, oder lebendig begraben werden sollen‹.

Die Inquisitin hat ihre Tat gestanden. Sie hat ihr Geständnis nach drei Tagen freiwillig wiederholt. Sie sagte: ›Ja, ich habe das mir angeschuldigte Verbrechen begangen.‹ Sie hat die Tat zweimal eingestanden, und daher ist sie der begangenen Missetat für rechtlich überführt geachtet und erklärt worden. Auch kann man nicht sagen, dass sie ihr Geständnis nachher widerrufen hat. Denn dass sie nach geschehener Verlesung ihres Geständnisses auf die Frage des Gerichtsschreibers: ›Bleibst du bei deiner Aussage‹, nicht bestimmt geantwortet hat, dass sie sich in anmaßender Weise ihrer Unschuld hat rühmen wollen, das verdient keine Bemerkung, weil sie gestanden hat und ihre vorgeschützte Unschuld nicht mit den mindesten redlichen Ursachen zu bestärken imstande war. Zudem stimmen alle in den Akten wichtigen und äußerst verdächtigen Anzeigen mit der Anklage auf das Genaueste überein.

Die Menschlichkeit muss nicht nur zur weichen Milde führen, sondern um der Gerechtigkeit willen muss Strenge ausgeübt werden, und die Strafe muss dem Verbrechen gemäß sein. Nach geltendem Kriminalgesetze haben wir dennoch ein mildes Urteil gesprochen.«

Friedrich König blickte zu Hanna. Ihr weißer Hals reckte sich in die Höhe, die kornblumenblauen Augen waren verklärt auf den Protonotarius gerichtet. Hoffnung, Hoffnung, schrie ihre ganze Erscheinung. Er hätte sie am liebsten in die Arme genommen, sie fest umschlungen, um sie zu beschützen. Plötzlich, wider alle Vernunft, hoffte auch er. Wider alle Vernunft. Es war wider alle Vernunft.

»Wir verurteilen dich, Hanna Kranz, wegen Tötung deines neugeborenen Kindes. Wegen dieser grausamen Tat, und um für andere pflichtvergessene und mordgesinnte Mütter ein warnendes und abschreckendes Exempel zu statuieren, sollst du in eine härene Decke gehüllt und mit fliegenden Haaren nach dem Gerichtsplatz hinausgeführt, daselbst mit dem Schwerte gerichtet und hernach in aller Stille beerdigt werden.«

Hanna sank in die Knie.

»Stille«, rief der Gerichtsdiener, »sonst wird der Saal geräumt.«

Der Pöbel beruhigte sich.

»Damit bestätigt der Hoch- und Wohledle Rat das in peinlichen Sachen des Rechtes Fiscalis in criminalibus ex officio inquitentis und peinlichen Anklägers entgegen und wider die Hanna Kranz ergangene Urteil des Niedergerichts. Die Strafe der Kindsmörderin ist wohl verdient.

Nachrichter Kock, es ist an Ihnen, Ihre Pflicht zu tun.«

Jan Kock saß auf seinem Stuhl. Er regte sich nicht. Saß. Regte sich nicht.

»Meister Kock, walten Sie Ihres Amtes!«

Jan Kock bewegte sich nicht. Erwiderte nichts. Der Knecht schlug ihm auf den Oberschenkel. Jan Kock kam zu sich. Seine Beine gingen auf Hanna zu.

»Bruchvogt, helfen Sie der Verurteilten auf die Beine«, hörte er den Richter sagen.

Jan Kock blieb vor Hanna stehen, hob seinen Arm, hob ihn an, schwer wie Eisen, legte seine Hand, es war seine Pflicht, Pflicht, legte sie auf ihre Schulter, zitterte, die Hand, im Einklang mit der bebenden Schulter, während jemand sagte, nein, es war seine Stimme, die sprach, wie gewohnt, wie befohlen:

»Das Urteil ist gesprochen, der Stab ist gebrochen, die Untat wird gerochen.«

Seine Hand löste sich von der Schulter. Fiel herab wie ein Stück Holz. Hände banden Hanna die Hände. Seine Hände.

»Gebunden ist die Gefangene«, rief die Stimme. Und die hinter ihm wartenden Knechte traten hervor, um sie abzuführen. Und seine Stimme sprach, ohne zu denken, auswendig, eintönig, wie eine Litanei, aber gebrochen die Stimme, belegt und krächzend, ohne Atem, im Halse steckend:

»Damit das die Gefangene erfahre, was das heiße, so ihr von Hoch- und Wohledlem Rat zuerkannt ist, so will ich sie am nächsten Montage hinausführen und will sie mit dem Schwerte vom Leben zum Tode bringen, damit dass meiner Herren Recht gestärkt werde und nimmermehr geschwächet. Nimmermehr geschwächet, dass meiner Herren Recht. Recht …« Jan Kock taumelte. Er drohte umzufallen. Ein Knecht stützte ihn.

»Meister Kock, Scharfrichter der freien Stadt Hamburg«, sprach der Richter, »sind Sie im Besitz Ihrer Kräfte, die Hinrichtung der Kindsmörderin Hanna Kranz zu vollziehen?«

»Ja«, sagte seine Stimme.

»So überführt die Verurteilte in die Scharfrichterei. Dort soll sie die letzten drei Tage vor der Hinrichtung verbleiben.«

Jan Kock drehte sich um, setzte einen Fuß vor den anderen. Pflicht. Hinter ihm Hanna und die Knechte. Pflicht. Totenstille im Saal. Lautloses Entsetzen? Tonlose Abscheu? Stimmloser Hass? Schweigsames Einvernehmen? Resigniertes Schweigen? Stumme Angst? Bestürzung?

Grabesstille.

Sie gingen den Gang entlang. Dann, ein leises Lachen. Unterdrückt. Ihr Lachen. Kichernd, glucksend. Immer lauter, ihr Lachen, sich in den entseelten Raum würgend, röchelnd und heiser, schließlich schrill, wiehernd, kreischend. Hanna.

Und auch das Volk begann zu lachen. Oder zu weinen. Oder zu schreien. »Gott ist bei dir!«, »Halsabschneider!«, oder »Hure«, oder »Armes Kind!«, oder »Engelchen, treib's auch mit mir«, oder »Kopf hoch!«, oder »Kopf ab!«, oder »Höllenbrüder!«

Friedrich König blickte dorthin, wo Hanna eben noch gestanden hatte, blickte bleich und ermattet in den Sonnenkegel.

Die Senatoren und Syndizi verließen den Saal, darunter auch Karl Broderjahn und Peter Petersen.

»Höllenbrüder«, flüsterte Friedrich König. »Höllenbrüder.«

2

Es war Abend. Friedrich König hatte sich frühzeitig auf den Weg zur Loge gemacht. Er konnte es kaum erwarten, auf das Podium zu treten. Seine Wut über Hannas Verurteilung war kaum zu bändigen. In seinem Kopf wirbelten Gedanken, Betrachtungen, die er zu lange unterdrückt hatte, die er längst hätte öffentlich aussprechen sollen. Wo, wenn nicht in seiner Loge? Hier kamen seine Brüder zusammen, Männer, die die drei Johannisgrade innehatten, die sich zum Glauben an Gott bekannten, den Willen untermauerten, nach den Grundsätzen der Freiheit und Selbstverantwortlichkeit zu leben, die sich vereinigt hatten, der Menschheit Gutes zu tun und sie von Vorurteilen zu befreien.

»Brrrrrrr«, rief der Kutscher. Er hielt vor dem Gasthaus am Gänsemarkt, in dessen Saal die Logenbrüder tagten. Friedrich König stieg aus. Er betrat den Versammlungssaal, schritt geradewegs auf das Podium zu, legte seine Unterlagen zurecht. Mit unruhigen Händen sortierte er die Seiten seiner Rede. Ein Teil der Zettel fiel zu Boden. »Zum Teufel«, zischte er, sammelte die verstreuten Blätter ein, bereute, sie nicht nummeriert zu haben, ordnete sie ungeduldig, legte den Stapel auf das Pult zurück. Er war sehr unkonzentriert. Sein Herz pochte.

Die ersten Mitglieder trafen ein, darunter Lessing. Er hatte sich bemüht, in einer der großen Hamburger Logen aufgenommen zu werden, aber alle Türen waren ihm verschlossen geblieben. Schließlich hatte er von der Winkelloge gehört und sich ihr ohne Hindernisse angeschlossen, zumal es die einzige Loge war, die auch Juden aufnahm. Lessing kämpfte für Toleranz gegenüber anderen Religionen. Friedrich König bewunderte ihn.

Der Saal füllte sich. Es bildeten sich kleine Gesprächsgruppen. Als der Gong ertönte, strömten die Herren, ihre Sätze beendend, allmählich auseinander und nahmen auf den Stühlen im Zuhörerraum Platz. Friedrich König wartete in einer dunklen Ecke der Bühne. Als auch die letzten Stimmen verstummt waren, betrat er die Bühne. Die Herren applaudierten. Er stellte sich hinter das Podium, winkte mit der rechten Hand ab und ergriff das Wort.

»Hochwürdigster Großmeister! Hochwürdige Vorsteher, Beamte und Mitglieder allseits verehrungswürdigste Brüder unserer Loge ›Toleranz und Fortschritt‹!

Ich heiße Euch herzlich willkommen zu unserer heutigen Sitzung und freue mich, heute Abend einige meiner Gedanken präsentieren zu dürfen, die lange schon in mir wohnen und nun Gelegenheit haben, gehört und erörtert zu werden. Mit freudigen und dankbegierigen Blicken scheinen meine sämtlichen hier versammelten ehrenwerten Brüder mir zuzuwinken, dass es meine Pflicht sei, die lebhaften Empfindungen und Gedanken, mit denen mein Herz und mein Verstand angefüllt sind, öffentlich an den Tag zu legen. In brüderlicher Freundschaft wende ich mich an Euch und lasse für das vorzüglichste Wohl und für die vollkommenste Zufriedenheit eines jeden unter Euch die feurigsten Wünsche zum Himmel emporsteigen, damit das edle Band der Einigkeit, welches uns verknüpfen muss, nie zerreißen mag. Weisheit sei der Schmuck unseres Geistes, und alle erhabenen Tugenden mögen die Bewohner unserer Herzen sein.

Meine Beobachtungen und Gedanken stehen in engem

Zusammenhang mit der uns gestellten Aufgabe, uns über notwendige und nützliche Maßnahmen, die die Aufklärung innerhalb unserer rückständigen Stadt fördern, auszutauschen, eine Aufgabe, die in einer von engstirnigen Handelsleuten regierten Stadt nahezu zu scheitern droht. Ich habe mir vorgenommen, meine eigenen Ansichten und Urteile ohne Rücksicht auszusprechen. Ich spreche für Aufklärung und Wahrheit, liebe Brüder, denn Licht ist Leben, Licht ist Glück, für den Einzelnen, wie auch für den Staat. Mit wachem Sinn richte ich meine Blicke auf den Stumpfsinn, das Unrecht und die Unterdrückung, die in unserer Republik Hamburg, die sich frei nennt, herrschen. Ich fühle mich verpflichtet, die menschenunwürdigen Zustände in meiner Geburtsstadt bloßzustellen und anzustrebende Reformen ins Blickfeld zu rücken.

Stellen wir uns einen Reisenden vor, einen fortschrittlichen, aufgeklärten Geist, der Hamburg zum ersten Mal besucht. Wie würde die Stadt auf ihn wirken? Welche Eindrücke würden sich in ihm festsetzen? Wie würde er das Leben und Wirken in der Stadt seinen Lieben daheim schildern? Ich möchte Euch einladen, meine Brüder, mit dem unschuldigen Blicke des Fremden durch unsere Stadt zu ziehen, um das hervorzuheben, was unseren Alltag und unsere Gewohnheiten ausmacht.

Unser Reisender wird zunächst die Binnenseen und den Jungfernstieg kennenlernen, die Kirchen und Prachtbauten bewundern und den Hafen bestaunen. Doch schnell wird er hinter der Fassade der städtischen Pracht ein anderes Hamburg erkennen. Bei genauerem Hinsehen wird er bemerken, dass die Häuser der Stadt aus einem sonderbaren Gemenge von breiten und schmalen, hohen und niedrigen, bunten und einfachen Häusern bestehen. Auf den breitesten Gassen stehen palastähnliche Häuser neben kleinen, niedrigen Wohnungen, Sälen und Kellern, Hütten und Buden. Der Fremde wundert sich über diesen großen Gegensatz. Wir aber haben uns daran gewöhnt, dass der reiche Hamburger in seinen geschmacklosen, zu Steinhaufen aufgetürmten Prachthäusern, in baulichen Missgeburten wohnt, die nur den Wunsch des begüterten Stadtbewohners widerspiegeln, einfältig zu glänzen. Wir haben uns daran gewöhnt, dass gleich daneben bittere Armut herrscht, die Menschen in Kellern ohne Sonnenstrahl leben, in die bei Regen und Flut Gassenkot und Wasser einströmen. Der Fremde aber denkt: ›Ihr armen Kellerbewohner, ich ertrage den Anblick kaum. Licht und Luft ist das Mindeste, was die reichen Hamburger ihren Mitbürgern schuldig sind. Hamburger, stürzt sie nieder, die Mauern der Habgier, schafft euren Brüdern Raum, dass sie hervorkriechen können aus ihren Gräbern. Warum unternehmt ihr nichts gegen dieses Elend?‹

Traurig irrt er weiter durch das Gassenlabyrinth, im Pulk von Menschen, deren Gesinnung ihm fremd ist, durch die Stadt, deren Ausdünstungen an jeder Ecke Übelkeit in ihm erregen. Er steigt über Tierkadaver und Gassenkot oder watet darin, weil es kein sauberes Fleckchen mehr gibt, auf das er seinen Fuß setzen könnte. Er passiert eine Straße, auf der Ochsen trotten, eine andere, wo ihm das hundertfach gegerbte Wasser eines Grabens den Magen umdreht, um in einer dritten zu landen, wo Heringe und gegerbte Felle die Luft verpesten.

›Hamburg stinkt zum Himmel‹, wird er den Lieben daheim berichten. ›Es stinkt nicht nur in den Gassen und Kanälen, in jedem Winkel ihrer ineinandergeschobenen Häuserhaufen. Auch aus den Poren der habgierigen

Reichen dampfen tausendfach gemischte, mefitische Dünste auf, die sie als schwerer Nebel umgeben und es in ihrer Nähe unmöglich macht, ohne Abscheu und Missbehagen zu atmen.‹

Unser Reisender hat keine Hirngespinste. Er hat die feine Gesellschaft aus nächster Nähe kennengelernt. Er hat die Straßen verlassen und die Gebräuche und Sitten der Wohlhabenden studiert. ›Man prunkt und frisst mit ihnen: das ist alles!‹, wird er berichten. ›Ihre Leibesstärke ist üppig, ihr Geist mager.‹ Der Fremde verkehrt in Kaufmannshäusern und beobachtet, dass sich die von allen Kaufleuten hochgepriesene Humanität und der verkündete liberale, aufgeklärte Sinn nur bis zur Tür ihres Kontors erstrecken. ›Fast alle leben vom Handel‹, berichtet er, ›deshalb beachten sie nur das, was ihr Handelsgeschäft florieren lässt. Es sind Wesen ganz besonderer Art. Ihre Hirne sind mit Geschäften und Spekulationen vollgestopft. Es regiert der Gott des Gewinnes. Sie können nur Ziffern malen. Freundschaft wird kalkuliert, Ergebenheit addiert, Treue und Glauben subtrahiert, Arglist multipliziert. Alles in allem kennen sie nichts anderes als die Regeln der Rechenkunst. In kulturellen Dingen sind sie ausgenommen stupide und altmodisch. Will man mit ihnen über Literatur sprechen, reden sie von Zucker und Kaffee. Deshalb haben Gelehrte und Dichter nur wenig Glück in dieser Stadt.‹«

»Genau«, rief Lessing.

»›Dabei haben die meisten Hamburger Handelsbeziehungen zu vielen kultivierten Ländern‹, wundert sich der Fremde. ›Aber es scheint, dass nur wenige reisen, dass die Herrschaften bis auf ihre Sommerhäuser und Lustgärten vor den Toren der Stadt kaum etwas außerhalb der

Stadtmauern kennen. Für Gelehrte und Dichter‹, betont der Fremde, ›ist kein Platz. Sie erhalten keine Ämter, da man ihren hellen Verstand fürchtet. Dagegen findet man in den hohen Gremien der Stadt eine beträchtliche Anzahl von einfältigen Hornochsen, die sich ihre Titel erkauft haben. Im Rat und in der Bürgerschaft sitzen zu viele reiche Kaufleute und Fabrikbesitzer. Bei jeder Idee, durch die sie die öffentliche Ordnung und ihren Besitzstand bedroht sehen, kriechen sie wie Schnecken in ihr Haus und ziehen die Hörner ein.‹

Unserem aufmerksamen, weltoffenen Fremden fällt ferner auf, dass er in der gehobenen Gesellschaft keinen einzigen Juden antrifft, obwohl so viele rechtschaffene jüdische Familien Handel und Geldgeschäfte in der Stadt betreiben.

Auch in den Kaffeehäusern trifft er keine Juden an. Und in der ganzen Stadt findet er nicht eine einzige Synagoge, in der die vielen Menschen ihren Glauben ausüben könnten. Nicht selten kommt ihm in hohen Kreisen das Wort ›Aastüg‹ zu Ohren, ein Ausdruck, mit dem die jüdischen Mitbürger gemeint sind. ›Die Grenzen der Aufklärung‹, folgert der Reisende, ›die vertrockneten Geister der Hamburger sind nirgends deutlicher zu erkennen als in ihrem Verhalten gegenüber den Juden.‹«

»Bravo«, rief Lessing.

»Die Hamburger Geistlichkeit, wird unser gottesfürchtiger Fremder erfahren, schürt die Vorurteile gegen die Juden. ›Geistlichkeit und Intoleranz‹, bemerkt er, ›sind leider auch und besonders in Hamburg verwandte Begriffe.‹«

Lessing lachte. Friedrich König warf ihm einen freundschaftlichen Blick zu.

»Ehrenwerte Brüder, lassen wir den Reisenden nach Hause fahren und seine Eindrücke einer rückständigen Hansestadt verarbeiten. Ich komme nun zum heutigen Thema der Diskussion. Ich habe es aus aktuellem Anlass gewählt. Heute Morgen ist ein junges Mädchen wegen Kindsmord zum Tod durch das Schwert verurteilt worden. In drei Tagen findet ihre Hinrichtung statt. Wann wird man endlich aufhören, diese unglücklichen Frauen zum Tode zu verurteilen? Andernorts diskutiert man bereits das Für und Wider der Todesstrafe, im Fürstentum Toskana wurde die Todesstrafe vor einigen Jahren sogar abgeschafft. Ich gebe zu, Hamburg ist wahrlich nicht der einzige Ort in Deutschland, wo Kindsmörderinnen noch immer aufs Schafott geführt werden, und es gibt keinen deutschen Staat, in dem die Todesstrafe abgeschafft wäre.«

Friedrich König hielt kurz inne, wechselte das Standbein.

»Es geht mir nicht um Schuld oder Unschuld, meine Herren, sondern um Menschlichkeit. Lassen Sie mich die Situation dieser unglücklichen Frauen schildern. Ein Mädchen, das sich durch einen Wüstling hat verführen lassen, kommt in die Notlage, zwischen dem Verlust ihrer Ehre und ihrer unglücklichen Leibesfrucht zu wählen. Es ist meines Erachtens die Schuld der Gesetze, dass sie in diese grausame Lage gerät. Der Verlust der Jungfernschaft ist der soziale Tod der Frau. Sie zerbricht an innerer Schande, sehnt sich selbst zu sterben und wütet gegen ihr eigenes Eingeweide, das unschuldige Kind.«

»Auch ich stelle die Tötung von Kindsmörderinnen infrage«, unterbrach Otto Hansen, Lehrer am Johanneum, »jedoch nicht wegen ihrer bemitleidenswerten Lage, sondern allein, weil durch den Tod der jungen Kindsmörderinnen Frauen verloren gehen, die dem Staat noch viele nützliche Bürger hätten schenken können.«

»Der Nachteil, lieber Bruder«, warf ein anderer ein, »der Nachteil, welchen der Staat durch die Einbuße hingerichteter Kindsmörderinnen hat, ist doch nur eine unbedeutende Kleinigkeit. Es kann dem Staat doch nicht um jene ungesund geborenen, mangelhaft verpflegten und wild aufgewachsenen und unehelichen Kinder gehen.«

»Man sollte mehr Findelhäuser errichten«, sagte Schröder, ein Bibliothekar.

»Nein, mein Lieber, Findelhäuser vervielfältigen die unehelichen Geburten, und es werden lange nicht nur Kinder in eine öffentliche Anstalt kommen, die sonst ermordet worden wären. Und der Staat muss für alle Kosten aufkommen. Das rechnet sich nicht.«

Friedrich Königs Miene verdüsterte sich.

»Sagt mir, Brüder, wenn auch in unserem Kreis allein auf der Grundlage des staatlichen Nutzens argumentiert wird, frage ich, welchen Nutzen hat die Hinrichtung von Kindsmörderinnen? Seit Hunderten von Jahren werden die jungen Frauen lebendig begraben, gepfählt, ertränkt. Heute richten wir sie nunmehr mit dem Schwerte, was als human gilt. Aber hat ihre Tötung Erfolg gehabt? Verhindern wir den Kindsmord durch die Hinrichtungen? Ist es nicht menschlicher, die Quellen der Verzweiflung dieser elenden Frauen zu erforschen, als sie einer starken inneren Bosheit anzuklagen, die oft gar nicht vorhanden ist? Spricht nicht alles zugunsten eines Mädchens, dessen heimliche Schwangerschaft sie der Todesgefahr aussetzt, deren Schwangerschaft, wenn sie bekannt wird, ihr Ansehen vernichtet, und die Schwierigkeit, ihr Kind aufzuziehen, ein zusätzliches Unglück darstellt?«

»Aber …«

Friedrich König ließ sich nicht unterbrechen.

»Nehmen wir die Dienstmägde, unter denen die Kindstötung am meisten verbreitet ist. Auf hundert Kindsmorde kommen achtundachtzig Dienstmägde. Dass sie ihre Neugeborenen töten, ist oft der einzige Ausweg, Armut und Not zu entgehen. Sie werden, wenn ihre Schwangerschaft bekannt wird, aus dem Dienst gejagt, und weil sie oft weder Familie noch Bekannte haben, sitzen sie buchstäblich auf der Straße. Oder sie fürchten sich vor dem Zorn des Kindsvaters, der nicht selten der Dienstherr selbst ist. Sie sehen keinen anderen Ausweg, als ihr Kind zu töten. Der Entschluss reift langsam heran, in der Stunde der Geburt steigert sich ihre Verzweiflung bis zum Wahnsinn. Wie lange werden wir noch unglückliche Frauen wie Hanna Kranz auf die Blutgerüste führen? Liegt es nicht am Verführer, den Schaden wiedergutzumachen, den er angerichtet hat?«

»Sie verirren sich in unrealistische Gedankengänge, Dr. König«, rief Seidler, Arzt von Beruf.

»Nein, Bruder, Ihre Gedanken sind es, die uns von unseren gemeinsam formulierten Zielen wegführen und die mich bestürzen. Sagen Sie mir, was ist mit den Frauen, die unschuldig hingerichtet werden? Gerade Sie, Dr. Seidler, sollten wissen, dass berühmte Mediziner bewiesen haben, dass die Untersuchungsmethoden, die an toten Neugeborenen durchgeführt werden, ungenau sind. Die Lungenprobe zum Beispiel: Sie werfen die Lungen des Kindes ins Wasser und glauben tatsächlich, dass das Kind geatmet und damit gelebt hat, wenn sie schwimmen, und eine Totgeburt war, wenn sie versinken.«

»Es gibt keinen Zweifel, dass die Lungenprobe im Normalfall eine ausgezeichnete Methode ist, einwandfrei festzustellen, ob das Kind geatmet hat oder nicht.«

»Und was ist mit den Kindsleichen, die im Prozess der Fäulnis Gase in der Lunge bilden? Sie können bewirken, dass die Lunge trotz Totgeburt schwimmt!«

»Die Lungen von in Fäulnis geratenen Kindsleichen werden in der Regel seziert, Doktor König. Sie sollten sich nicht in medizinische Diskussionen verstricken, die Ihre Kenntnisse übersteigen. Ich bin der Meinung, dass die Loge nicht ernsthaft die Bestrafung der Kindsmörderinnen infrage stellen sollte.«

Friedrich Königs Gesicht hatte einen verkniffenen Ausdruck angenommen, seine Mundwinkel zuckten.

»Man sollte sogar endlich die Todesstrafe generell infrage stellen. Weder Folter noch Todesstrafe sind das adäquate Strafmaß einer aufgeklärten Gesellschaft, die sich philanthropisch nennt«, bellte Friedrich König.

»Sie scheinen heute etwas überanstrengt, Doktor.« Seidler sprach gedämpft, wie zu einem Kranken. »Da der Mord das höchste Verbrechen ist, muss auch der Mörder die höchste Strafe erhalten und vernichtet werden. Die Gesellschaft muss geschützt werden, und mögliche Täter gilt es abzuschrecken. Das ist meine Meinung.«

»Der Tod ist weder nützlich noch notwendig«, schrie Friedrich König. Seine Stimme verfiel in gellende Höhen. »Wir wollen Verbrechen vorbeugen? Dann sollten wir dafür sorgen, dass die Gesetze klar und einfach sind, die ganze Macht des Staates sich auf ihre Verteidigung konzentriert und kein Teil der Macht auf ihre Zerstörung verwendet wird. Die Furcht vor dem Gesetz ist heilsam, doch verhängnisvoll und trächtig die Furcht von Mensch zu Mensch. Wir sollten dafür sorgen, dass die Aufklärung mit der Freiheit Hand in Hand geht. Nur ein vorbildlicher Rechtsstaat vermag wirksam von Verbrechen abzuschrecken. Fort mit der Todesstrafe, sage ich.«

Friedrich König stand schnell atmend, mit hochrotem Kopf hinter dem Pult. Seine Hände krallten sich am Holz fest.

Seidler hob beschwichtigend die Arme. »Aber Bruder, beruhigen Sie sich. Wir sollten uns nicht länger an der Frage der Todesstrafe aufhalten. Wir sollten uns vielmehr mit dem Sinn und Wirkung öffentlicher Hinrichtungen beschäftigen.«

»Was meinen Sie damit«, fragte einer der Brüder.

»Nun, die Menge eilt doch nur zu einer Hinrichtung, weil sie ihre Neugierde an dem blutigen Trauerspiel befriedigen will. Der Tag der Hinrichtung wird für sie zur Freude und Schwelgerei.« Seidler schwenkte seinen rechten Arm in Richtung des Fensters. »Nach einer Hinrichtung sind die Straßen und Schenken überfüllt, und wir sehen bis in die Nacht hinein Betrunkene durch die Stadt wanken. Man sollte die Todesstrafe nicht mehr öffentlich vollstrecken. Der Anblick von Hinrichtungen schreckt nicht ab, sondern lässt die Zuschauer abstumpfen, macht sie roh und gleichgültig. Man sieht dem Hinrichten immer mehr kalt und ungerührt zu, als ginge es lediglich um das Schlachten eines unvernünftigen Viehs. Man macht sich nichts mehr daraus. Darum werden die Verbrecher umsonst getötet. Ihr Tod hilft nichts, beweist nur, wie gering der Wert eines Menschen in den Augen unserer Zeit ist. Die Obrigkeit bringt sich durch das Strafspektakel selbst in Verruf. Der

Mensch, meine Herren, wird durch diesen alten Rost nicht erzogen, sondern verzogen.«

»Wohl gesprochen, Bruder«, sagte Hansen. »Hinrichtungen sind Volksschauspiele. Unter dem Pöbel scheint ein verbreiteter Wahn zu sein, den Tod auf dem Schafott als einen Märtyrertod zu betrachten, als den letzten Triumph eines lasterhaften Lebens.«

Friedrich König lief an den Bühnenrand. Seine Stimme überschlug sich. Sein Speichel spritzte durch die verbrauchte Luft.

»Man muss nicht die öffentlichen Hinrichtungen, sondern die Todesstrafe abschaffen. Das ist der einzig wahre Weg der Menschlichkeit!«

Das Wort Menschlichkeit presste sich nur mehr quiekend aus seiner Kehle.

Im Saal herrschte tiefes Schweigen.

»Brüder, lasst uns endlich tafeln«, rief Seidler.

Friedrich König hastete die Bühnentreppe hinunter.

Ein Knall. Die Tür schlug zu.

Er lehnte sich an die Hausmauer. Das Pochen in den Schläfen wurde immer schmerzhafter. Er war unfähig, sich zu bewegen, empfand eine unendliche Schwere in den Gliedern, fühlte sich wie ein Aussätziger, wie damals, als er die Blattern hatte, Blattern der schlimmsten Art. Wie damals, als die Pusteln so dicht beieinanderlagen, dass sich die Haut auflöste, er unfähig, sich zu bewegen oder zu sprechen, auf seinem Krankenlager gelegen hatte und die Wärterin sagen hörte, dass nun alles mit ihm aus wäre.

Friedrich König schluckte. Sein Adamsapfel hob und senkte sich. Zunge und Hals waren ausgetrocknet.

Langsam waren Kopfhaare und Augenbrauen wieder gewachsen. Der Schorf hatte sich gelöst. Nur die Pockenspuren, die sein Gesicht in eine Kraterlandschaft verwandelt hatten, waren geblieben. Friedrich König ließ seine Hände über die Wangen gleiten, tastete die Vertiefungen ab. Tiefe Einkerbungen, die sich dunkel von der übrigen Haut abhoben. Die Krankheit hatte ihn gezeichnet, auf sein Leben eingewirkt, ihm seinen Charakter gegeben. Eine Blessur folgte der nächsten, eine Narbe der anderen, aber er, Friedrich König, hatte überlebt.

3

Jan Kock führte Hanna in die Diele des Gefangenentraktes. Sie gingen am Fronknecht vorbei und an den Tagesräumen der Gefangenen, in denen die Männer und Frauen angekettet an großen Tischen auf ihre Verurteilung am Pranger warteten. Er führte sie nach oben, vorbei an den Schlafkojen, in den hinteren Trakt, schob den schweren Eisenriegel beiseite, öffnete die Tür zur Todeszelle. Das rostige Scharnier knarrte. Hanna betrat den Verschlag. Eine Strohmatratze. Drei Schemel. Emailletopf für die Notdurft. Kleines, vergittertes Fenster, hoch gelegen. Sie setzte sich auf einen der Schemel, blickte zum eisendurchbrochenen Himmelsviereck. Zwischen den Stäben ziehende Wolken, vom Wind getrieben, eine Möwe, im freien Fluge jenseits der Gitter. Von einer Böe rasch hinweggefegt. Sie richtete ihren Blick auf den Scharfrichter.

Jan Kock blickte zu Boden.

»Zwei Geistliche werden gleich hier sein. Sie werden dich begleiten und auf die Beichte am Sonntag vorbereiten.«

»Ich will keine Gottesmänner.«

»Es ist Vorschrift. Sie werden gleich hier sein.«

Sie schwieg.

Sein Kehlkopf schmerzte. Er hob den gesenkten Kopf.

»Auch ich werde mit dir beten. Jeden Morgen und jeden Abend, wie mit den anderen Gefangenen.«

Ihre Augen waren auf ihn gerichtet. Ruhig, wie ein tiefer blauer See.

»Der Mann, der mich tötet, betet mit mir? Sind Sie Engel und Teufel in einer Person?«

Jan Kock errötete. Sein Blick sank wieder zu Boden.

»Was möchtest du essen? Du kannst wählen, was auch immer.«

Sie lachte. Kurz und durchdringend.

»Sie fragen mich nach dem Henkersmahl?«

»Aus tiefer Not lasst uns zu Gott von ganzen Herzen schreien und bitten, dass er aus seiner Gnad uns will vom Übel befreien …«, sangen die Prediger, als sie die Zelle betraten. Hanna drehte sich zur Wand.

»Arme Sünderin, wir sind gekommen, um mit dir über deine Missetat zu sprechen. Mögest du Reue und Buße tun vor Gott, dem Herrn und Schöpfer allen Lebens. Lass uns beten.«

Jan Kock verließ die Zelle. Er schloss die Tür. Knarren. Schob den Riegel vor. Eisen schabte auf Eisen.

»Wenn die Geistlichen klopfen, lass sie heraus«, sagte er zum Wächter.

»Wen, die Kindsmörderin?« Das Lachen des Wärters schepperte über den Flur.

Jan Kock erreichte seine Wohnung. Die Tür fiel krachend ins Schloss. Er lehnte sich mit dem Rücken an die Wand. Engel und Teufel in einer Person. Tötet und betet. Engel und Teufel. In einer Person, tötet Engel, betet Teufel. Aus tiefster Not. Lass sie hinaus. Kindsmörderin. Lachen. Lachen.

Seine rechte Faust hämmerte an die Wand. Er fing an, wirr umherzulaufen. Hatte so viel zu erledigen. Vorbereitungen. Die Richtstätte. Knechte einweisen. Schwert schärfen. Lief. Von einem Zimmer ins andere. Die Treppe hinauf. Wieder hinunter. Lief in die Küche. Stieß sich das

Bein. Am Tisch. Küchenstuhl. Ließ sich fallen. Kraftlos. Entmutigt. Stirn auf dem Tisch. Tränen stürzten aus seinen Augen. In die Mundwinkel. Salzig. Tränen, Tränen. Nicht geweint, seit das mit seinem Hund passiert war. Hanna. Lehrte ihn das Lachen. Und das Weinen. Hanna.

Er rang nach Luft, flüchtete in den Garten, stieß unermüdlich die Hacke in das Unkraut. Schweiß lief ihm die Schläfen hinunter. Seine Augen tränten, tränten. Er hackte, Stunde um Stunde. Schweiß lief ihm die Schläfen hinunter. Augen tränten. Hackte, Stunde um Stunde, lange, bis alle Blumen, Gemüse und Kräuter Luft zum Atmen hatten, alle wieder Luft zum Atmen hatten.

4

»Putschenelle, Putschenelle«, flüsterte Hanna. Sehnte sich zu lachen, zu spüren. Vermisste seine Hände, die sie streichelten, seinen weichen Mund, wollte spüren. Liebe spüren. Lachen.

Hanna horchte. Schritte. Zellentüren. Kettenrasseln. Samstag. Tag des Prangers. Eine Frauenstimme: »Erbarmen! Habt Erbarmen!« Schläge, Schreie. Zählen. Peitschenhiebe auf nackter Haut. Scharf und hell vernehmbar. Schreie. Schreien. Zahlen. Lachen. Grölen. Gnadenloses. Beten. Schinderknochen auf Trommelhäuten. *Pampampampam. Pampampampam.* Hanna rollte sich auf ihrer Matratze zusammen. Spürte Angst. Spürte. Lebte noch. Hörte Schritte. Schrilles Knarren. Zellentür. Hob den Kopf. Lebte.

Noch.

»Ich bringe Essen«, sagte Jan Kock. Er blickte zu Boden. Hinter ihm zwei Mägde mit der Mahlzeit. Gänsekeule, mit Rotkohl, Kartoffeln und Preiselbeergelee, dazu den besten Wein. Die Mägde stellten das Essen ab.

»Iss, lass es dir schmecken«, sagte er.

Hanna stieg der Essensduft in die Nase. Sie rührte nichts an.

Die Mägde verließen die Zelle. Auch Jan Kock drehte sich um.

»Bleiben Sie, Meister Kock, ich bitte Sie.«

Ein gellender, hoher, schriller Ton pfiff in seinen

Ohren. Dröhnend. Immer lauter werdend. Fliehe, weg von hier, schrie der Ton. Aber er blieb. Musste bleiben. Es war seine Pflicht, ihr beizustehen, in den letzten Tagen. Blieb.

»Wärter, schließ die Tür«, hörte er sich sagen, setzte sich auf einen der Schemel.

Sie nahm ihm gegenüber Platz. Jan Kock blickte auf ihre Hände, die ineinander verschränkt auf ihrem Schoß lagen und sich gegenseitig kneteten.

»Meister Kock, wie ist es, geköpft zu werden, was fühlt man dabei?« Ihre Stimme stockte.

»Nichts«, sagte er rasch. Sein schroffer Ton erschreckte ihn.

»Nichts«, wiederholte sie. Mit schwacher Stimme. Sie holte Atem, verharrte einen Moment.

»Und wenn Sie fehlen? Ich fürchte mich, zu leiden, nicht gleich tot zu sein.«

Sein Hals schnürte sich zu.

»Ich werde nicht fehlen.« Er wollte es überzeugend und kräftig sprechen, aber es ertönten nur gebrochene, dünne Laute. Er räusperte sich. Presste Luft in seine verschlossene Kehle, aus der mehrere harte Krächzer herausbrachen.

»Meister Kock, wie ist es, jemanden hinzurichten, was fühlt man dabei?«

Schweiß brach aus seinen Poren. Seine Stimme explodierte:

»Nichts.«

»Nichts«, wiederholte sie im Flüsterton.

Jan Kock eilte zur Zellentür.

»Meister Kock, bitte, noch eine Frage. Was wird mich erwarten? Ich meine, wie wird alles vonstattengehen? Bitte sagen Sie mir, was ich tun soll. Ich möchte vorbereitet sein.«

Jan Kock wusste nicht, wie lange er in der Finsternis hockte. Er ließ die Zeit verstreichen, wusste nicht, wie lange. Saß im Dunkeln. Ließ die Zeit verstreichen. Plötzlich, als hätte ihn etwas aufgeschreckt, lief er zum Schreibpult, entzündete die Kerzen, schlug das Exekutionsbuch auf:

15. Juli 1767: Ist mein erstes Richten gewesen. Jan Kock, Sohn des Scharfrichters Anton Kock, hat glücklich mit dem Schwerte gerichtet und begraben die Kindsmörderin Maria Voßen, ihres Alters 21 Jahre.

9. November 1767: Ihr Name war Anna Margaretha Beckmann, wegen einer an ihrem in Unehren erzeugten Kinde verübten Mordtat, welches sie nachher in eine Kalktonne gesteckt, verurteilt. Glücklich enthauptet ohne Fehl!

25. Januar 1768: Habe Elisabeth Wessel, weil sie ihr in Unehren erzeugtes Kind jämmerlich ermordet, in einer härenen Decke ausgebracht, enthauptet und in der Stille begraben.

4. Dezember 1769: Habe den Johann Christopher Leck, weil er seinem eigenen Kind die Kehle durchgeschnitten, mit dem Schwerte gerichtet und in der Stille begraben.

29. Januar 1770: Habe Katharina Magdalena Stahlmann, weil sie ihr in Unehren erzeugtes Kind in fünf Stücke ge-

schnitten, in einer härenen Decke ausgeführt, mit dem Schwert vom Leben zum Tode gebracht und in der Stille begraben.

9. Dezember 1771: Habe Christina Sophia Wilckens, weil sie ihr in Unehren erzeugtes Kind ermordet hat, enthauptet und ihren Körper der Anatomie übergeben.

18. Mai 1772: Habe Anna Katharina Knurschen wegen begangener Mordtat an eines Nachbarn Kinde enthauptet und begraben.

12. Oktober1772: Habe Anna Maria Schmalsche, weil sie ihr neugeborenes Kind ums Leben gebracht, mit fliegenden Haaren in einer härenen Decke ausgebracht, mit dem Schwert gerichtet und in der Stille beerdigt.

Jan Kock spürte, wie sich sein Brustkorb hob, schwer wie ein Fels, wie sein kühler Atemstrom den Rachen erreichte, dort verharrte, bis sich die aufgestaute Luft in einem kräftigen Stoß entlud, spürte, wie seine Brust schmerzte, als sie in sich zusammenfiel. Eingesunken betrachtete er das, was seine Hände vollzogen hatten. Dann schlug er eine neue Seite auf. Er schrieb:

Was bleibt mir? Was bleibt mir?

Nur die Sehnsucht bleibt, nach dem Mädchen, nach ihrem Lachen und nach meinem Lachen.

5

Es war Sonntag. Jan Kock erwachte nur langsam. Müde und zerschlagen schlurfte er zum Waschtisch, tauchte seine Hände in die Schüssel, überschüttete sein Gesicht mit reichlich Wasser, trocknete sich ab, indem er das harte Leinentuch mehrmals über das Gesicht scheuerte. Dann begann er, sich zu rasieren. Er schlug Schaum auf, seifte sich das Gesicht ein. Dabei blickte er in den Spiegel. Als er seine aufgequollenen Lider und geröteten Augen bemerkte, wandte er sich ab. Er nahm das Rasiermesser, setzte es an, kratzte die Haut entlang. Dreimal schnitt er sich, presste das Tuch gegen die Wunden. Als kein Blut mehr floss, betupfte er die Wunden mit Alaunstein. Er kleidete sich an, schritt die Treppe hinunter, ging, ohne zu frühstücken, in den Gefangenentrakt hinüber. Ging tun, was getan werden musste.

Die Glocken läuteten. Der Betsaal füllte sich bis zum Bersten mit Menschen. Mit erhitzten Gesichtern erwarteten sie die Ankunft der Verurteilten. Alle gierten danach, Hanna Kranz zu sehen.

Die Gefangenen saßen bereits in ihren Verschlägen. Sie waren durch Scheidewände und Drahtgitter von dem für das Volk vorgesehenen Trakt des Saales getrennt. Im Parterre befanden sich die Zwinger für die Männer, auf der Etage die der Frauen. Sie waren mit dicken Eisenstangen versehen.

Die Glocken läuteten noch, hämmerten in seinen Ohren, als Jan Kock Hanna in den für das Volk bestimmten Saal hereinführte. Männer, Frauen und Kinder gafften. Die Wangen gerötet, die Augen weit aufgerissen, mit schlaff herabhängenden Unterkiefern, fauligen Zahnstümpfen und Zahnlücken, die aus den Mundhöhlen hervorlugten. Einige sprangen von ihren Sitzen auf, drängten ihre Nachbarn zur Seite, um besser sehen zu können. Die Orgel spielte. Alle Augen blieben auf Hanna gerichtet. Der Chor begann zu singen:

»Oh Ewigkeit, du Donnerwort,
oh Schwert, das durch die Seele bohrt,
oh Anfang sonder Ende!
Mein ganz erschrock'nes Herz erbebt,
dass mir die Zung' am Gaumen klebt.
Oh Ewigkeit, Zeit ohne Zeit,
ich weiß vor großer Traurigkeit
nicht, wo ich mich hinwende.
Mein ganz erschrock'nes Herz erbebt,
dass mir die Zung' am Gaumen klebt.

Oh Ewigkeit, du machst mir bang,
oh ewig, ewig ist zu lang,
hier gilt fürwahr kein Scherzen.
Drum, wenn ich diese lange Nacht
zusamt der großen Pein betracht,
erschreck ich recht von Herzen;
nichts ist zu finden weit und breit
so schrecklich als die Ewigkeit.

Ach Gott, wie bist Du so gerecht
wie strafst Du einen bösen Knecht
so hart im Pfuhl der Schmerzen;

auf kurze Sünden dieser Welt
hast Du so lange Pein bestellt.
Ach nimm dies wohl zu Herzen;
betracht es oft, o Menschenkind:
Kurz ist die Zeit, der Tod geschwind.

Oh Ewigkeit, du Donnerwort,
oh Schwert, das durch die Seele bohrt,
oh Anfang sonder Ende!
Oh Ewigkeit, Zeit ohne Zeit,
ich weiß vor großer Traurigkeit
nicht, wo ich mich hinwende.
Nimm Du mich, wenn es dir gefällt,
Herr Jesu, in Dein Freudenzelt!

Der Gesang endete, die letzten Töne der Orgel verklangen.

»Kinder Gottes«, erschallte die Stimme des Predigers, »die ihr den Weg in dieses Haus gefunden habt, die Kindsmörderin, die ihr dort auf dem Schemel seht, hat sich schwerlich versündigt. Sie hat Gottes Gebot ›Du sollst nicht töten‹ übertreten. Sie hat sich wider ihr unschuldiges Kindlein versündigt, hat ihm das Leben abgeschnitten und es der heiligen Taufe beraubt. Sie hat sich wider ihren eigenen Leib versündigt, welchen sie mit dem unschuldigen Blut ihres ermordeten Kindleins befleckte, wider ihre Seele, welche sie hierdurch ins Verderben stürzte, wider ihr Geschlecht, dem sie einen unauslöschlichen Schandflecken anhängte, wider die ganze Gemeinde, in der sie wohnt, wider das gesamte Vaterland, weil sie ganze Länder ausrottet.

Oh Schandweiber,

wenn ihr schwanger seid, überhäuft ihr euch, um eure Schande zu verdecken, mit Sünden, erdrosselt eure Bastarde in heimlicher Weise und sucht dennoch in der Kirche euer Heil, als hätte euch kein Wasser getrübt. Das gemordete Kind schreit zu Gott um Rache wie das Blut Abels wider den Kain.

Graut ihr euch nicht davor, wenn ihr euren eigenen Kindern den Hals brecht und ihnen den Lebensfaden abreißt? Wie ist euch zumute, wenn ihr ihnen den letzten Herzstoß gebt? Mag euch weder das ernstliche Verbot Gottes, noch die natürliche Liebe, noch die große Schwachheit, in der sich die armen Kindlein befinden, noch die Gefahr der zeitlichen Schande und Strafe, noch die Furcht des erschrecklichen Jüngsten Gerichtes und der ewigen Verdammnis von solcher verfluchten Schandtat abhalten? Schämt euch in euer Herz hinein, ihr unzüchtigen Hurenbälger, die ihr Kinder hasst und euer eigen Fleisch und Blut in der Geburt oder gleich nach derselben leichtsinnig und in erbärmlicher Weise entleibt und ermordet!

Ich zweifle nicht, wenn ein solches von seiner leiblichen Mutter ermordetes Kind reden könnte, es würde seine unbarmherzige Mutter anreden: ›Ach meine Mutter! Ach meine Mutter! Was willst du tun? Was nimmst du dir vor? Willst du mich töten? Muss ich denn von dir scheiden, ehe wir unserer recht ansichtig geworden sind? Ei! Das müsse Gott im Himmel erbarmen! Ach! Wo habe ich dir Leids getan? Ach! Womit habe ich dir zu dieser Mordtat Ursache gegeben? Bin ich nicht dein eigen Fleisch und Blut? Hast du mich nicht in deinem Leib getragen? Wie kommt es, dass du mir nicht deine Brüste gibst, sondern mich ermordest? Ach, meine Mutter! Gibt es denn kein Erbarmen, kein Mitleid, kein Fünkchen mütterlicher Liebe mehr bei dir zu finden? Ach! Was Pein und Qual und Herzleid wird dir mein Tod bringen. Wie willst du mein armes und warmes Blut von deinen mörderischen Händen, von deiner gottlosen Seele abwaschen? Ach! Wie wird es dir ergehen, wenn der allgemeine Richter der ganzen Welt mein unschuldiges Blut von deinen Händen fordern wird?‹

Was treibt und bewegt nun solche leichtfertigen Huren und Unmenschen dazu, frage ich, dass sie ihre Kinder morden? Denn kein einziger Vorwand kann erdacht, keine einzige redliche Ursache kann beigebracht werden, welche diesen Gräuel im Geringsten entschuldigen könnte.

Bisweilen rührt der Kindermord her von allzu großer Begierde zu herrschen, oder wegen Feindesgefahr, oder aus Geiz und Begierde zu des Nächsten Geld und Gut, oder aus Überdruss vor der Kinderzucht, oder aus Armut und Hungersnot. Die heutigen leichtfertigen Huren und Kindsmörderinnen aber treibt zu ihrer schändlichen Mordtat die geile Unzucht, dass sie ihrer schändlichen Liebe und Hurerei desto besser nachhängen mögen. Sie haben eine Hurenstirn. Sie wollen sich nicht mehr schämen. Sie sind ruchlos und ergeben sich der Unzucht und treiben allerlei Unreinheiten. Sie fallen aus einer Sünde in die andere, aus der Hurerei in die Kindsmörderei.

Soll die Obrigkeit Gnade und Milde gegen diese Kreaturen walten lassen? Dies hat Gott mit allem Ernst verboten. Er will, dass sie sich nicht erbarmt. Denn es heißt: Ihr solltet keine Verführung nehmen über die Seele des Totschlägers, denn er ist des Todes schuldig und er soll des Todes sterben.

Darum sehet zu, ihr Huren und Weiber, dass ihr

keine Mörder an euren Kindern werdet, Gott wird euren Kindsmord an den Tag bringen und die armen unschuldigen Kinder, die ihr ermordet, ersäuft, euch vor die Nase halten.

Kindsmörderin! Dein eigenes Gewissen ruhet nimmermehr, *Mord! Mord! Mord! Blut! Blut! Blut!*, schreit es auf ewig.

Wenn aber eine solche Kindsmörderin ihre Übeltat erkennt, bereut und Abbitte leistet, ist auch an solcher großen und schweren Sünderin Seligkeit keineswegs zu zweifeln, denn das ist gewiss wahr, dass Jesus Christus gekommen ist in die Welt, die Sünder und Sünderinnen selig zu machen, demselben teuren Erlöser Jesu Christi sei Lob, Ehr und Dank,

AMEN.

Kinder Gottes! Erhebet Euch und lasst uns gemeinsam beten für die arme Sünderin.«

Die Menschen erhoben sich. Mäntel raschelten, Füße scharrten auf dem Kirchenboden. Männer, Frauen, Kinder falteten die Hände, senkten die Köpfe. Ein alter Mann hustete in die Stille.

»Gott, sei mir gnädig nach Deiner Güte und tilge meine Sünden nach Deiner großen Barmherzigkeit, wasche mich rein von meiner Missetat und reinige mich von meiner Sünde; denn ich erkenne meine Missetat, und meine Sünde ist immer vor mir.

An Dir allein habe ich gesündigt und übel vor Dir getan, auf dass Du recht behaltest in Deinen Worten und rein dastehst, wenn Du richtest.

AMEN.«

6

Es war früher Nachmittag. Jan Kock stand neben dem Baumstamm, der den Kräutergarten begrenzte. Er hielt das Schwert in der Hand. Es war das Schwert des Vaters, drei Ellen lang, drei Viertel davon machten die Klinge aus. »Ein Scharfrichterschwert«, hörte er den Vater sagen, »ist kein Ritterschwert. Es ist ein mäßig langes, breites und schweres Klingeneisen, mit beiden Händen zu schwingen. Vor jeder Hinrichtung muss es sehr scharf geschliffen werden. Du kannst fünfzig Köpfe damit schlagen. Danach wird es unbrauchbar, weil es sich durch das viele Schärfen abgenutzt hat.« Jan Kock begutachtete die Stahlklinge. Sie hatte noch nicht ausgedient. Er begann mit dem Schärfen, schärfte auch die Fehlschärfe am Anfang der Klinge, kurz vor der Parierstange, obwohl es eigentlich nicht sinnvoll war, die Klinge in diesem Bereich zu schärfen, nicht sinnvoll, da er diesen Bereich nicht nutzen würde. Auch die Klingenspitze war nicht so wichtig wie der mittlere Teil des Schwertes. Dennoch schliff er auch diese mit äußerster Sorgfalt. Schliff, dachte daran, was der Vater gesagt hatte. »Ein Kock tut immer seine Pflicht, Jan«, hatte er gesagt. »Immer. Und merke dir: Ein Scharfrichter muss alles lernen, auch wenn er eigenhändig nur für das Köpfen zuständig ist. Du wirst lernen, die Tortur durchzuführen, ohne dass die Angeklagten Schaden an ihrer Gesundheit nehmen, und das Hängen, damit die Gehängten nach dem Aufknüpfen und dem Loslassen des Seils kein Lebenszeichen mehr von sich geben oder gar die Beine nach sich ziehen. Auch das Rädern werde ich dich lehren. Die Knochen müssen glatt brechen. Sie dürfen nicht splittern. Du musst diese Kenntnisse den Knechten weitergeben. Die meisten sind ungebildete, raue, unzuverlässige Burschen. Man muss ihnen allerhand beibringen und ihnen stets auf die Finger gucken.«

Jan Kock schliff, zog den Wetzstahl über die Klinge. Kräftig. Am Geräusch erkannte er, dass die Klinge noch weiter bearbeitet werden musste.

Vater hatte ihn mitgenommen. Zu Ausstäupungen, Hinrichtungen. Torturen. »Jan«, sagte er, »du musst genau achtgeben, was geschieht und wie es geschieht. Sieh genau hin.«

Die Tortur. Die Tortur. Er musste den Inquisiten entkleiden, auf die Marterbank führen. Der erste Grad war, ihn mit dem Kreuz auf den gespickten Hasen zu legen, der zweite der Daumenstock, auf dem ersten Gelenk angeschraubt.

Jan Kock musste an den Mann denken, der seine Frau mit einem Beil erschlagen hatte, dies aber nicht eingestehen wollte. Vater hatte den dritten Grad, den Spanischen Stiefel, eingesetzt.

»Der Spanische Stiefel«, erklärte er, »wird auf zweierlei Art angewandt. Bei der sanfteren Art, mit der wir beginnen, passt man die Stiefel aus Pergament an die Füße und Waden, hält sie vors Feuer. Das Pergament schrumpft allmählich und ruft unerträgliche Schmerzen hervor. Ist der Angeklagte immer noch nicht geständig, beginnt die härtere Gangart. Wir nehmen vier schmale Bretter, je zwei für die Innenseiten und Außenseiten der Unterschenkel, und binden sie mit Stricken fest.

Zwischen die Innenseiten schlagen wir Keile, bis die Waden zerquetscht oder die Bretter und Knochen zersplittert sind. Wir treiben vier Keile ein. Die außergewöhnliche Folter mit acht Keilen wende ich nie an. Sie ist gottlos, menschenunwürdig. Sie verursacht zu starke Schmerzen, die zudem keine verständlichen Antworten mehr ermöglichen.

Jan, beobachte genau. Und höre, deine Aufgabe ist es, dem Angeklagten in den Pausen zu trinken zu geben«, sagte er und begann mit der Arbeit.

Die ersten Schreie des Mannes ertönten.

Warten.

Er hätte dem Mann jetzt zu trinken geben müssen, aber er, Jan Kock, war zusammengebrochen. Der Vater riss ihn in die Höhe, schlug ihm mit der Faust ins Gesicht.

»Ein Kock tut immer seine Pflicht«, schrie er, »merke dir das, ein für alle Mal. Gib dem Angeklagten zu trinken!«

Verängstigt hatte er den Becher genommen und ihn an den schmerzverzerrten Mund des Mannes geführt. Nachdem der Gefolterte getrunken hatte, murmelte er einige Gebete. Mehr nicht. Die Tortur wurde fortgesetzt. Erst nach einer halben Stunde, nachdem er die Schmerzen nicht mehr ertragen konnte, war der Mörder bereit, ein Geständnis abzulegen.

Tut immer seine Pflicht, Pflicht, klang es in ihm nach. Jan Kock legte den Wetzstahl beiseite, prüfte die Klinge mit dem Daumen. Danach untersuchte er das Griffholz, vergewisserte sich, dass der Holzzylinder fest auf der Angel steckte, untersuchte die metallene Heftwicklung. Sie sorgte für die Handlichkeit und für die Genauigkeit beim Führen der Klinge. Er musste zuerst die Halsader durchschlagen. Es ist ein spezieller Schlag, direkt am Heft, damit er nachziehen konnte, wenn er den Kopf nicht ganz trennte.

Das Schwert war bereit. Er steckte es in die rote Lederscheide und stellte es zurück in den Schrank im Hausflur, wo die Familienschwerter der Vorfahren aufbewahrt waren. Dann warf er seinen vornehmen Rock über, befestigte den Bart über der Oberlippe und legte die Augenklappe an. Für ein paar Stunden noch wollte er jemand anderer sein.

Er lief zum Hafen hinunter, das Nicolaifleet entlang, der zur Hohen Brücke führte, ging die Mole entlang. Im dichten Gedränge und Lärmen des Hafenlebens setzte er sich auf eine Kiste, blickte auf den Wald von Masten und Tauwerk, in denen Matrosen kletterten wie Affen. Ein Geruchsgemenge von Fisch, Salzwasser, Kaffeearoma und Hafenabfällen umnebelte ihn. Er hörte das Hämmern und Klopfen der Schiffsbauer, das Pfeifen und Läuten der Schiffsglocken, die lauten Stimmen der Ewerführer, die miteinander stritten, auch die Zurufe der Matrosen, die in einem bunten Sprachgemisch erschallten. Von einem Schiff ertönte der monotone Gesang von Arbeitsleuten, die gerade eine Schiffsladung aushoben. Im Rhythmus des Hebens und Absetzens der Ware erklangen dumpfe, kraftvolle Hos und Heys.

Am Kai stritten zwei Seemänner, ballten die Fäuste. Schaulustige bildeten einen Kreis um die Kämpfer. »Gib's ihm.« »Nimm die Linke.« »Weiter. Steh auf.« »Mach ihn fertig«, riefen sie. Die ersten Wetten gingen. Plötzlich stoben die Männer auseinander. Eine holländische Pressbrigade strich die Mole entlang. Die Pressgänger waren wie die Hafenratten. Sie fraßen alles, was ihnen unter die Finger kam. Überall tauchten sie auf, nicht nur in den Hafengassen. Sie drangen auch in die Schlafstellen der Matrosen ein, zogen die betrunkenen Männer aus ihren Betten und schleppten sie auf die Schiffe. Diesmal hatten sie kein Glück.

Die Brigade zog an Jan Kock vorbei. Er blickte wieder auf die Schiffe, vernahm die sich überlagernden Hafengeräusche. All das Getöse vermochte seine düsteren Gedanken nicht zu vertreiben. Der eintönige Singsang der Arbeiter machte ihm das Herz noch schwerer. »Ich will nicht sterben«, rief Anna Beckmann. »Ihr werdet mich nicht töten, nicht wahr?« Ihre Stimme war rau und heiser gewesen. Plötzlich schrie sie so schrill, dass er das Gefühl hatte, die Spitze seines Schwertes hätte sich in seine Ohren gebohrt. Elisabeth Wessel schien zunächst gefasst, fast gleichgültig. Nur ihre verkrampften Finger verrieten ihre Aufregung. Je näher sie dem Schafott kam, desto mehr verkrampfte sich ihr Gesicht. Ihre Zähne klapperten. Plötzlich wehrte sie sich, voranzuschreiten. Er musste sie hart anpacken und vorwärtsstoßen. »Ho«, »Hey«, sangen die Arbeiter. Jan Kock rieb sich die Augen. Katharina Stahlmann weinte, seit sie die Fronerei verlassen hatte. Sie musste vom Knecht gehalten werden. Auf dem Weg zum Köppelberg bewarfen die Menschen sie mit Straßenschmutz und Schweinekot, die Gassenjungen schossen mit Pusterohren und Zwillen. Je mehr das Mädchen weinte, desto größeren Spaß hatten die Gaffer an ihren Feindseligkeiten. Anna Knurschen ging ganz ruhig auf den Stuhl. Sie hatte das Kind der Nachbarin getötet, um den Freitod zu sterben.

»Als Selbstmörderin ist es mir nicht vergönnt, das

Seelenheil zu erlangen, Meister Kock«, sagte sie in der Nacht vor der Hinrichtung. »Ich habe das Kind getötet, um durch die Hand des Scharfrichters sterben zu können. Ich will nicht ohne Gottes Gnade sterben.«

Immer noch sangen die Arbeiter. All die Frauen, die durch seine Hand gestorben waren. All die Köpfe, die auf das Holz rollten, Köpfe, die oft noch zu leben schienen, deren Wangen rosig waren, deren Gesichtszüge zuckten, deren Lippen sich bewegten, deren Nasenflügel bebten. Ein grausiger Gedanke durchzuckte ihn. Wenn der abgetrennte Kopf nicht nur fähig war, sich zu bewegen, sondern auch noch denken und fühlen konnte? Es wäre möglich. Die Struktur des Nackens ist kompliziert. Die Knochen, mit denen die Wirbel verzahnt sind, bestehen aus einer Reihe von verbindenden Gelenken, die nicht ohne Weiteres zu erkennen sind, sodass eine schnelle, vollkommene Abtrennung vielleicht nicht möglich ist.

Jan Kock vergrub das Gesicht in den Händen. Er wollte nichts mehr denken, nichts mehr fühlen. Aber sein Herz schrie Hanna. Hanna, schrie sein Herz. Hanna, Hanna.

Jemand zupfte an seinem Ärmel. Er schrak auf. Ein grässliches Frauengesicht stierte ihn an. Die Pflaster auf der Haut vermochten die Pockennarben nicht zu verbergen. Die Wangen waren mit grellem Rouge bemalt. Die Frau öffnete den Mund. Schwarze Zahnstummel und fauliges Zahnfleisch kamen zum Vorschein.

»Komm, schöner Herr, komm mit mir, ich zeig dir was Feines.«

Sie zwickte ihn in seinen linken Arm. Jan Kock stieß die Frau von sich, lief so schnell er konnte die Mole entlang, verschwand im Gewirr der Hafenmeile. Er rannte und spürte, wie ihm Tränen die Wangen hinunterliefen. Er hetzte durch die Straßen der Stadt. Nein, nicht zurück zur Fronerei. Lief zum Wall hinauf, setzte sich auf eine Bank, keuchte, schöpfte Luft. Dort blieb er bis zum späten Abend sitzen, reglos, mit leerem Blick. Und ohne Tränen.

7

Es war Sonntag, ein schöner Herbstnachmittag. Anna-Sophia hatte beschlossen, einen Spaziergang auf dem Wall zu machen. Friedrich König verspürte keinerlei Neigung, am Tag vor der Hinrichtung auf dem Wall herumzuspazieren. Aber er fügte sich. Es würde ihm vielleicht helfen, seine Unruhe zu besänftigen.

Sie wandelten auf dem Kiesweg, neben der Fahrspur für die Karossen und Reiter. Friedrich König warf einen Blick auf Anna-Sophia. Sie hatte sich herausgeputzt, als würde sie auf einen Ball gehen. Sie trug ihr bordeauxrotes Taftkleid mit tiefem Ausschnitt. Es war mit Perlen, Kordeln und Quasten garniert. Ihr Haar hatte sie zu einem gewaltigen Turm geformt. Darauf saß ein schwarzer Hut, auf dem ein großes, buntes Federbüschel in die Höhe ragte. Anna-Sophia wirkte durch ihren in die Höhe gezogenen Kopf über eine halbe Elle größer als er. Friedrich König fühlte sich wie ein kleiner Junge.

Es herrschte reger Betrieb. Halb Hamburg war auf den Beinen, den schönen Tag zu genießen. Das Herbstlaub der Ulmen und Linden leuchtete im Sonnenschein. Schweigsam schlenderte er, Anna-Sophia eingehakt zu seiner Rechten, über den Wall, blickte über die Stadt, die sich von hier aus am schönsten ausnahm. Gegen Westen der Anblick der Elbe, von unzähligen Booten und kleinen Schiffen befahren, auf der Anhöhe Altona mit seinen Türmen und den kleinen Häfen in den Biegungen des Flusses. Dort der Hamburger Berg, der an die Reeperbahn grenzte. Die Gebäude des Pesthofes, das Heiligengeistfeld, die Windmühlen. Im Osten die Sankt-Georg-Kirche und das Deichtor. Am liebsten flanierte er auf dem Dammtorwall, blickte auf die Alster, die Gartenhäuser und die Ländereien. Friedfertig sah sie von hier oben aus, die Stadt, in der er seit seiner Kindheit lebte. Ein Trugbild, dachte Friedrich König, eine Fata Morgana.

Sie spazierten an einem Geschichtenerzähler vorbei. Er trug einen langen schwarzen Umhang und einen großen, breitkrempigen Hut. Mit der rechten Hand hielt er ein Messer in die Höhe.

»Ja, fürchte den Henker, verlorene arme Seele, die du ihm jetzt völlig preisgegeben bist«, rief er in die Menge hinein.

Anna-Sophia drängte zum Stehenbleiben.

»Vor den trüben Scheiben der Fronerei steht kein mitleidiger Bruder, der dich ihm entreißen könnte. Die Justiz streckt den eisernen Arm nach dir aus, und aus überzärtlicher Liebe zu deiner Seele tötet sie dich. Gestehe, gestehe.

Und der Henker entkleidet die Unglückliche bis auf das Hemd, und leugnet sie immer noch, führt er sie im Marterhemd aus seiner Stube hinab in die Folterkammer.« Er streckte das Messer in die Höhe.

»Wenn euch ein Chirurg das blanke Besteck zeigt und euch erzählt, zu diesem oder zu jenem Gebrauch dient dieses oder jenes Messer, tastet ihr dann nicht mit heimlichem Schauder unwillkürlich an eure Glieder und danket Gott für euer Wohlsein? Und ergreift euch nicht zugleich ein Gefühl des Mitleids für all diejenigen, die ihr Gebein diesen Messern preisgeben sollen? Jahrhundertelang leidet man in unserer Stadt, dass in ihren Mauern eine Folterbank steht, und diese Welt, diese Zeit nennt sich fromm. Mancher Mensch wird zum Selbstmord gezwungen, weil er unschuldig ist und nur aus Verzweiflung und Angst vor den Schmerzen ein Verbrechen gesteht.

Denkt euch also ein armes Weib, fast hüllenlos an der Marterbank stehend, der Scharfrichter zeigt ihr die Marterwerkzeuge, an denen noch das Blut und die Haut der vorher Gefolterten kleben. ›Wenn du nicht bekennst‹, sagt er, ›sieh, was dich erwartet. Die Folter zu überstehen ist nicht menschenmöglich, unter Tausenden ist nicht einer, der über den zweiten Grad hinwegkommt, denn dazu gehören eiserne Glieder, die deinen sind aber von Fleisch und Blut, und du bist ein zartes Püppchen, und deine Knochen werden krachen und bersten, und Sprünge wirst du machen und heulen.

Ich gebe dir mein Wort, du wirst bekennen, wenn du nur den leisesten Druck der Instrumente verspürst. Bekenne, und deine Seele ruht in Gottes Schoß.‹«

Der Erzähler stürzte auf ein Mädchen im Publikum zu. Das Mädchen schrie. Anna-Sophia lachte. Friedrich König zerriss das Herz. Ein tiefes Gefühl von Traurigkeit erfasste ihn. Es zog ihn in Abgründe hinab, stürzte ihn in ein grenzenloses, dunkles Loch.

Sie gingen weiter, an einer Reihe von Bänken entlang. Er sah einen jungen Mann unter einem Baum sitzen. Er trug eine Augenbinde. Blätter regneten auf ihn hernieder. Der Mann regte sich nicht. Ein Blatt blieb auf seinem Hut liegen. Die anderen fielen zu Boden. Bald werden die Blätter verfault und verwest sein, dachte Friedrich König. Plötzlich blitzte ein Gedanke in ihm auf. Er hatte Freunde in der Garde. Es wäre möglich, er musste es versuchen.

Sein Herz klopfte. Er spürte neue Energie in sich aufkeimen. Jäh entzog er Anna-Sophia den Arm. »Ich muss noch etwas erledigen«, sagte er brüsk, ließ sie stehen und eilte von dannen.

8

Jan Kock blies die Kerzen aus. Blieb sitzen. Umgeben von Düsternis. Minuten, Stunden? Er konnte nicht schlafen. Es musste bereits tiefe Nacht sein. Unverhofft wurde er durch ein Pochen an der Tür aufgeschreckt. Jan Kock horchte. Es pochte ein zweites Mal. Er begab sich zur Tür.

»Wer da?«, fragte er mit übernächtigter, rauer Stimme.

»Meister Kock, öffnen Sie bitte, Defensor Friedrich König, ich muss dringend mit Ihnen sprechen.«

Jan Kock schob den Riegel beiseite. »Was wünschen Sie?«, fragte er durch den Türspalt.

»Meister Kock, lassen Sie mich eintreten.«

Jan Kock öffnete, führte König in die Küche. Er holte einen zweiten Becher, schenkte Wein ein.

Die Männer saßen im Licht der Kerzen. Auf ihren Gesichtern zeichneten sich harte Schatten ab.

»Meister Kock …, Meister Kock, ich bin gekommen, Sie zu bitten …, wie soll ich beginnen? Hanna Kranz soll morgen hingerichtet werden. Aber es gibt noch eine Möglichkeit, dies zu verhindern. Deshalb bin ich zu Ihnen gekommen. Meister Kock, ich bitte Sie inständig, Hanna Kranz zu verschonen. Es gibt ein Recht des Verbrechers. Ein Scharfrichter darf, wenn er das Todesurteil vollzieht, sein ordnungsgemäßes Verfahren nicht mehr als einmal anwenden. Tut er dies ungeschickt oder erfolglos, so hat der arme Sünder sein Recht ausgestanden und darf nicht noch einmal gerichtet werden. Er muss, wenn er am Leben geblieben ist, freigegeben werden, denn seine Schuld ist gebüßt; die Justiz muss sich befriedigt finden.

Meister Kock, glauben Sie nicht, dass ich nicht wüsste, was ich Ihnen abverlange. Der Pöbel ist unberechenbar, vielleicht überwiegt das Mitleid mit Hanna Kranz, vielleicht wird er sich wegen des entgangenen Schauspiels an Ihnen rächen wollen. Meister Kock, ich werde alles mir Mögliche unternehmen, Sie zu schützen. Das ist alles, was in meiner Macht steht. Ich weiß, Sie begeben sich in große Gefahr, und dennoch bitte ich Sie zu fehlen. Es ist die einzige Möglichkeit, das Leben der jungen Frau zu retten. Es ist die allerletzte Möglichkeit, die Menschlichkeit siegen zu lassen.«

»Sie verlangen Menschlichkeit von einem Scharfrichter?«

»Todesurteile können nur vollstreckt werden, wenn es Männer gibt, die diese ausführen. Ich appelliere an Ihre Menschlichkeit, von ganzem Herzen.«

»Diese Menschlichkeit kann mich das Leben kosten.«

»Ich versichere Ihnen. Ich werde Sie schützen, so weit es mir möglich ist.«

»Was sollen ein paar strenge Worte und einige Hundert Soldaten und Wachleute gegen Tausende und Abertausende aufgeputschter und betrunkener Zuschauer ausrichten? Gehen Sie jetzt, gehen Sie.«

Friedrich König blieb sitzen.

»Ich bekomme keine Antwort von Ihnen?«

Schweigen. Er erhob sich.

»So bleibt mir nur zu hoffen, dass Sie meine Bitte in Ihrem Herzen bewegen. Ich werde alles zu Ihrem Schutze vorbereiten. Sie können sich darauf verlassen.«

Jan Kock schloss die Tür, lehnte den Kopf an den Türrahmen. »Begib dich niemals in Gefahr«, hörte er den Vater sagen. »Niemals.«

Niemals. Niemals.

Jan Kock lief in die Nacht hinaus. Er streunte durch die menschenleeren Gassen. Nur das Knirschen der Kiesel unter seinen Füßen. Es war Vollmond, alle Laternen waren gelöscht. Nicht weit entfernt hörte er das Rufen und Rasseln der Nachtwächter. Er versteckte sich hinter einer Hausecke, ließ die Männer passieren, lief Richtung Hafen, ziellos am Wasser entlang, bis er sich erschöpft an eine Erle lehnte, mit dem Rücken am Stamm hinunterglitt, sich in einem Nest vertrockneter Blätter niederließ. Rascheln. Saß im Blätternest, spürte unter dem brüchigen Blattwerk das Wurzelgewirr des Baumes. Hart. Uneben. Hockte, regungslos. Die Blätter schwiegen. Es war fast windstill. Nur ein feiner Windhauch streifte sein Gesicht. Das Wasser des Flusses schlug sanft ans Ufer, rhythmisch, mit jeder kleinen Welle ein leises Plätschern. Hell klingend, wenn die Welle kam, gedämpft glucksend, wenn der Fluss sie zurückverlangte. Vielleicht, dachte er, vielleicht schläft sie auch nicht. Jan Kock blickte auf den Fluss. Das blasse Mondlicht überzog die Wasseroberfläche mit einem kühlen, silbergrauen Schimmer, dickflüssig, wie geschmolzenes Metall. Irgendwo bellte ein Hund, ängstlich und jammervoll heulte er in lang gezogenen Tönen. Jan Kock roch seinen eigenen Schweiß. Er roch streng, beißend. Angst, dachte er, es war der Geruch der Angst. Wann hatte er sich das letzte Mal gefürchtet? Alles stürzte zusammen. Seine fest ummauerte Welt, die ihm ermöglicht hatte, zu leben, wie er leben musste, stürzte ein wie ein Kartenhaus. Es war, als wäre die Brücke zu seiner Burg hochgezogen worden, und er stand vor dem Burggraben, wehrlos, ohne Möglichkeit, jemals wieder die schützende Festung zu betreten. Er hatte immer geglaubt, dass er seinen Beruf, sein Schicksal tragen könnte, hatte standhaft seine Arbeit getan.

Was bleibt mir? Was bleibt mir?

Er spürte den Wind im Gesicht. Der Wind hatte zugenommen. Blätter raschelten. Ein Gedanke drängte sich gewaltsam in seinen Kopf. Besser ich verfehle, als dass ich sie verwunde, besser verfehlen, als zu verwunden. Übelkeit stieg in ihm auf. Weglaufen, weg von hier, nur weg. Er schnellte hoch, schwankte, wusste nicht, welche Richtung er einschlagen sollte.

Jan Kock bewegte sich wie im Traum. Wie Lastpferde, die stets ihren Weg zum heimischen Stall fanden, trugen ihn seine Füße zurück durch die toten, leeren Gassen, zurück in die Scharfrichterei.

9

Hannas Muskeln zuckten. Plötzlich Kälte. Blut zu Eis erstarrt. Zähneklappern. Fieberschauer. Heiß. Kalt. Heiß. Kalt. Schnellte von ihrem Lager hoch. Lief in der Zelle umher, schwitzte. Durst. Durst. Zunge am Gaumen. Hals ausgetrocknet. Lief umher. Begann, ihre Schritte zu zählen. Dreihundertvierundfünfzig, fünfundfünfzig, sechsundfünfzig. Acht Schritte von der gegenüberliegenden Wand zur Zellentür, fünf Schritte von Seitenwand zu Seitenwand, acht, acht, fünf, fünf. Vierhunderteinunddreißig, vierhundertzweiunddreißig, dreiunddreißig, vierunddreißig. Jäh blieb sie stehen, im fahlen Strahl, den der Mond durch die Gitter schickte, blickte zum winzigen Fenster hinauf. Putschenelle, Putschenelle. Ich bringe Frau und Kinder zu den Eltern. Dann komme ich wieder und hole dich. Hole dich. Hole dich. Mein kleines Kätzchen. Verrat niemandem etwas, sonst wirft man dich hinaus. Verrat es nicht, ich komme rechtzeitig zurück. Hole dich. Dann lassen wir die Puppen tanzen, meine Kleine. Warte, warte, mein Augenstern. Und kein Wort. Zu niemandem.

Hanna begann zu summen, immer wieder die gleiche Melodie. Konnte nicht aufhören zu singen, lauschte ihrer Stimme, fühlte sich so leicht, so unbeschwert, wenn sie sang. Lebte. Ihre Stimme. Erklomm Hügel und wanderte zurück ins Tal, floss als Bächlein über Wiesen und Auen. Ihre Stimme. Summte wie eine Biene auf der Suche nach Honig. Summte, summte Hanna in den letzten Schlaf.

In der Kammer ist es dunkel und stickig. Es riecht nach scharf-säuerlichem Angstschweiß. Erstickte Schreie ertönen. Ihre Schreie. Schatten. Hände. Mittelgroße, die Finger kurz und stark, zur Spitze hin spatelförmig, die Daumen klobig, mit ausgeprägtem Ballen. Hände, die kraftvoll zugreifen können. Sie ballen sich zusammen. Die Hände warten, zu Fäusten geballt. Die Hände warten, zu Fäusten geballt. Die Hände warten. Erstickte Schreie. Gefangen im Leinentuch. Dumpfe Schreie. Todesschreie. Dann Stille. Die Hände schnellen nach vorn, die Finger gekrümmt, die Daumen in Opposition zur Handfläche. Packen zu, lassen nicht locker, drücken und pressen, drücken und pressen, pressen, bis sie sich ihrer Sache sicher sind, sich wieder entfernen, im Nichts verschwinden. Hände in der Düsternis.

10

Damit die Menge von Schaulustigen nicht zu groß wurde, waren die Stadttore seit dem frühen Morgen verschlossen gehalten. Dennoch befanden sich Tausende von Menschen auf den Straßen. Sie hockten auf der Straße, in den Fenstern, auf den Dächern, lärmten und grölten, einige waren bereits betrunken.

Die Fronerei war von fünfundzwanzig bewaffneten Soldaten und einigen Reitern umgeben. Weitere vier Mann wachten bei dem Beguinen-Konvent auf der Steinstraße, um den Pöbel von der Delinquentin fernzuhalten, wenn ihr dort zu trinken angeboten würde. Jedoch verboten die Konventschwestern, dass die Wächter sich auf ihrem Hofe herumtummelten, Tabakspfeifen rauchten, Schnaps tranken, sich unflätig gegenüber den Schwestern benahmen und durch ihr Verhalten die Ehrbarkeit des Konvents befleckten, wie es schon mehrmals vorgefallen war.

Auf dem Schweinemarkt waren ein Major, zwei Kapitäne, fünf Leutnants, dreißig Unteroffiziere und dreihundertsechzig bewaffnete Männer sowie fünfzig Kavalleristen stationiert. Sechzig Soldaten warteten mit zehn Reitern auf dem Richtplatz vor der Stadt, dem Köppelberg.

Der Stadtbrunnenmeister bewachte mit einigen Leuten die Brunnen auf dem Weg zum Steintor. Der Laternenwächter hatte auf der Strecke alle Laternen abgenommen, um sie vor möglichen Ausschreitungen des Pöbels zu schützen.

Alle Hamburger waren in den letzten Tagen durch Ausrufer belehrt worden, dass der Fron und anderes Justizpersonal weder behindert noch beleidigt werden dürfe. Und dass jeder, der es wagte, Fensterscheiben einzuschlagen oder Kirchhöfe zu besudeln, mit Halseisen und Halsstrafen zu rechnen hatte.

Es war kurz vor zehn. Hanna wartete in ihrer Zelle. Sie saß auf ihrem Hocker. Allein. Ohne Prediger. Sie wollte keinen. Sie saß. Still. Ohne Unruhe, obwohl der Lärm der Menschen vor der Fronerei an ihr Ohr drang. Sie fürchtete sich nicht. Bald war alles überstanden. Sie begann, leise zu summen, umwickelte mit dem Finger eine Locke ihres Haares, drehte sie immer und immer wieder. Sie lächelte dabei, ihre Augen verklärt zur Zellentür gerichtet, summte.

Die Turmuhr schlug. Sie hörte, wie das Volk die Glockenschläge mitzählte, … sieben … acht … neun … zehn. Noch eine halbe Stunde bis zum Abmarsch. Sie erhob sich, blieb vor dem Hocker stehen, umwickelte die Locke, spürte, wie ihr Haar ihren rechten Zeigefinger umschmeichelte, spürte das leichte Kitzeln auf der Haut, spürte jede Haarwurzel. Summte. Fühlte das Kitzeln. Spürte Haut. Das Haar. Noch war es nicht abgeschnitten.

Die Glocke. Viertel nach zehn. Sie ließ von der Locke ab, legte beide Hände auf die Schädeldecke. Spüren, noch einmal spüren, dass ich lebe, lebendig bin, auf Erden gelebt habe. Befühlte ihr Haar, ihre Wangen, Mund und Nase, strich ihren Hals entlang, ihren Hals, der ihren Kopf trug, noch, tastete ihren Nacken, ihren Nacken, der noch unverletzt war. Legte die Hände auf ihre Brust, auf ihr Herz. Genoss das Pochen unter ihren Händen. Genoss es, das Leben zu spüren. Tastete sich weiter. Nicht mehr viel Zeit. Berührte ihren Leib, ihren Schoß, der gelitten, geliebt und geboren hatte, ihre Beine und die Füße, die sie getragen hatten und trügen bis zur letzten Stunde. Mein Leben. Hörte plötzlich Pastor Tadsens Stimme. »Es ist besser«, sagt er, »es ist besser, dass du Magd bist, als etwas anderes. Traue der guten Vorsehung Gottes. Gottes Wille ist es, dass du anderen, die höher stehen als du, dienst. Wie Gott nun einen jeden berufen hat, also wandle er. Auf äußere Umstände und Vorzüge kommt es nicht an, Hanna. Und nun gehe, gehe mit Gott.«

Hanna lauschte, hörte das Schlurfen von Füßen auf dem Steinfußboden des Korridors, immer näher kommend, dann Stimmengemurmel. Schlüsselgerassel. Eisengeklapper. Knarrende Scharniere.

»Kasper, kumm, Kasper, kumm«, flüsterte sie.

Die Prediger traten ein. Stellten sich vor ihr auf, in schwarzen Kutten, die Hände unterhalb der Brust verschränkt. Die Farbe ihrer Gesichter blass, ihr Blick leblos. Wie Leichenbestatter.

»Sünderin, bekenne endlich«, sagte der Jüngere von ihnen.

»Tu Buße vor Gott«, der Weißhaarige. Fleischige Lippen bewegen sich. »Der gerechte Gott wird dich trösten und dir das ewige Leben schenken, wenn du dich zu deinen Sünden bekennst.«

Sie rückten immer näher. Hanna spürte die feuchte Wand an ihrem Rücken. Kälte. Der Alte legte seine Hand auf ihre Schulter. Sie zuckte zusammen. Das Blut pochte an ihren Schläfen.

»Trage deine gerechte Strafe auf Erden mit Gottes Frieden, damit deine Seele nicht verzweifelt und verloren geht.« Seine Stimme drohend. Modriger Geruch, der aus seinem Mund strömte.

Sie sangen, die Köpfe vor ihr Gesicht gepresst, hinter ihr die Wand, die feuchte.

»Tausend Felsen, schwere Schmerzen
bringen endlich einen Tod:
Aber jene Höllennot
quälet der verdammten Herzen.
Besser ist hie zeitlich leiden,
alle Marter, Angst und Plag',
als an jenem großen Tag
ewig sich vom Höchsten scheiden.

Bekenne, Hanna Kranz, beichte. Für dein Seelenheil.«

Hannas Hände eiskalt. Klamm. Kein Wort.

»Kind der Hölle«, rief der Greis.

Die Turmuhr. Halb elf.

Geräusche. Zellentür.

»Es ist so weit«, sagte Jan Kock.

»Ich bin bereit«, flüsterte Hanna.

Sie leuchtete aus der Dunkelheit der Zelle heraus, wie ein Engel. Ihr blondes, offenes Haar schimmerte im einfallenden Tageslicht. Ihr Mund lächelte, und ihre Augen, ihre Augen. Jan Kock blickte zu Boden.

»Meister Kock, danke für alles.« Er hob den Kopf. Sie lächelte. Ihre Augen glänzten. Sein Blick gequält, entschuldigend, verzweifelt. Schlug die Augen nieder.

»Tun Sie Ihre Pflicht, Meister. Ich gräme mich nicht. Erlösen Sie mich.«

Die Prediger sprachen das Vaterunser.

Sie traten aus der Tür. Hanna blinzelte, geblendet vom Tageslicht. Das Geschrei der Menschen schlug ihr entgegen. All diese Menschen. All diese Köpfe, in den Fenstern, an den Türen, auf den Dächern. Die Menschen gafften, reckten die Hälse. »Sie sieht aus wie eine Heilige«, schrie eine Bauersfrau. »Ein Teufel im Engelsgewand«, eine andere. Gelächter. Hanna spürte kalten Wind um ihren Hals wehen, hätte gern die Hand an den Hals gelegt, um ihn zu schützen. Aber die Hände waren gefangen.

Auf der Straße stand der Wagen bereit, umringt von der Garde. Sie bestieg den Karren. Nach ihr die Geistlichen. Jan Kock folgte als Letzter. Er setzte sich neben sie. Die schwarzen Pferde warfen die Köpfe hin und her, scharrten mit den Hufen. »Ho«, rief der Fuhrmann.

Der Zug setzte sich in Bewegung, zog an der Domkirche vorbei, dann durch die Steinstraße. Der Wagen holperte über das Pflaster. Hufgeklapper. Waffenklirren. Rufe, Schreie, Fahnenschwenken des Pöbels. Von überall her. Aus den Fenstern, von den Dächern, von den Bäumen. Männerköpfe, Frauenköpfe, Kinderköpfe. Lauter Köpfe, die auf Hälsen saßen und dort sitzen blieben. Am Beguinen-Konvent machten sie halt. Blätter fielen auf Hanna herab, glutrote Blätter, absterbend, am Rand bereits bräunlich verwest. Eine Schwester trat an den Wagen heran, reichte ihr den Labetrunk. Hanna nahm ihn entgegen. Der Hals. War so kalt. Leerte das Glas. Geschmacklos. Reichte es der Schwester zurück. Die nahm es nicht aus ihrer unehrlichen Hand. Hanna drehte sich zu Meister Kock um, hielt ihm das Glas entgegen.

Seine Hände berührten ihre Hände, flüchtig, wie hingehaucht. Er reichte das Glas einem der eskortierenden Fronknechte. Dieser zerschmetterte es, wie es die Sitte verlangte, auf dem Straßenpflaster. Klirren. Splitter. Händeklatschen. Gelächter. Der Wagen fuhr weiter, umringt von der Garde und der johlenden Menschenmasse. Richtung

Steintor. Passierte die Torwache. Die Wachen hoben das Gewehr, salutierten.

Sie fuhren auf den Richtplatz zu. Der Wind blies von der rechten Seite, lockerte ihr Haar. Eine Strähne streifte ihre Wange. Sie kitzelte. Noch. Bald. Bald hatte sie es hinter sich. All das Leid, all das Warten. Tag für Tag. Stunde um Stunde, Minuten, Sekunden. Warten unter Millionen von gezählten Schritten. Der Wagen ruckte. Stöße. Stimmen. Wind. Putschenelle. Noch einmal mit ihm lachen, seine Hände spüren. Noch einmal spüren, wie sie seidenweich über ihre Haut gleiten. Noch einmal seine Stimme hören. Oh weh, der Büttel, ich muss mich verstecken. Pass up, Kasper, pass up. De Düvel, de Düvel.

Das Militär hatte um den Köppelberg einen großen Kreis geschlossen. Hinter der Absperrung hielten viele Wagen. Manche brachen unter der Last der Zuschauer zusammen, worauf die umstehende Menge mit Hohngelächter antwortete. Zwischen den Volksmassen drängten sich zahllose Marketender, die Likör und Branntwein feilboten und ihre Waren reißend verkauften. Die Menschen waren in Feststimmung. Niemand geizte an einem solchen Tag. Männer, Frauen und Kinder aßen und tranken in ausgelassener Stimmung, als wären sie auf dem Spielbudenplatz.

Der Wagen fuhr auf den Richtplatz. Jan Kock hörte Abertausend Hände klatschen, Abertausend Stimmen johlen und jubeln. Er wischte sich die schweißnassen Hände an seinem Mantel ab, blickte weder nach rechts noch nach links, bis die Garde den Wagen vor die Richtertribüne geleitet hatte und er mit Hanna vor die Richterschaft trat. Der Oberstrichter schnaufte und schlug mit seinem Amtsstab auf.

»Stille, Stille!«, riefen die Gerichtsdiener.

Der Beifallssturm verebbte. Die Menschen verstummten.

»Du, Hanna Kranz«, sprach der Richter, »tritt hervor. Mit dem Schwert sollst du hingerichtet werden vom Leben zum Tode. Gerecht, im höchsten Grade gerecht ist dieses Urteil, denn du hast dein eigen Kind getötet. Dein Leben ist verwirkt, auf dieser Erde ist für dich kein Platz mehr. Ich trenne das Band zwischen der Menschheit und dir. Nur bei Gott kannst du noch Gnade finden.«

Er klopfte erneut mit dem Stab.

»Scharfrichter Kock, ich übergebe Euch die hier vor mir stehende arme Sünderin Hanna Kranz, sie mit dem Schwert zu richten. Tut nun Eure Schuldigkeit, wir haben die unsrige getan.«

In der Mitte des Platzes befand sich das siebzehn Fuß hohe, teils gemauerte, teils hölzerne Gerüst. Jan Kock stieg mit Hanna, den Scharfrichterknechten, dem Prediger und einigen Amtsvertretern die Treppe zum Schafott hinauf. Blauer Himmel. Kalter Wind. Von vorn, blies Hanna unter die härene Decke. Hanna war wie betäubt. Die Füße wollten sich nicht bewegen. Wurden in die Erde gezogen. Sie atmete. In kleinen Stößen. Atmete Kälte. Stieß den angehaltenen Atem aus. Hörte das Volk. »So jung«, rief eine Frau. »Sie ist noch so jung.« »Luder«, eine andere.

»Stille!«, riefen die Gerichtsdiener, »Stille!«

»Im Namen des Hoch- und Wohledlen Rates«, sprach der Richter, »gebiete ich von Obrigkeit wegen, bei Leib und Gut, dem Nachrichter keine Hinderung zu tun, auch wenn ihm, Gott bewahre ihn davor, etwas misslingen sollte. Niemand darf Hand an ihn legen, denn auch er steht unter dem Schutz der Gesetze, und sollte er fehlen, so wird auch ihn sein Richter finden. Darum haltet Frieden! Haltet Frieden!«

Die Prediger geboten Hanna, auf die Knie zu fallen und ein kurzes Gebet für die Vergebung ihrer Sünden zu sprechen. Hanna kniete nieder. Sie schwieg.

»Willst du deine Missetat nicht endlich vor Gott bekennen?«, fragte der Prediger.

Hanna schwieg. Die Augen des Geistlichen flammten auf. Grollend stachen sie aus seinem fahlen Gesicht hervor. Er trat vor die Menge.

»Ihr, die ihr nicht auf der Welt an eurem Ende ein Scheusal der Natur, ein Schandfleck des Volkes werden wollt, schafft und macht, dass ihr fröhlich, sanft und stille auf eurem Bette oder Stroh aus dieser Welt fahren könnt, als dass euer Leben nicht auf einem solch schaurigen Richtplatz mit Furcht und Herzeleid enden muss. Schafft und macht, dass eure entseelten Leiber auf den Schultern ehrlicher Christen zu Grabe getragen und nicht durch die Henkersknechte dorthin gebracht werden. Schafft und macht, dass eure erkalteten Gebeine ein Plätzchen bei den geheiligten Gräbern frommer Christen auf dem Gottesacker bekommen und nicht zur Schmach und Schande auf dem Galgenberg verscharrt werden und daselbst verwesen müssen. Amen.«

»Herr Christ, hilf mir in der letzten Not,
wann mich ergreift der bittre Tod,
wann mein Mund nimmermehr mag sprechen
und mein Herz im Leib tut brechen
und meine Augen sich wenden,
tue mir Deinen Heiligen Geist senden.

Hast auch am Kreuz für mich gelitten,
mit Höll, Tod und Teufel gestritten,
Hilf, dass mein Herz und auch der Mund
Dich lob und preis zu aller Stund.
Verleih mir auch ein seelig's End,
Dein göttlich Hülf nicht von mir wend,
und lass mich fröhlich auferstehn,
mit Dir ins ewige Leben gehen.«

Sangen die Kinder.

»Bist du bereit, meine Tochter?«, erschallte die Stimme des Predigers.

Hanna schwankte. Die Stimme drang nur dumpf an ihr Ohr. War sie gemeint? War sie es, die sterben muss? Alles verschwommen hinter einem dichten Schleier. Als wären alle Geister im Nebel. Lauter Dunst, darin Gespenster, erstickte Geräusche.

Jan Kock trat auf Hanna zu, führte sie zum Richtstuhl. Dachte an nichts, wollte nicht denken. Spürte nichts, wollte nicht spüren. Er setzte sie auf den Richtstuhl, band ihr die Hände auf den Rücken, verknotete die Enden des Strickes, setzte die Augenbinde, griff zur Schere. Das Haar fiel zu Boden. Das Haar. Das Haar. Ihr Haar. Jan Kock fing an zu zittern. Ein entsetzliches, nicht zu bändigendes Beben nahm ihn gefangen. Alles um ihn herum färbte sich rot. Rot, Rot, überall Rot. In wenigen Sekunden. Ihr Blut. Rote Spuren, rote Flecken, Fontänen, Funken, gnadenloses Höllenfeuer. Ihr Rot. Ihre Lebensflamme. Plötzlich fiel er vor Hanna auf die Knie, und seine Stimme rief: »Vergib, mir, Hanna, vergib mir, was ich zu tun gezwungen werde.«

Ein Stein flog auf das Schafott.

»Richte sie«, schrien einige Männer, »richte die Hure.«

Jan Kock richtete sich auf, stellte sich in Position. »Kurze Not, sanfter Tod, Gnade bei Gott!«, flüsterte er. »Kurze Not, sanfter Tod, Gnade, Gnade!«

Linkisch zog er das Schwert unter seinem Mantel hervor. Es war des Vaters Schwert, in dessen Klinge der Spruch *Die Herren judizieren, ich tue exequieren* eingraviert war. Eine unheimliche Stille legte sich über den Richtplatz. Männer, Frauen und Kinder verstummten, selbst die Hunde hörten auf zu bellen. Nur der Wind rauschte in den Bäumen. Es war kurz nach zwölf. Die Sonne stand im Zenit.

Friedrich König blickte auf Jan Kock. Schweiß brach ihm aus allen Poren. Rette sie, Jan Kock. Sei ein Mensch! Rette sie!

Karl Broderjahn presste seine schwammigen Hände ineinander. Totenblässe breitete sich über sein sonst gerötetes Gesicht. Sie hat es sich selbst zuzuschreiben. Selbst. Dummes Ding. So ein dummes Ding.

Jan Kock hielt das Schwert in beiden Händen, richtete seine Augen starr auf Hannas Nacken. Auf ihren Nacken. Führte das Schwert nach oben. Zielte. Flimmern. Rote Flecken flirrten.

Totenstille.

Der Kopf. Längst hätte er fallen müssen. Konnte nicht zuschlagen. Stand mit erhobenem Schwert. Wie eine Statue. Konnte nicht. Rot. Alles rot.

Tosender Lärm verdrängte die Stille. Die Menge schrie und pöbelte. Flaschen flogen durch die Luft, zerschlugen auf dem Boden.

»Richte sie, richte sie«, tönte es von überall her.

Jan Kock liefen Schweißtropfen über Gesicht und Hals.

Ihn schwindelte vor Anspannung. Er setzte das Schwert ab.

»Kopf ab, Kopf ab«, schrie der Pöbel. Die Pferde der Garde scheuten. Wiehern, Hufschläge ertönten.

Er holte erneut aus, hörte plötzlich, wie das Schwert niederrauschte. Sich wie ein Beil beim Holzfällen in den Bretterboden rammte, sah, wie es nachfederte, das Schwert, im Holz stecken blieb, blieb, wo es war.

Brüllen. Schreien. Steine prasselten auf das Schafott. »Soldaten«, schrie Friedrich König. »Soldaten.«

Die Knechte und Prediger flohen. Jan Kock blieb auf dem Blutgerüst. Allein. Die Hände erhoben, rief er: »Hört auf, hört auf.« Plötzlich zerrten Soldaten ihn weg, warfen ihn in die Falltür des Gerüstes.

Friedrich König versuchte, aufs Schafott zu gelangen. Mit aller Kraft stemmte er sich durch die Menschenmauer. »Hanna, mein Gott, Hanna.« Er spürte den harten Aufprall einer Flasche auf seinem Kopf, hörte noch, wie sie zersplitterte, und ging zu Boden.

Niemand beachtete das Schafott. Der Kampf zwischen Volk und Obrigkeit tobte unterhalb des Blutgerüstes. Schüsse knallten. Pferde der Kavallerie preschten in die aufgebrachte, enthemmte Menge. Männer und Frauen hieben mit Äxten, Stöcken und Weinkrügen auf die Soldaten und Rösser ein, rissen Reiter aus dem Sattel, prügelten manchen zu Tode. Niemand beachtete Hanna, die gefesselt und mit verbundenen Augen auf dem Richtstuhl saß. Niemand bemerkte, wie plötzlich, im Gewühl kämpfender Äxte, Steine und Knitteln, im Getöse galoppierender Pferde und Gewehrsalven eine Bürgersfrau das Schafott bestieg. Niemand beachtete sie, als sie versuchte, das Schwert aus dem Holz zu ziehen, riss und zerrte, zornentbrannt aufgab, zu Hanna eilte, die Fessel löste, mit der ihre Hände gebunden waren, dem Mädchen das Seil um den Hals schlang und kräftig zog. Niemand beobachtete, wie Hannas Hände zum Strick schnellten, versuchten, die Schlinge zu lockern, gegen den Strick kämpften, der sich immer fester zuzog, wie ihre Finger, um das Seil geklammert, anschwollen, sich rote Striemen in ihre Haut fraßen, wie sie ächzte, nach Luft schnappte. Niemand bemerkte, wie sie gegenhielt, bis das Seil sich plötzlich lockerte, der Strick ihr die Augenbinde herunterriss, wie das Seil sich sofort wieder festzurrte, Hannas Zunge anschwoll, wie sie würgend am Seil zerrte.

Fünf bis sechs Mal versuchte die Frau die Schlinge zuzuziehen, bis das Volk auf den Kampf aufmerksam geworden, Steine auf sie niederregnen ließ, bis Stimmen schrien: »Lass ab von ihr, Gott hat sie verschont. Gott hat Gnade walten lassen. Das Mädchen ist unschuldig.«

Doch die Frau ließ nicht ab von Hanna, selbst, als sie getroffen war und blutete. Sie schleppte das Mädchen an die Seite des Schafotts, zog eine Schere aus der ihrer Jackentasche, setzte sie an Hannas Kehle. Durchschneiden. Durchschneiden, aber die Schere war zu stumpf. Stach ihr ins Herz. Zu stumpf. Stach ihr in die Kehle. In den Hals. Ins Gesicht, wieder in den Hals. Stiche, Stiche, Stiche. Von allen Seiten kletterten Menschen auf das Gerüst, schlugen auf die Bürgersfrau ein, traten sie mit Füßen, warfen sich auf sie. Die Frau wehrte sich, stach mit ihrer Schere auf die Angreifer ein, schlug um sich, kämpfte mit übermenschlicher Kraft, kämpfte so lange, bis sie reglos, bis sie tot daniederlag und ihr Blut an den Stufen des Schafotts hinabfloss. Das Blut Hermine Broderjahns.

Jan Kock lag im Menschengewühl. Unterhalb des Blutgerüstes. Vogelfrei. Die Soldaten, die ihn schützen sollten, waren getürmt. Er lag im Staub, spürte keinen Schmerz, nahm die Schläge und Tritte der Männer nur noch als dumpfen Aufprall wahr. Blut rann ihm über das Gesicht. Sein Blut, es war nur sein Blut. Lief ihm in die Mundwinkel, schmeckte nach Metall, sein Blut. Plötzlich, in einem Meer von Lichtern, erschien ihm Hanna. Er hörte ihr Lachen. Sah den fröhlichen Glanz in ihren Augen. Hell und klar und funkelnd wie Diamanten. Und im Lichtstrahl ihrer kobaltblauen Augen, eingehüllt in das perlende Sprudeln ihres Lachens, schlief er ein. Die Lippen zu einem Lächeln geformt. Jan Kock.

ENDE

Epilog

Hanna Kranz überlebte. Sie wurde begnadigt. »In Betrachtung der Schwäche und Unerfahrenheit ihres Geschlechts und ihres Alters«, hieß es im Rat, »in Erwägung, dass die Todesangst, die Hanna Kranz erlitten, und die ihr zugefügten Leiden die zuerkannte Todesstrafe beinahe überwogen, erklären wir das gesprochene Todesurteil für nicht geschehen und schließen uns dem Ansinnen des Defensors an, Hanna Kranz aus der Stadt zu verweisen, in Erwartung, sie werde ihr künftiges Leben mit Dank gegen Gott und in Ausübung guter Werke verbringen.«

Friedrich König wartete vor dem Spital. Er holte Hanna mit seinem Wagen ab. Als sie das Stadttor passiert hatten, drehte er sich nicht mehr um.

Karl Broderjahn führte seine Amtsgeschäfte und seinen Handel weiter. Nach der Beerdigung seiner Gattin ließ er sich ein junges Dienstmädchen empfehlen.

Jean-Pierre Ragalle, genannt Putschenelle, wurde zuletzt in Lyon gesehen. Dann verlor sich seine Spur.

Nachwort

Nach 1773 wurden in Hamburg weitere Frauen des Kindsmordes für schuldig befunden und mit dem Schwert hingerichtet.

Die letzte Hinrichtung einer Frau, die ein Kind, allerdings nicht ihr eigenes, ermordet hatte, wurde in Hamburg im Jahre 1809 vollstreckt.

Die letzte Hinrichtung mit dem Schwert erfolgte in Hamburg im Jahr 1822 an dem Mörder Christian Mathias Pingel.

Danach wurde das Schwert durch die Guillotine abgelöst.

Die vorerst letzte Hinrichtung in Hamburg fand im Jahre 1860 statt.

Bis zur Zeit des Nationalsozialismus.

In Deutschland wurde die Todesstrafe im Jahre 1949 abgeschafft.

In heutiger Zeit ist durch verschiedene Untersuchungen hinlänglich belegt, dass Hinrichtungen weder der Abschreckung dienen noch neue Gewaltverbrechen verhindern. Dennoch gilt im Jahre 2008 nach Angaben von Amnesty International in neunundsechzig Ländern und Gebieten die Todesstrafe und wurde in den vergangenen zehn Jahren auch vollstreckt.

Arabische Liga: Ägypten, Bahrain, Irak, Jemen, Jordanien, Katar, Komoren, Kuwait, Libanon, Libyen, Oman,

Palästinensische Autonomiegebiete, Saudi-Arabien, Somalia, Sudan, Syrien, Vereinigte Arabische Emirate.

Afrika: Äquatorialguinea, Äthiopien, Botswana, Burundi, Eritrea, Guinea, Kamerun, DR Kongo, Lesotho, Nigeria, Ruanda, Sambia, Sierra Leone, Simbabwe, Tansania, Tschad, Uganda.

Europa: Weißrussland.

Asien: Afghanistan, Bangladesch, China, Indien, Indonesien, Iran, Japan, Kasachstan, Laos, Malaysia, Mongolei, Nordkorea, Pakistan, Singapur, Südkorea, Tadschikistan, Taiwan, Thailand, Usbekistan, Vietnam.

Karibik/Mittelamerika: Antigua und Barbuda, Bahamas, Barbados, Belize, Dominica, Guatemala, Guyana, Jamaika, Kuba, St. Kitts und Nevis, St. Lucia, St. Vincent und die Grenadinen, Trinidad und Tobago.

Nordamerika: USA.

Südamerika: –

Danksagung

Engagierte und liebenswerte Menschen haben dazu beigetragen, dass dieser Roman entstehen und veröffentlicht werden konnte.

Mein herzlicher und besonderer Dank gilt

- Klaus Middendorf, Literaturagent der LKM-Literaturbetreuung, für sein großes Engagement, die überaus freundliche und kompetente Betreuung und seinen unermüdlichen Einsatz für diesen Roman;

- Claudia Senghaas, Lektorin des Gmeiner-Verlages, die mir einige wichtige Anregungen gab, um dieses Buch abzurunden, es mit viel Engagement lektoriert hat und mit der mich eine äußerst angenehme Zusammenarbeit verbindet;

- Ann-Christin Hausberg, Hanna Mittelstädt, Dörte Schmalfeldt, Gertraud Schulz, Margret Weschke sowie allen anderen Freundinnen und Freunden, die mich in meinem Romanvorhaben unterstützt haben;

- vor allem meinem Mann Wolfgang, der mich während der Arbeit am Roman fortwährend inhaltlich wie seelisch unterstützte und mir den Raum gegeben hat, ›Das Mädchen und sein Henker‹ zu schreiben.

Nicht zuletzt möchte ich einige Autorinnen und Autoren erwähnen, die wichtige Informationen, Literatur- und Quellenangaben zusammengetragen haben, aus denen ich für meinen Roman schöpfen konnte. Eine kleine Auswahl sei hier genannt.

Bake, Rita, Kiupel, Birgit (Hg.), Margarethe E. Milow, Ich will aber nicht murren, Hamburg 1993

Habermas, Rebecca (Hg.), Das Frankfurter Gretchen, Der Prozeß gegen die Kindsmörderin Susanna Margaretha Brandt, München 1999
Kopitzsch, Franklin, Grundzüge einer Sozialgeschichte der Aufklärung in Hamburg und Altona, 2. Auflage, Hamburg 1990
Stephan, Inge, Winter, Hans-Gerd (Hg.), Hamburg im Zeitalter der Aufklärung, Berlin/Hamburg 1989
Martschukat, Jürgen, Inszeniertes Töten, Eine Geschichte der Todesstrafe vom 17. bis zum 19. Jahrhundert, Köln/Weimar/Wien 2000
1789 speichern und spenden, Nachrichten aus dem Hamburger Alltag, Ausstellungskatalog, Hamburg 1989
Michaelik, Kerstin, Sozial- und Rechtsgeschichte der Kindstötung im 18. und beginnenden 19. Jahrhundert, Pfaffenweiler 1997
Ulbricht, Otto, Kindsmord und Aufklärung in Deutschland, in: Ancien Régime, Aufklärung und Revolution, Bd. 18, München 1990

Dank auch den vielen emsigen Bibliothekaren, die es möglich machen, Bücher und zeitgenössische Quellen einzusehen.

NORBERT KLUGMANN
Die Adler von Lübeck

373 Seiten, Paperback
ISBN 978-3-8392-1004-8.

VOM STAPEL GELASSEN Lübeck 1602. Nach dem mysteriösen Tod des ebenso erfolgreichen wie gehassten Reeders und Werftbesitzers Rosländer rätselt die Stadt, was mit seinem Unternehmen passieren wird. Doch statt die Werft zu verkaufen, plant die Witwe Anna, ein Schiff zu bauen, wie es Lübeck, die Hanse und der Raum um das Baltische Meer noch nicht gesehen haben. Das Schiff soll sogar noch größer werden als die legendäre »Adler von Lübeck«.

Die Lübecker Kaufleute sind empört, sprechen von Größenwahn und fürchten um ihre Geschäfte. Nur die Hebamme Trine Deichmann und ihre Freundinnen stehen auf Annas Seite. Ihre Hilfe kommt zur rechten Zeit, denn auf der Rosländer-Werft geschehen merkwürdige Dinge …

SABINE KLEWE
Die schwarzseidene Dame

373 Seiten, Paperback.
ISBN 978-3-8392-1007-9.

TÖDLICHES GEHEIMNIS Düsseldorf, November 1819. Im Rhein wird ein toter Mann entdeckt: Dietrich Lohner, Tagelöhner und Gelegenheitsgauner. Am selben Tag beginnt in der ehemaligen Kreuzherrenkirche die Suche nach der Gruft der mehr als 200 Jahre zuvor ermordeten Herzogin Jakobe von Baden. Die junge Schreibkraft Isolde Heinrich protokolliert die Grabungen. Als sie am Abend nach Hause geht, steht plötzlich eine schwarz verschleierte, geisterhafte Frau vor ihr.

Während die Polizei nach Lohners Mörder fahndet, versucht Isolde das Geheimnis um die mysteriöse Dame in Schwarz zu lösen. Bis sie merkt, dass beide Fälle zusammenhängen …

GMEINER

Wir machen's spannend

Alle Gmeiner-Autoren und ihre Krimis auf einen Blick

ANTHOLOGIEN: Tödliche Wasser • Gefährliche Nachbarn • Mords-Sachsen 3 • Tatort Ammersee (2009) • Campusmord (2008) • Mords-Sachsen 2 (2008) • Tod am Bodensee • Mords-Sachsen (2007) • Grenzfälle (2005) • Spekulatius (2003) **ARTMEIER, HILDEGUND**: Feuerross (2006) • Katzenhöhle (2005) • Drachenfrau (2004) **BAUER, HERMANN**: Karambolage (2009) • Fernwehträume (2008) **BAUM, BEATE**: Ruchlos (2009) • Häuserkampf (2008) **BECK, SINJE**: Totenklang (2008) • Duftspur (2006) • Einzelkämpfer (2005) **BECKMANN, HERBERT**: Die indiskreten Briefe des Giacomo Casanova (2009) **BLATTER, ULRIKE**: Vogelfrau (2008) **BODE-HOFFMANN, GRIT / HOFFMANN, MATTHIAS**: Infantizid (2007) **BOMM, MANFRED**: Glasklar (2009) • Notbremse (2008) • Schattennetz • Beweislast (2007) • Schusslinie (2006) • Mordloch • Trugschluss (2005) • Irrflug • Himmelsfelsen (2004) **BONN, SUSANNE**: Der Jahrmarkt zu Jakobi (2008) **BOSETZKY, HORST (-KY)**: Unterm Kirschbaum (2009) **BUTTLER, MONIKA**: Dunkelzeit (2006) • Abendfrieden (2005) • Herzraub (2004) **BÜRKL, ANNI**: Schwarztee (2009) **CLAUSEN, ANKE**: Dinnerparty (2009) • Ostseegrab (2007) **DANZ, ELLA**: Kochwut (2009) • Nebelschleier (2008) • Steilufer (2007) • Osterfeuer (2006) **DETERING, MONIKA**: Puppenmann • Herzfrauen (2007) **DÜNSCHEDE, SANDRA**: Friesenrache (2009) • Solomord (2008) • Nordmord (2007) • Deichgrab (2006) **EMME, PIERRE**: Pasta Mortale • Schneenockerleklat (2009) • Florentinerpakt • Ballsaison (2008) • Tortenkomplott • Killerspiele (2007) • Würstelmassaker • Heurigenpassion (2006) • Schnitzelfarce • Pastetenlust (2005) **ENDERLE, MANFRED**: Nachtwanderer (2006) **ERFMEYER, KLAUS**: Geldmarie (2008) • Todeserklärung (2007) • Karrieresprung (2006) **ERWIN, BIRGIT / BUCHHORN, ULRICH**: Die Herren von Buchhorn (2008) **FOHL, DAGMAR**: Das Mädchen und sein Henker (2009) **FRANZINGER, BERND**: Leidenstour (2009) • Kindspech (2008) • Jammerhalde (2007) • Bombenstimmung (2006) • Wolfsfalle • Dinotod (2005) • Ohnmacht • Goldrausch (2004) • Pilzsaison (2003) **GARDEIN, UWE**: Die Stunde des Königs (2009) • Die letzte Hexe – Maria Anna Schwegelin (2008) **GARDENER, EVA B.**: Lebenshunger (2005) **GIBERT, MATTHIAS P.**: Eiszeit • Zirkusluft (2009) • Kammerflimmern (2008) • Nervenflattern (2007) **GRAF, EDI**: Leopardenjagd (2008) • Elefantengold (2006) • Löwenriss • Nashornfieber (2005) **GUDE, CHRISTIAN**: Homunculus (2009) • Binärcode (2008) • Mosquito (2007) **HAENNI, STEFAN**: Narrentod (2009) **HAUG, GUNTER**: Gössenjagd (2004) • Hüttenzauber (2003) • Tauberschwarz (2002) • Höllenfahrt (2001) • Sturmwarnung (2000) • Riffhaie (1999) • Tiefenrausch (1998) **HEIM, UTA-MARIA**: Wespennest (2009) • Das Rattenprinzip (2008) • Totschweigen (2007) • Dreckskind (2006) **HUNOLD-REIME, SIGRID**: Schattenmorellen (2009) • Frühstückspension (2008) **IMBSWEILER, MARCUS**: Altstadtfest (2009) • Schlussakt (2008) • Bergfriedhof (2007) **KARNANI, FRITJOF**: Notlandung (2008) • Turnaround (2007) • Takeover (2006) **KEISER, GABRIELE**: Gartenschläfer (2008) • Apollofalter (2006) **KEISER, GABRIELE / POLIFKA, WOLFGANG**: Puppenjäger (2006) **KLAUSNER, UWE**:

Alle Gmeiner-Autoren und ihre Krimis auf einen Blick

Pilger des Zorns • Walhalla-Code (2009) • Die Kiliansverschwörung (2008) • Die Pforten der Hölle (2007) **KLEWE, SABINE**: Die schwarzseidene Dame (2009) • Blutsonne (2008) • Wintermärchen (2007) • Kinderspiel (2005) • Schattenriss (2004) **KLÖSEL, MATTHIAS**: Tourneekoller (2008) **KLUGMANN, NORBERT**: Die Adler von Lübeck (2009) • Die Nacht des Narren (2008) • Die Tochter des Salzhändlers (2007) • Kabinettstück (2006) • Schlüsselgewalt (2004) • Rebenblut (2003) **KOHL, ERWIN**: Willenlos (2008) • Flatline (2007) • Grabtanz • Zugzwang (2006) **KÖHLER, MANFRED**: Tiefpunkt • Schreckensgletscher (2007) **KOPPITZ, RAINER C.**: Machtrausch (2005) **KRAMER, VERONIKA**: Todesgeheimnis (2006) • Rachesommer (2005) **KRONENBERG, SUSANNE**: Rheingrund (2009) • Weinrache (2007) • Kultopfer (2006) • Flammenpferd (2005) **KURELLA, FRANK**: Der Kodex des Bösen (2009) • Das Pergament des Todes (2007) **LASCAUX, PAUL**: Feuerwasser (2009) • Wursthimmel • Salztränen (2008) **LEBEK, HANS**: Karteileichen (2006) • Todesschläger (2005) **LEHMKUHL, KURT**: Nürburghölle (2009) • Raffgier (2008) **LEIX, BERND**: Fächertraum (2009) • Waldstadt (2007) • Hackschnitzel (2006) • Zuckerblut • Bucheckern (2005) **LOIBELSBERGER, GERHARD**: Die Naschmarkt-Morde (2009) **MADER, RAIMUND A.**: Glasberg (2008) **MAINKA, MARTINA**: Satanszeichen (2005) **MISKO, MONA**: Winzertochter • Kindsblut (2005) **MORF, ISABEL**: Schrottreif (2009) **MOTHWURF, ONO**: Taubendreck (2009) **OTT, PAUL**: Bodensee-Blues (2007) **PELTE, REINHARD**: Inselkoller (2009) **PUHLFÜRST, CLAUDIA**: Rachegöttin (2007) • Dunkelhaft (2006) • Eiseskälte • Leichenstarre (2005) **PUNDT, HARDY**: Deichbruch (2008) **PUSCHMANN, DOROTHEA**: Zwickmühle (2009) **SCHAEWEN, OLIVER VON**: Schillerhöhe (2009) **SCHMITZ, INGRID**: Mordsdeal (2007) • Sündenfälle (2006) **SCHMÖE, FRIEDERIKE**: Fliehganzleis • Schweigfeinstill (2009) • Spinnefeind • Pfeilgift (2008) • Januskopf • Schockstarre (2007) • Käfersterben • Fratzenmond (2006) • Kirchweihmord • Maskenspiel (2005) **SCHNEIDER, HARALD**: Erfindergeist • Schwarzkittel (2009) • Ernteopfer (2008) **SCHRÖDER, ANGELIKA**: Mordsgier (2006) • Mordswut (2005) • Mordsliebe (2004) **SCHUKER, KLAUS**: Brudernacht (2007) • Wasserpilz (2006) **SCHULZE, GINA**: Sintflut (2007) **SCHÜTZ, ERICH**: Judengold (2009) **SCHWAB, ELKE**: Angstfalle (2006) • Großeinsatz (2005) **SCHWARZ, MAREN**: Zwiespalt (2007) • Maienfrost • Dämonenspiel (2005) • Grabeskälte (2004) **SENF, JOCHEN**: Knochenspiel (2008) • Nichtwisser (2007) **SEYERLE, GUIDO**: Schweinekrieg (2007) **SPATZ, WILLIBALD**: Alpendöner (2009) **STEINHAUER, FRANZISKA**: Wortlos (2009) • Menschenfänger (2008) • Narrenspiel (2007) • Seelenqual • Racheakt (2006) **SZRAMA, BETTINA**: Die Giftmischerin (2009) **THÖMMES, GÜNTHER**: Das Erbe des Bierzauberers (2009) • Der Bierzauberer (2008) **THADEWALDT, ASTRID / BAUER, CARSTEN**: Blutblume (2007) • Kreuzkönig (2006) **VALDORF, LEO**: Großstadtsumpf (2006) **VERTACNIK, HANS-PETER**: Ultimo (2008) •Abfangjäger (2007) **WARK, PETER**: Epizentrum (2006) • Ballonglühen (2003) • Albtraum (2001) **WILKENLOH, WIMMER**: Poppenspäl (2009) • Feuermal (2006) • Hätschelkind (2005) **WYSS, VERENA**: Todesformel (2008) **ZANDER, WOLFGANG**: Hundeleben (2008)

GMEINER

Wir machen's spannend